Giovanni Guareschi

... und da sagte Don Camillo ...

Giovanni Guareschi

... und da sagte Don Camillo ...

Neue Geschichten um Don Camillo und Peppone

Weltbild Verlag · Augsburg

Genehmigte Lizenzausgabe für Weltbild Verlag GmbH,
Augsburg 1988

ISBN 3-926187-32-8. – Printed in Austria.

In wilder Ehe

Damit ist der Augenblick gekommen, vom Smilzo zu erzählen, dem «Oberkurier» der Gemeinde und Chef des «proletarischen Überfallkommandos» der Sektion, und der Augenblick auch, ihn als das zu bezeichnen, was er tatsächlich war: ein Sittenloser.

Oder, besser noch: ein Schamloser. Denn einer, der sich nicht um den Skandal schert, den das Zusammenleben mit der Geliebten in einem kleinen Dorf auslösen kann, ist nur ein Schamloser. Und schamlos auch die Unglückselige, die mit ihm das Bett teilt.

Die Leute nannten die Moretta «Smilzos Ausgehaltene», aber in Wirklichkeit konnte das Mädchen bestens für sich selber aufkommen, denn es war tüchtig und arbeitete wie ein Mann und so gut, daß man ihr den Pflugtraktor anvertraute, und den schweren Lancia von Censetti lenkte sie genau so sicher wie Peppone. Und wenngleich die Frauen des Dorfes sie eine Schlampe nannten, gab es kein Mannsbild, das bei einem Annäherungsversuch nicht eine Ohrfeige von der Sorte eingefangen hätte, daß ihnen die eigene Adresse entfiel.

Jedenfalls war sie der Dorfskandal, zusammen mit dem Tölpel Smilzo, der sie «meine Genossin» nannte und mit ihr auf der Fahrradstange durch die Ortschaft fuhr, wenn nicht gerade er auf der Stange und die Verrückte im Sattel saß.

Als Don Camillo, aufgewiegelt von allen Betschwestern des Dorfes, einmal von «gewissen Schlampen» gesprochen hatte, «die auf dem Rennrad herumrasen und dabei den Hintern zeigen wie das Gesicht», hatte die Genossin Moretta angefangen, im Überkleid zu gehen, und der blaue Overall mit dem roten Halstuch war zu ihrer Uniform geworden, was erst recht einen höllischen Skandal hervorrief.

Als Don Camillo den Smilzo einmal zu fassen bekam, versuchte er ihm zuzureden, seine Situation doch «zu regeln», aber der Smilzo grinste ihm höhnisch ins Gesicht.

«Da gibt's nichts zu regeln. Wir machen genau das Gleiche wie die Dummköpfe, die heiraten – nicht mehr und nicht weniger.»

«Die Ehrbaren, nicht die Dummköpfe!» widersprach Don Camillo.

«Die Dummköpfe, die alle Schönheit der Vereinigung zweier Zwillingsseelen damit verpfuschen, daß sie einen Mamelucken von einem Bürgermeister und einen Tabakschnupfer von einem Propst dazwischen setzen!»

Don Camillo schluckte den Tabakschnupfer und beharrte auf seiner Mahnung. Doch der Smilzo höhnte weiter:

«Wenn der liebe Gott gewollt hätte, daß Männer und Frauen sich nur nach der Heirat vereinigen können, dann hätte er außer Adam und Eva auch einen Priester ins irdische Paradies gesteckt. Die Liebe ist frei geboren, und frei soll sie bleiben! Eines Tages werden die Leute begreifen, daß die Trauung den Menschen zum Galeerensklaven macht, und sie werden heiraten, ohne Priester nötig zu haben, und dann, dann feiern wir lauter Tanzfeste in den Kirchen!»

Don Camillo hatte nichts griffbereit als einen Backstein, und den schleuderte er; aber der Smilzo war jener berühmte Kerl, der es *temporibus illis* geschafft hatte, zwischen den Kugeln einer Maschinengewehrgarbe durchzuwetzen, und so blieb es ein vergeudeter Backstein.

Doch Don Camillo streckte die Waffen noch nicht. Eines Tages gelang es ihm, die Moretta in die Falle zu locken, und die Moretta kam im Overall und mit dem roten Tuch um den Hals ins Pfarrhaus, setzte sich Don Camillo gegenüber und zündete eine Zigarette an.

Don Camillo teilte ihr dafür weder Kopfnüsse aus, noch brüllte er sie an, sondern sprach mit sanfter Stimme:

«Du bist ein fleißiges Mädchen. Ich weiß, daß dein Haus sauber ist, daß du gut mit dem Geld umgehst, daß du niemandem etwas Böses nachsagst. Ich weiß auch, daß du deinen Mann gern hast.»

«Ich habe keinen Mann; ich habe einen Genossen», berichtigte die Moretta.

«Ich weiß, daß du deinen Genossen gern hast», fuhr Don Camillo geduldig fort. «Ich glaube also, wenngleich du nie zur Beichte hast kommen wollen, daß du eine anständige Frau bist. Warum benimmst du dich dann so, daß die Leute dich für eine unanständige Frau halten?»

«Die Leute, die stecke ich mir hier rein», erklärte die Moretta gelassen und klopfte mit der flachen Hand auf die Gesäßtasche ihres Overalls.

Don Camillo, der allmählich ein bißchen rot sah, fing vom Heiraten zu reden an, aber die Moretta fiel ihm ins Wort.

«Wenn der liebe Gott gewollt hätte, daß die Männer

und Frauen sich nur nach der Heirat vereinigen können ...»

«Danke», unterbrach Don Camillo, «den Rest kenne ich bereits.»

«Die Liebe ist frei geboren, und frei soll sie bleiben», schloß die Moretta ernst. «Die Ehe ist Opium für die Liebe.»

Die alten Frauen gaben keine Ruhe und fanden sich in Abordnung auch beim Bürgermeister ein, um zu sagen, es sei eine Schande für die ganze Gemeinde, und er habe die Pflicht, die öffentliche Moral zu schützen, und was der schönen Dinge mehr sind.

«Ich selber bin verheiratet», antwortete Peppone, «und ich kann alle trauen, die sich trauen lassen wollen, aber ich kann niemanden zwingen, der nicht heiraten will. So ist heute das Gesetz. Wenn einmal der Papst regiert, dann wird es anders sein.»

Die Frauen ließen nicht locker. «Wenn Ihr es als Bürgermeister nicht könnt, dann könnt Ihr es als Sektionschef: die Schamlosen sind ja alle beide in Eurer Partei eingeschrieben. Es ist auch für Eure Partei eine Schande.»

«Ich will's versuchen», versprach Peppone.

Er versuchte es tatsächlich.

«Eher trete ich zu den Christdemokraten über, als daß ich heirate», gab der Smilzo zurück.

So wurde nicht mehr darüber gesprochen, und die Zeit verging, und der Skandal der beiden Schamlosen ging hinter der Politik unter. Eines schönen Tages aber kam er wieder hoch, und es war eine ganz böse Sache.

Eine ziemliche Weile hatte man die «Genossin» nicht

mehr zu sehen bekommen, als mit einemmal eine Neuigkeit von Mund zu Mund sprang: Die Genossen seien jetzt zu dritt, sagte die Hebamme, denn es sei ein kleines Mädchen zur Welt gekommen, das die beiden Lumpenmenschen gar nicht verdienten, so hübsch sei es.

Die alten Frauen begannen Sprüche und Schimpfwörter zu dreschen, die «Politischen» zeterten: «Da haben wir die Moral dieser Schweine von Kommunisten!»

«Wetten, daß diese Gottlosen das Kind nicht einmal taufen lassen?» hieß es auch. Das drang bis zu Peppone vor, der stehenden Fußes zu den beiden nach Hause eilte.

Don Camillo las in seinem kleinen Studierzimmer, als der Smilzo eintrat.

«Da wäre etwas zu taufen», sagte der Smilzo.

«Schönes Etwas!» knurrte Don Camillo.

«Braucht man neuerdings die Genehmigung von Eurem Minister Andreotti, um Kinder auf die Welt zu bringen?» erkundigte sich der Smilzo.

«Man braucht nur euer mieses Gewissen», gab Don Camillo zurück. «So oder so, das ist eure Sache. Ich sag' dir, wenn dein Frauenzimmer von *Genossin* im Overall aufkreuzt, ohrfeige ich euch alle hinaus! Kommt in zwanzig Minuten vorbei.»

Die Moretta kam mit dem Bündel im Arm, und bei ihr waren der Smilzo, Peppone und seine fein herausgeputzte Frau.

Don Camillo trat unter die Kirchentür. «Alles Rote weg!» befahl er, ohne hinauszusehen, ob überhaupt jemand etwas Rotes trug. «Hier ist das Gotteshaus, nicht das Volkshaus.»

«An Rotem ist hier nichts als der Nebel, der Euch die Birne vollraucht!» erwiderte Peppone finster.

Sie traten ein. Don Camillo machte den Taufstein bereit und begann mit der Zeremonie.

«Name?» murmelte er.

«Rita Palmira Valeria», sagte die Mutter leise.

Don Camillo erkannte die kommunistischen Politikernamen sofort und brauste auf: «Sonst noch was?»

«Rita heißt meine Mutter, Palmira ist *seine* Mutter, und Valeria war meine Großmutter», protestierte die Moretta.

«Ihr Pech!» meinte Don Camillo trocken. «Also Emilia, Rosa, Antonietta.»

Peppone scharrte mit dem Fuß wie ein Pferd. Der Smilzo seufzte und schüttelte leicht den Kopf.

Nach der Taufe gingen sie ins Pfarrhaus, um die Eintragung ins Taufregister vorzunehmen.

«Ist es denn bei der neuen Regierung verboten, Palmiro zu heißen?» fragte Peppone bissig. Doch Don Camillo hörte gar nicht zu, sondern bedeutete ihm lediglich, er und seine Frau könnten jetzt gehen.

Am Tisch blieben der Smilzo und die Moretta mit dem Kind zurück. Don Camillo ging und schloß die Tür.

«Enzyklika *rerarum novium*», maulte der Smilzo gelangweilt und schnitt das Gesicht eines Mannes, der sich in sein Schicksal ergibt.

«Keine Reden», sagte Don Camillo kalt und von oben herab. «Nur eine Bemerkung: Es passiert gar nichts, wenn ihr nicht heiratet, es bricht nichts zusammen. Ihr seid ja bloß zwei Küchenschaben, die versuchen wollen, einen Pfeiler von Sankt Peter zu zernagen. Weder ihr, noch euer Erzeugnis interessiert mich.»

In diesem Augenblick regte sich etwas in dem Bündel; das erwähnte «Erzeugnis» sperrte die Augen auf und lächelte Don Camillo an. Es war ein so liebliches, frisches, sauberes Gesichtchen, daß Don Camillo nach einem Moment der Fassungslosigkeit das Blut zu Kopfe stieg und die Pferde mit ihm durchgingen.

«Ihr Tröpfe!» schrie er. «Ihr habt kein Recht, die Last eurer Dummheit diesem Geschöpf aufzubürden! Ihr habt kein Recht, etwas so Reines und Unschuldiges zu beschmutzen! Es wird eine bildschöne Frau werden, und die Leute werden sie beneiden und sich ringeln vor Schadenfreude, daß man diese Blume beflecken kann, indem man sie ‹Tochter einer Ausgehaltenen› schimpft. Wenn ihr nicht so ein Lumpenpack wärt, würdet ihr eure Tochter nicht der Bosheit von Heuchlern und Neidern ausliefern! Dir kann es gleich sein, was die Leute von dir sagen, aber wie kann dir das Gift gleich sein, das die Leute deinetwegen gegen dein Kind schleudern?»

Don Camillo hatte die Fäuste erhoben und die Brust gebläht, so daß er noch größer und kolossaler aussah, und die beiden Frevler hatten sich in eine Ecke verdrückt.

«Heiratet, ihr Kanaillen!» brüllte Don Camillo wütend.

Der Smilzo war blaß, er schwitzte und schüttelte verzweifelt den Kopf. «Nein, nein, das wäre für uns das Ende. Wir müßten uns vor den Leuten zutode schämen!»

Das Kind fand es offenbar lustig; es begann wieder zu lachen und bewegte vergnügt die Händchen; da fühlte sich Don Camillo völlig elend.

«Ich bitte euch!» flehte er. «Sie ist *zu* schön!»

Es geschehen verrückte Dinge auf dieser Welt: Da

nimmt einer, beispielsweise, einen Eisenhammer und will eine Tür einschlagen, und es gelingt ihm nicht, sie auch nur um einen Millimeter zu bewegen. Schließlich hält er erschöpft inne, hängt seinen Hut an die Türklinke, um sich den Schweiß abzuwischen, und da hört man ein Klicken und die Tür geht von selber auf.

Die Moretta war eine Stahltür, aber auch sie hatte ihre Türklinke, und als nun Don Camillo plötzlich zu toben aufhörte und mit einer Stimme, die einem andern zu gehören schien: «Ich bitte euch, sie ist *zu* schön!» sagte, da erschrak sie dermaßen, daß sie sich in einen Sessel warf und losweinte.

«Nein, nein», schluchzte sie, «das geht nicht: Wir sind schon seit drei Jahren verheiratet, aber das weiß niemand, weil wir auswärts geheiratet haben. Wir waren doch immer für die freie Liebe. Und wir haben nichts gesagt.»

Der Smilzo nickte: stimmt.

«Die Ehe ist Opium für die Liebe», erklärte er. «Die Liebe ist frei geboren. Wenn der liebe Gott ...»

Don Camillo ging einen Augenblick hinaus, um sich das Gesicht zu erfrischen. Als er zurückkam, fand er den Smilzo und die Genossin Ehefrau ziemlich ruhig. Die Moretta reichte Don Camillo ein Blatt Papier: es war der Trauschein.

«Unter Beichtgeheimnis», flüsterte sie.

Don Camillo nickte. «So bist du also bei deinem Arbeitgeber als ledig eingetragen und beziehst nicht einmal Familienzulage», sagte er zum Smilzo.

«Genau», bestätigte dieser. «Für den Sieg der Idee kann man dieses und noch andere Opfer bringen.»

Don Camillo gab das Papier zurück.

«Ihr seid zwei Mamelucken», stellte er sehr ruhig fest. Dann, weil das Mädelchen ihn schon wieder anlächelte, berichtigte er: «Ihr seid zweieinhalb Mamelucken.»

Und der Smilzo drehte sich noch in der Tür um und grüßte mit erhobener Faust: «Daswidanje, Genosse Pfarrer!»

Der Kampf um die arme Matilde

Als man unter dem Fußboden des berüchtigten Mordzimmers den ehemaligen Podestà Torconi und seine Frau Mimi ausgrub, um sie zum Friedhof zu tragen, kam auch die Geschichte der alten Matilde ans Tagelicht, die als Dienstmädchen bei den Torconis gearbeitet und von der man nichts mehr gehört hatte.

Die Leiche der alten Matilde lag nämlich unter denen ihrer Herrschaft. Die Biolchis hatten auch sie ermordet, um den einzigen Zeugen ihrer Untat zu beseitigen und somit ganze Arbeit zu leisten.

Nun aber kam Peppone auf den Plan. Ohne Umschweife erklärte er, für die Torconis sei zwar Don Camillo zuständig, und die möge er ruhig behalten, die Matilde dagegen gehöre dem Volk, denn sie sei ein Kind des Volkes gewesen, ein Opfer des herrschaftlichen Eigennutzes.

Don Camillo straffte die Schultern. «Finde ich nicht», sagte er. «Die Matilde war wohl ein Kind des Volkes und eine Werktätige, aber ein Opfer des Halbpächters Biolchi, also eines Arbeiters und Sohnes des Volkes. *Er* hat sie schließlich umgebracht.»

«Wenn es eine soziale Gerechtigkeit gäbe», widersprach Peppone, «dann wäre die Matilde nicht gezwungen gewesen, bei Torconi Dienstmädchen zu sein, und dann hätte Biolchi sie nicht umgebracht. Die Matilde wird also vom Volk beerdigt.»

«Sie wird von mir beerdigt, zusammen mit den Torconis, denn es handelt sich um drei Christenmenschen, die christlich gelebt und Anrecht auf ein christliches Begräbnis haben. Dir gehören die andern beiden, die viehisch gelebt haben und viehisch gestorben sind: Hol dir die Biolchis. Da die Carabinieri sie umgelegt haben, geben sie dir erst noch Gelegenheit zu einem Schlag gegen Regierung und Polizei.»

Peppone starrte Don Camillo finster an.

«Euch würde ich gerne begraben», sagte er. «Sogar mit der Blaskapelle.»

«Danke – ich mag diese Musik nicht.»

Sie stritten lange. Peppone hätte sich damit zufrieden gegeben, dem Leichenwagen der Matilde eine Abordnung mit der roten Fahne folgen zu lassen, doch Don Camillo gab nicht um einen Millimeter nach, und Peppone schrie beim Weggehen wütend, die Sache sei noch nicht erledigt.

An diesem Abend fand im Volkshaus eine hochwichtige Versammlung statt, und als tags darauf Don Camillo nach der Trauerfeier aus der Kirche trat, um den Leichenzug zu begleiten, standen vor ihm, sauber in Reih und Glied und unter dem Kommando des Smilzo, fünfzig dieser unerwünschten Kerle aus Peppones Schar. Sie trugen keine Fahnen, keine roten Halstücher, nicht einmal das Abzeichen im Knopfloch.

«Wenn Ihr mir unterwegs den Streich spielt, rote Tücher oder Fahnen oder Schilder herauszuziehen, dann setzt es etwas ab!» sagte Don Camillo zu Peppone.

«Paßt es so, wie sie jetzt sind?» knurrte Peppone. «Dürfen sie so, wie sie jetzt sind, hinter dem Sarg der Matilde hergehen, oder müssen sie ein vom Vatikan genehmigtes Gesicht aufsetzen?»

«So sind sie in Ordnung», antwortete Don Camillo.

Der Leichenzug formierte sich, und hinter dem Wagen der Matilde reihten sich die fünfzig Leute von Peppone ein. Als der Zug sich in Bewegung setzte, nahmen die fünfzig ihre Mützen ab.

Es war für die Haarschneider der Sektion ein hartes Stück Arbeit gewesen, aber jetzt bot sich ein wahrhaft interessanter Anblick: Man hatte die fünfzig zuerst kurzgeschoren und dann in geduldiger Mühe auf dem Schädel jedes einzelnen mit der Schere das Zeichen von Hammer und Sichel bis auf die Haarwurzeln eingekerbt. Es sah aus, als trüge jeder ein kleines Gartenbeet auf dem Kopf, und zuerst bemerkten es die Leute gar nicht, dann aber war der Teufel los.

Don Camillo ließ den ganzen Leichenzug anhalten und begab sich zu dem Stoßtrupp.

«Nur Leute, die statt dem Hirn Sägemehl und statt dem Gewissen Mist im Kopf haben, bringen es fertig, aus einem Begräbnis eine Hanswursterei zu machen!» brüllte er sie an.

Die fünfzig waren harte und entschlossene Burschen; als aber Don Camillo vier von ihnen mit gewaltigen Ohrfeigen außer Gefecht gesetzt hatte, faßten auch die andern Trauergäste Mut, und es gab einen unerhörten Krawall.

Doch auch das war vorgesehen: Im Volkshaus drängte sich eine wartende Menge, die jetzt wie ein Blitz in das Getümmel fuhr. Schon flogen die ersten Stockschläge. Die Roten hieben drein wie die Wilden, und außerdem half ihnen ihre taktische Organisation: Sie hatten schon die Oberhand, als die göttliche Vorsehung Don Camillo eine schwere Wirtshausbank in die Hände spielte.

Mit einer Eichenbank in den Fäusten war Don Camillo nicht mehr ein Mann, sondern der Einfall der Westgoten. Unter diesen Schwüngen ging die taktische Organisation der Roten in die Binsen. Schließlich drehte Don Camillos Bank sich in der leeren Luft; die Leute hatten sich alle an den Rand der Piazza zurückgezogen.

Plötzlich war es mäuschenstill, was Don Camillo verwunderte. Doch die Erklärung ließ nicht auf sich warten: Mit einer Eichenbank in den Fäusten kam Peppone langsam auf ihn zu.

Ein Duell auf Eichenbänke zwischen zwei Kolossen wie Peppone und Don Camillo war ein Schauspiel, das einem schon Schauer der Erregung über den Rücken jagen konnte. Und die Leute hielten stumm den Atem an.

Die beiden maßen sich, aber keiner von ihnen konnte sich entschließen, die Bank als erster hochzuheben. Es kam so heraus, daß sie zuletzt beide gleichzeitig die Waffe zückten. Die Bänke wirbelten durch die Luft und krachten dann wuchtig aufeinander.

Don Camillo und Peppone führten eine ausgezeichnete Klinge – will sagen, Bank – und fochten eine ganze Weile kräftig, ohne einen Treffer zu erzielen. In einem günstigen Augenblick ließ Peppone einen wohlgezielten Hieb in Richtung Don Camillos Kopf sausen. Doch der parierte, und Peppones Bank barst entzwei.

Die Zuschauer schrien entsetzt auf, und das hatte unvorhergesehene Folgen:

Die Kutscher der drei Leichenwagen waren vom Bock gestiegen und hatten sich, von dem Schauspiel fasziniert, ganz vorne hingestellt. Der Aufschrei der Menge machte die beiden Pferde des ersten Wagens scheu, sie gingen hoch und versetzten damit die Pferde der andern beiden Wagen in Alarm. Der zweite Aufschrei, den die Leute aus Angst vor den scheuenden Pferden ausstießen, gab den Ausschlag: die Tiere brannten durch. An den auseinanderstiebenden Menschen vorbei schossen die drei Wagen davon, zwischen Don Camillo und Peppone hindurch, die gerade noch ausweichen konnten.

Don Camillo warf seine Bank weg. «Die Toten schämen sich, dem unwürdigen Schauspiel beizuwohnen, das die Lebenden bieten», sagte er. Und auch Peppone ließ fallen, was von seiner Waffe übriggeblieben war.

Die scheugewordenen Pferde rasten über das Seitensträßchen aufs offene Feld zu; die drei Leichenwagen schwankten und hüpften bedenklich. Da machten sich die Leute auf, um den Toten nachzurennen.

Und als der Abend kam, galoppierten die Pferde noch immer auf den Dammstraßen umher. Es war schon stockdunkel, als es endlich gelang, sie anzuhalten und ins Dorf zurückzuführen.

Nun holte jedermann Fackeln, Laternen und dicke Kerzen heraus, und es wurde der großartigste Trauerzug, den man je gesehen hatte.

Auch Peppones Trupp war dabei – aber alle hatten sie die Mützen aufgesetzt und sich in drei Rotten aufgeteilt, eine hinter der alten Matilde, eine hinter dem Leichenwagen der Frau Mimi und eine hinter dem des Podestà.

Es war wirklich ein außergewöhnliches Begräbnis, und Don Camillo platzte fast vor Zufriedenheit.

«Man soll im Leben die Dinge nie ins Tragische ziehen», sagte Peppone zu Don Camillo, als sie aus dem Friedhof traten. «Mit Vernunft kann man sich allemal einigen.»

«Klar», stimmte Don Camillo zu. «Wozu hat uns der Herrgott einen Verstand gegeben? Um vernünftig zu reden.»

Peppones Schule

Es dauerte einige Zeit, dann geschah etwas anderes, bei dem sich zeigte, daß das vernünftige Gespräch die Grundlage alles Guten ist, vor allem des friedlichen Zusammenlebens.

In diesem Fall müssen wir allerdings in Gedanken eine Landkarte studieren, sonst versteht man rein gar nichts.

Der große Fluß zieht seiner Wege, und natürlich streben ihm von beiden Ufern da und dort Nebenflüsse und Bäche zu. Der Tincone ist eines der Flüßchen, die in den großen Fluß münden, und daher führt die parallel zum Strom verlaufende Straße, die den Ortsteil Pieve mit dem Ortsteil La Rocca verbindet, an einer Stelle über den Tincone. Sie überquert ihn auf einer wackeren und ziemlich langen Brücke, denn das Flüßchen ist hier, nur zwei bis drei Kilometer oberhalb der Mündung, ordentlich breit. Pieve und La Rocca liegen je fünf Kilometer von der Brücke über den Tincone entfernt, der die Grenze zwischen den beiden Fraktionen bildet.

Das ist die Geografie der Geschichte, in der es um das öffentliche Unterrichtswesen geht.

Die Schule, die beiden Ortsteilen zu dienen hatte, stand in La Rocca, und so mußten die armen Schulkinder von Pieve Tag für Tag zweimal zehn Kilometer unter die Füße nehmen, und zehn Kilometer sind auch in der Ebene immerhin zehn Kilometer und noch mehr, denn Kinder haben eine Vorliebe für Abkürzungen, und da die Straße schnurgerade verlief, war jede Abkürzung ein Umweg.

Jedenfalls sandten die von Pieve eines Tages eine Frauenabordnung ins Gemeindehaus, um dem Bürgermeister Peppone klipp und klar zu sagen, wenn er nicht auch in Pieve ein Schulhaus bauen lasse, würden sie ihre Kinder nicht mehr zur Schule schicken.

Geld hatte die Gemeinde so viel, daß man es mit der Laterne suchen mußte. Eine neue Schule in Pieve bedeutete genau eine Verdoppelung der Spesen, und so beschloß Peppone, nachdem er mit übermenschlichen Kräften die Mittel für einen Schulhausbau zusammengekratzt hatte, die Schule in La Rocca zu schließen und die neue an der Molinettobrücke zu erstellen, also auf halbem Weg zwischen den beiden Fraktionen.

Und da erhob sich nun das Problem.

«Ja», sagten die von La Rocca, «einverstanden mit der Schule an der Brücke – aber auf unserer Seite.»

«Ja», sagten die von Pieve, «einverstanden mit der Schule an der Brücke – aber auf unserer Seite.»

Natürlich hatten sie, wenn man es genau nahm, beide unrecht (was auf dasselbe herauskommt, wie wenn sie beide recht gehabt hätten), weil die eigentliche Mitte zwischen Pieve und La Rocca sich weder auf dem einen, noch auf dem anderen Ufer des Tincone, sondern mitten auf der Brücke befand.

«Ja, sollen wir denn die Schule mitten auf die Brücke stellen?» rief Peppone nach endlosen Diskussionen mit den Abordnungen beider Fraktionen erbost aus.

«Der Bürgermeister seid *Ihr*», bekam er zur Antwort. «Es liegt bei Euch, herauszufinden, wie man die Sache unparteiisch regeln kann.»

«Um die Sache unparteiisch zu regeln, müßte ich euch alle in die Mitte der Brücke tragen, euch einen Mühlstein um den Hals binden und samt und sonders in den Fluß werfen!» schnauzte Peppone. Womit auch er nicht ganz unrecht hatte.

«Es geht hier nicht um hundert Meter auf oder ab», belehrte man ihn. «Es ist eine Frage der sozialen Gerechtigkeit.» Damit stopften sie ihm den Mund, denn wenn Peppone etwas von sozialer Gerechtigkeit hörte, nahm er innerlich Achtungstellung an, als stünde er vor dem Wunder der Erschaffung des Weltalls.

Inzwischen spannen sich die üblichen Plänkeleien ab.

Einige Burschen von La Rocca kamen eines Abends auf die Brücke, zogen in der Mitte mit roter Farbe einen dicken Strich quer über die Straße und sagten, die von Pieve täten gut daran, dieses Zeichen nie zu überschreiten – wegen der heißen Luft, die sie drüben erwarten würde.

Am folgenden Abend pinselten einige große Bengel von Pieve parallel zur roten Linie eine grüne und erklärten, die von La Rocca sollten sich nur ja hüten, sie zu übertreten.

Am dritten Abend trafen die beiden Gruppen gleichzeitig auf der Molinettobrücke ein. Einer von La Rocca spuckte über die grüne Linie, und einer von Pieve spuckte über den roten Strich. Nach einer Viertelstunde zappelten drei Burschen im Fluß, und fünf hatten ein Loch im Kopf. Das Dumme war nur, daß von den dreien im Fluß zwei aus Pieve waren und einer aus La Rocca, so daß man, um quitt zu sein, unbedingt noch einen Roccaner in den Tincone schmeißen mußte, während von den fünf Eingebeulten drei aus La Rocca und zwei aus Pieve stammten, was es notwendig machte, einem weiteren Pieviner ein Loch in den Kopf zu hauen. Und das alles um der sozialen Gerechtigkeit willen.

Die blutigen Köpfe und die Brückenstürze nahmen an Zahl von Tag zu Tag zu, und den Halbwüchsigen schlossen sich die älteren Burschen und dann die reifen Männer an.

Eines Tages kam der Smilzo, der als Beobachter ständig in der Nähe der Brücke herumschlich, atemlos zu Peppone gelaufen und meldete das Unheil: «Eine Frau aus Pieve und eine Frau aus La Rocca haben sich auf der Molinettobrücke verprügelt!»

Wenn Frauen sich in solche Angelegenheiten einmischen, ist der Teufel los; sie sind es nämlich, die den Ehemännern, den Brüdern, den Verlobten, ja, sogar den Söhnen oder Vätern die Flinte in die Hand drücken. Die Frauen sind ein Fluch in der Politik, und leider macht die Politik eben 95 Prozent aller Dinge auf Erden aus.

Tatsächlich kam es denn auch gleich danach zu den ersten Messerstichen und Gewehrschüssen.

«Wir müssen sofort eine Entscheidung treffen», sagte Peppone. «Sonst können wir statt einer Schule einen neuen Friedhof anlegen.»

Abgesehen davon, daß man bei Beerdigungen sehr viel mehr fürs Leben lernt als auf der Schulbank, war die Lage durchaus ernst. Und diesmal war Peppone wirklich auf dem Posten.

Im großen Fluß lagen seit vielen, vielen Jahren zwei jener alten schwimmenden Mühlen vertäut, die aus einem Paar nebeneinanderliegender Lastkähne mit einem quer daraufgestellten Holzhäuschen bestehen. Peppone ließ die beiden Mühlen den Tincone hinauf bis unter den mittleren Brückenbogen schleppen, mit dikken Ketten an den Brückenpfeilern befestigen, und aus den beiden Häuschen machte er eine einzige große Baracke. Ein Steg verband die vier Lastkähne mit dem Ufer von La Rocca, ein zweiter mit dem Ufer von Pieve.

Und so wurde eines Tages die schwimmende Schule feierlich eingeweiht.

Es kamen sogar eine Menge Leute (ganz zu schweigen von den Journalisten, die wie ein Falkenschwarm einfielen) aus der Stadt herauf, um die schwimmende Schule zu sehen.

Der einzige Mißstand ergab sich, als Beletti, der Bengel, der seit sechs Jahren die dritte Klasse wiederholte, eines Tages die Nase voll hatte und den Lehrer Torrini in den Fluß warf.

Bügermeister Peppone aber geriet nicht aus der Fassung, als er davon hörte.

«Italien ist ein Mittelmeerland», stellte er gelassen fest. «Die Hauptsache ist, daß man schwimmen kann.»

Die rabiate Giannona

Don Camillo war ganz und gar nicht davon angetan, sich in innere Familienangelegenheiten einzumischen, aber sein Pfarrschäflein Grolini bedrängte und beschwor ihn so lange, bis er eines Nachmittags seinen Mut in beide Hände nahm und den Schritt entschlossen zur Drogerie lenkte.

Es war «tote» Geschäftszeit, gerade richtig, um mit der Drogistin in Ruhe plaudern zu können, und die Giannona biß denn auch gleich den Köder an und schwatzte fröhlich drauflos.

«Und Alfredo, benimmt er sich immer gut?» fragte Don Camillo so nebenbei wie möglich.

«Reden wir nicht davon, Hochwürden!» antwortete Giannona, deren Gesicht sich verfinsterte.

Don Camillo zog das große rotweiße Taschentuch heraus und trocknete sich die Stirn – so pflegte er sich manchmal Mut zu machen.

«Wenn ich ehrlich sein soll», brummte er dann, «mir scheint, Ihr faßt ihn ein wenig zu hart an.»

Giannona holte tief Luft und blähte die Brust auf, und wen wundert's, daß Don Camillo beinahe Angst bekam; denn hatte er auch eine imposante Gestalt und Hände wie Schaufeln, so war doch die Giannona ein solches Trumm Weib, daß sie ihm beinahe auf den Kopf spucken konnte.

«Ah, so ist das!» keifte sie. «Der Gauner ist ins Pfarrhaus gelaufen, um mich anzuschwärzen!»

«Er hat Euch nicht angeschwärzt», beteuerte Don Camillo. «Er bedauert nur, daß Ihr ihn so behandelt.»

Giannona ballte die Fäuste: «Und wie meint Ihr, daß ich ihn behandle?»

«Nicht gerade gut, wenn es wahr ist, was Euer Mann gesagt hat», antwortete Don Camillo achselzuckend. «Natürlich will ich meine Nase nicht in Eure Privatangelegenheiten stecken ...»

«Mir scheint, Ihr steckt sie nur zu sehr hinein, Hochwürden!» gab Giannona zurück.

«Ich tue nur meine Pflicht», stellte Don Camillo fest; er spürte, wie ihm die Ohren heiß wurden. «Wenn ein anständiger unglücklicher Mann den Pfarrer um Hilfe angeht, kann der Pfarrer sich nicht weigern, einzugreifen. Denkt daran, daß ich Euch getraut habe.»

«Hättet Ihr es nur nie getan!» schrie Giannona ihn an.

«Die Ehe ist etwas Ernstes, und man sollte es sich recht überlegen, bevor man diesen Schritt unternimmt. Außerdem habt Ihr einen braven Mann geheiratet, und ihm verdankt Ihr auch Eure Position.»

«Gar nichts verdanke ich ihm! Ich bin es, die den ganzen Karren zieht! Als ich hier hereinkam, war das der verlottertste Laden des ganzen Ortes. Ich habe ihn in die Höhe gebracht, und wenn die Geschäfte heute gut gehen, ist das allein mein Verdienst.»

«Es ist Euer beider Verdienst, denn auch Euer Mann schuftet von früh bis spät. Aber selbst wenn Ihr den größeren Anteil daran hättet, so gibt Euch das nicht das Recht, den Ärmsten zu mißhandeln.»

«Den Ärmsten? Ihr habt den Mut, ihn einen ‹Ärmsten› zu nennen?»

«Wie anders soll ich einen Ehemann nennen, der von seiner Frau geohrfeigt wird?»

Giannona hob ihre Herkulesarme zum Himmel: «Er hat die Gemeinheit so weit getrieben, Euch das zu sagen?»

«Ja – und er hat es auch so weit getrieben, mir die blauen Flecken von Euren Schlägen zu zeigen.»

«So ein Lügner, so ein elender!» brüllte Giannona. «Dem schlage ich heute noch den Schädel ein!»

Don Camillo versuchte die Entfesselte zu beschwichtigen, aber sie fiel ihm ins Wort: «Hochwürden, kümmert Euch um Eure eigenen Angelegenheiten. Ich will nicht, daß meine Familienverhältnisse in der Öffentlichkeit herumgezerrt werden!»

«Gerade deswegen bin ich gekommen», erklärte Don Camillo. «Die Sache hat einen Punkt erreicht, an dem Euer Mann von einem Tag auf den andern etwas ganz Schlimmes anstellen kann. Dann werdet Ihr sehen, was für ein Skandal dabei herauskommt. Und dann wird es nicht mehr nur der Pfarrer sein, der sich in Euer Privatleben einmischt, sondern ganz Ober- und halb Mittelitalien. Es ist meine Pflicht, Euch das zu sagen, und jetzt habe ich es gesagt. Früh gewarnt ist halb gerettet.»

Mit dem «gerettet» meinte Don Camillo die Giannona. Alfredo nämlich war ein kleines, mickriges Männchen, das man nicht als «halb gerettet», sondern nur als völlig verloren betrachten konnte.

Kaum war Don Camillo gegangen, tobte Giannona auf der Suche nach ihrem Gatten durch das Haus. Daß sie ihn nicht fand, steigerte ihre Wut noch.

Um elf Uhr nachts war sie noch auf, so wach wie nie zuvor. Doch sie wartete umsonst, denn Alfredo hatte alles andere im Sinn als heimzukehren.

Don Camillo hatte ihm die Szene in der Drogerie Wort für Wort berichtet, und am Ende hatte Alfredo kopfschüttelnd gemeint: «Ich verstehe. Es ist wohl besser, wenn ich mich von zu Hause fernhalte.»

Don Camillo wollte ihn ermahnen, keine Dummheiten zu begehen und die Sache nicht noch mehr zu komplizieren. Dann aber betrachtete er den kleinen, mageren Kümmerling, dachte an die gewaltige, überlebensgroße, wutentbrannte Giannona und beschränkte sich darauf, zu sagen: «Wie du meinst.»

Alfredo schlief auf dem Diwan im Wohnzimmer des Pfarrhauses. Besser gesagt: Er versuchte zu schlafen, aber es gelang ihm nicht. Die ganze Nacht hindurch zermarterte er sich das Gehirn nach einem Ausweg. Denn natürlich konnte er eine Nacht von zu Hause fortbleiben; er konnte auch zwei Nächte fortbleiben. Aber dann mußte er wohl oder übel wieder einmal heimgehen. Und dort erwartete ihn Giannona. Eine Giannona, die noch mehr Giannona war als sonst. Eine Giannona, die vor Wut platzte.

Beim ersten Morgengrauen sprang Alfredo vom Diwan und verließ das Pfarrhaus. Er verließ es durch die Hintertür, zu den Feldern hin, und bahnte sich seinen Weg durch das taunasse Gras. Sein Entschluß war gefaßt. Es war ein tollkühner Entschluß, aber der einzig mögliche.

Und so sah Peppone, der in der Schmiede gerade Feuer anmachte, mit einemmal Grolini im Tor auftauchen. Das war so eine Überraschung, daß ihm die Sprache wegblieb.

«Was willst du?» fragte er angriffslustig, als er sicher war, daß kein Gespenst vor ihm stand.

«Ich muß mit dir reden.»

Peppone trat auf ihn zu. «Auch ich muß mit dir reden», sagte er, als er dicht vor ihm stand. «Und zwar nur ein Wort: ‹Dreckskerl!›»

Grolini steckte es ohne Wimpernzucken ein. «Peppino», flehte er, «mißhandle du mich nicht auch noch!»

Als Peppone sich als «Peppino» angesprochen hörte, wurde er wütend. «Peppino ist tot!» schrie er Grolini an. «Peppino war dein Freund in der Kindheit, der Freund, der dich immer vor denen beschützt hat, die dich verhauen wollten. Peppino ist an dem Tag gestorben, als du ihn verraten hast, du vermaledeiter Dreckskerl.»

«Ich habe dich nie verraten», erwiderte demütig der kleine Mann, der in diesem zerknitterten Aufzug noch mickriger und melancholischer aussah als sonst.

Peppone packte ihn am Jackenaufschlag: «Kamerad, wir haben ein gutes Gedächtnis!»

Grolini ließ sich durchschütteln, ohne auch nur eine Andeutung von Widerstand zu leisten. «Peppino, sei doch gerecht: Was habe ich dir denn getan?»

«Hör auf, mich Peppino zu nennen, oder ich knalle dich an die Wand! Von dem Tag an, als du im schwarzen Hemd herumliefst, in Stiefeln und der Mütze mit dem Vogel drauf, hast du mich nicht mehr Peppino genannt. Weißt du noch? Von da an sagtest du ‹Herr Bottazzi› zu mir, wenn du unbedingt mit mir sprechen mußtest. Und wenn du konntest, hast du an mir vorbeigesehen, um nicht grüßen zu müssen. Da war ich nicht mehr ‹Peppino›, da war ich ein ‹Staatsfeind›!»

Grolini ließ sich auf eine Kiste sinken. «Peppino, erinnere dich, daß ich dir nie etwas getan habe. Und du weißt auch, daß ich versucht habe, dir zu helfen, als du es nötig hattest.»

«Diese Rechnung ist bereits beglichen, Kamerad Grolini Alfredo. Im Jahr fünfundvierzig, als wir an die Reihe kamen, da hat Genosse Bottazzi nämlich Order gegeben, dir kein Haar zu krümmen. Aber Verrat bleibt Verrat. Warum bist du zu meinen Feinden gegangen? Was brauchtest du den Faschisten beizutreten? Was wollte ich denn von dir? Daß du ein ‹Staatsfeind› würdest wie ich? Nein, du Miststück! Ich wollte nur, daß du dich aus der Politik heraushältst, daß du mit der Schweinerei nichts zu tun hast. Ich wollte wenigstens einen Menschen haben, der mich nicht als einen gefährlichen Verbrecher ansieht!»

Der kleine Mann schüttelte den Kopf: «Peppino, ich war verzweifelt; ich *mußte* es tun.»

«Du mußtest?» brüllte Peppone los. «Du? Ein Mann, der niemanden nötig hatte, um leben zu können? Ein Gewerbetreibender mit einem Geschäft, das damals schon lief wie geschmiert?»

«Peppino, versuch doch, mich zu verstehen: Ich konnte nicht mehr, ich wußte nicht mehr aus noch ein. Sie hatte schon angefangen, mich schlecht zu behandeln ... Sie hatte schon angefangen, mir Ohrfeigen auszuteilen.»

Verblüfft starrte ihn Peppone an. «Ohrfeigen? Wer denn?»

«Die Giannina ...»

Als Peppone die Giannona «Giannina» nennen hörte, erfaßte ihn ein Lachkrampf.

«Aber was hat die Giannina damit zu tun?» keuchte er, als er wieder Luft bekam. «Was hat die mit dem Faschismus zu tun?»

«Eine ganze Menge. Als sie mich nämlich als Schwarzhemd sah, mit Stiefeln und dem Adler an der Mütze, da wagte sie es nicht mehr, mich zu mißhandeln. Sie hatte Respekt, sogar wenn ich in Zivil war. Es genügte, daß sie das Abzeichen sah. Sobald sie anfing herumzuschreien, sagte ich: ‹Ich muß jetzt zu den Schwarzhemden. Wir haben eine Bezirksversammlung.› Dann war sie sofort still. Sie hat schon immer eine Heidenangst vor der Politik gehabt.»

Peppone hörte mit offenem Mund zu.

«Peppino, ich schwör's dir. Ich schwöre, daß ich es nur deswegen getan habe. Und als es mit dem Faschismus aus war, hat sie wieder angefangen, mich zu verhauen. Sie nutzt es aus, daß sie stark ist wie ein Elefant und ich armer Unglückswurm mich ihr gegenüber nicht einmal auf den Füßen halten kann. Sie schlägt mich. Sie gibt mir Ohrfeigen und sogar Hiebe mit dem Knüppel.»

Daß die Giannona ihren Mann wie einen Handlanger behandelte, wußte Peppone. Daß sie aber soweit ging, ihn zu verprügeln, das hätte er nicht gedacht.

«Und du Trottel läßt dir das gefallen?» schimpfte er. «Ja, bist du denn nicht imstande, ihr zu zeigen, daß du der Herr im Haus bist?»

Grolini schüttelte den Kopf. «Gestern habe ich den Pfarrer überredet, zu ihr zu gehen», seufzte er. «Er hat ihr eine ordentliche Standpauke gehalten.»

«Und dann?»

«Und dann bin ich über Nacht nicht nach Hause gegangen, weil sie mir sonst den Schädel eingeschlagen hätte. Und jetzt bin ich hier. Wenn du mir nicht hilfst, springe ich in den Fluß.»

Peppone wurde es unbehaglich zumute. «Aber hör doch! Wenn es Don Camillo nicht geschafft hat, der doch ihr Pfarrer ist, was sollte denn ich erreichen? Ich bin doch für sie der ‹gefährliche Kommunist›, der Antichrist! Wenn du willst, daß ich ihr eine Tracht Prügel verabreiche, gern. Aber mehr kann ich nicht tun.»

«Doch», sagte Alfredo. «Wenn du willst, kannst du.»

Peppone sah den armen Geschundenen voller Mitgefühl an. «Was heißt das?»

«Nimm mich in die kommunistische Partei auf.»

«Dich? Nachdem du bis zuletzt als Schwarzhemd den großen Bolzen gespielt hast?»

Entmutigt breitete Alfredo die Arme aus: «Dann ist es also nicht wahr, Peppino, daß deine Partei die Unterdrückten verteidigt ...»

Um neun Uhr stand Giannona in der Drogerie und wartete blaß vor Wut auf die Rückkehr ihres Mannes, als der Smilzo eintrat.

«Guten Morgen», sagte er knapp. «Ich muß dringend den Genossen Grolini sprechen.»

Verwirrt starrte ihn die Frau an: «Was für einen Genossen Grolini?» stammelte sie.

Der Smilzo lachte. «Keine Scherze, Gnädigste! Grolini Alfredo, des Amilcare, Drogist – ist das Ihr Mann oder nicht?»

«Ja.»

«Dann rufen Sie ihn gefälligst. Er muß dringend ins Büro kommen, weil der Landesparteisekretär hier ist und persönlich mit ihm reden will.»

«Im Augenblick ist er nicht hier», antwortete Giannona eingeschüchtert.

«Gut. Dann geben Sie ihm diesen Brief, sobald er kommt.»

Der Smilzo überreichte ihr einen Umschlag und verschwand.

«An den Genossen Grolini Alfredo – Dringlichst! Streng vertraulich!!» las Giannona und las es noch einmal und konnte die Augen nicht von dem Umschlag mit Hammer und Sichel und dem Aufdruck «Kommunistische Partei Italiens» lösen. Da klingelte die Ladentür, und Giannona blickte auf.

Es war Alfredo. So geschniegelt und gebügelt und mit vier Gläschen Grappa im Tank wirkte er wie ein normaler Mann. Im übrigen blitzte an seinem Jackenaufschlag das rote Abzeichen mit dem Hammer und der Sichel.

«Etwas Neues?» fragte Alfredo.

Giannona hielt ihm den Brief hin. «Der ist eben abgegeben worden», stotterte sie. «Der Landesparteisekretär sucht dich ...»

«In Ordnung. Ich komme zurück, sobald ich frei bin.»

«Alfredo», wandte Giannona beinahe schüchtern ein, «wenn man dich mit dem Parteiabzeichen sieht, verlieren wir einen Haufen Kunden ...»

«Wir befassen uns mit der sozialen Gerechtigkeit, nicht mit der Kundschaft!» wies Alfredo sie kategorisch zurecht.

Dann ging er stolz, feierlich, schicksalsträchtig hinaus. Es war fast wie das Vorspiel zur Oktoberrevolution.

Sobald sie sich für kurze Zeit losreißen konnte, lief die Giannona ins Pfarrhaus.

«Don Camillo, helft mir!» flehte sie. «Alfredo hat etwas Wahnsinniges angestellt! Er ist der kommunistischen Partei beigetreten.»

«Das ist ja schrecklich!» meinte Don Camillo.

Es war tatsächlich schrecklich, denn Don Camillo hatte die größte Mühe, nicht loszuprusten.

«Was wird bloß aus mir?» jammerte Giannona.

«Wer weiß?» seufzte Don Camillo. «Wer weiß, was Euch armer Frau geschehen kann, jetzt, da Ihr den Teufel im Hause habt?»

Verängstigt kehrte Giannona nach Hause zurück; sobald Alfredo sie hörte, der im Polstersessel der guten Stube ein friedliches Schläfchen hielt, richtete er sich auf und hielt sich das aufgeschlagene Parteiblatt «Unità» vor das Gesicht.

Darum blieb die rabiate Giannona, als sie unter die Tür trat, wie vom Blitz getroffen stehen und schaltete dann schleunigst den Rückwärtsgang ein.

Gewissensfrage

Die längste Zeit schon ließ Peppone den Hammer auf den Amboß knallen, doch wenn er noch so heftig auszog, es gelang ihm nicht, sich den Gedanken aus dem Kopf zu schlagen, der ihn verfolgte.

«So ein Trottel!» knurrte er vor sich hin. «Eine schöne Bescherung wird der mir anrichten.»

In diesem Moment hob er den Blick und sah, daß der Trottel dastand, vor dem Amboß.

«Ihr habt mir den Jungen verstört», sagte Stràziami finster. «Die ganze Nacht hat er getobt, und jetzt liegt er mit Fieber im Bett.»

Peppone hämmerte weiter. «Du bist selber schuld», antwortete er, ohne ihn anzuschauen.

«Das Elend ist schuld», erwiderte Stràziami.

«Wir hatten dir einen Befehl erteilt, und in der Partei wird gehorcht, ohne Widerspruch.»

«Der Hunger der Kinder befiehlt mehr als die Partei.»

«Nein – die Partei muß vor allem anderen stehen.»

Stràziami zog ein Kärtchen aus der Tasche, legte es auf den Amboß, und Peppone hörte zu hämmern auf.

«Hier hast du den Ausweis zurück», sagte Stràziami. «Das ist keine Parteikarte mehr, das ist ein Ausweis, daß man unter Polizeiaufsicht steht.» – «Was redest du da!»

«Ich sag's, wie es ist. Für meine Freiheit hab' ich Kopf und Kragen riskiert. Ich denke nicht daran, auf sie zu verzichten.»

Peppone legte den Hammer nieder und trocknete sich mit dem Handrücken die Stirn. Stràziami war einer seiner wenigen wirklich Getreuen; er hatte an seiner Seite gekämpft, hatte Hunger, Verzweiflung und Hoffnung mit ihm geteilt.

«Du verrätst unsere Sache», sagte Peppone.

«Es ist die Sache der Freiheit. Wenn ich auf meine Freiheit verzichte, *dann* verrate ich unsere Sache.»

«Denk doch: wir müßten dich hinauswerfen! Du weißt, daß man nicht austreten kann. Wer den Austritt gibt, wird ausgeschlossen.»

«Ja, das weiß ich. Und wer eine große Schweinerei macht, wird drei Monate bevor er sie gemacht hat ausgeschlossen. Und dann sagen wir, die andern seien Heuchler. Leb wohl, Peppone. Tut mir leid für dich, weil du von jetzt an verpflichtet bist, mich als deinen Feind zu betrachten, während ich dich nach wie vor als meinen Freund betrachte.»

Peppone sah ihm nach; dann raffte er sich auf, warf den Hammer mit einem Fluch in die Ecke und ging hinaus, um sich hinten im Gemüsegarten hinzusetzen. Daß Stràziami aus den Reihen der Partei ausgeschlossen werden könnte, mochte er sich gar nicht ausdenken. Schließlich sprang er auf.

«An allem ist dieser verfluchte Pfaffe schuld», folgerte er. «Aber diesmal werd' ich's ihm geben!»

Der «verfluchte Pfaffe» blätterte im Pfarrhaus in zerlesenen Broschüren, als Peppone vor ihm auftauchte.

«Jetzt seid Ihr wohl zufrieden!» fuhr Peppone ihn wütend an. «Endlich ist es Euch gelungen, einem der Unsern etwas zuleide zu tun.»

Don Camillo musterte ihn neugierig.

«Sind dir die Wahlen zu Kopf gestiegen?» erkundigte er sich.

«Schöne Heldentat! Einem Unglücklichen, dem von eurer schmutzigen Gesellschaft nichts als Leid widerfahren ist, die Ehre abzuschneiden!»

«Ich verstehe noch immer nichts, Genosse Bürgermeister.»

«Ihr werdet schon verstehen, wenn ich Euch sage, daß Stràziami Euretwegen aus der Partei ausgeschlossen wird. Jawohl, Euretwegen! Ihr habt sein Elend ausgenutzt, habt ihm eine Falle gestellt, habt ihm eins von Euren amerikanischen Dreckpaketen angedreht, und der Kommissar hat es gestern abend erfahren, hat Stràziami zu Hause ertappt, ihm das ganze Zeug aus dem Fenster geschmissen und ihn dann geohrfeigt.» Peppone war außer sich.

«Beruhige dich, Peppone», mahnte Don Camillo.

«Einen Dreck beruhige ich mich! Wenn Ihr die Augen gesehen hättet, die der Bub machte, als man ihm das Essen vor der Nase wegnahm und als er sah, wie sein Vater ins Gesicht geschlagen wurde, wärt Ihr auch nicht so ruhig, sofern Ihr einen Funken Gefühl habt!»

Don Camillo wurde blaß, stand auf, ließ sich wiederholen, was der Kommissar getan hatte, und richtete einen Finger auf Peppones Brust. «Kanaille!» rief er aus.

Peppone schnaubte vor Wut. «Die Kanaille seid Ihr, der den Hunger der Ärmsten zu Wahlzwecken ausnutzt!»

Don Camillo packte eine Eisenstange, die in der Kaminecke stand. «Wenn du noch einmal den Mund aufmachst, bringe ich dich um!» schrie er. «Ich habe niemandes Hunger ausgenutzt, ich habe hier Pakete für alle Armen, und ich verweigere keinem Armen sein Paket. Mich interessiert der Hunger der Armen, nicht ihre politische Einstellung. Aber weil du Kanaille keinem helfen kannst, der Hunger leidet, weil du in deinem Magazin nur bedrucktes Papier und Lügen hast, darum willst du, daß niemandem geholfen wird. Und wenn einer bedürftigen Leuten etwas gibt, behauptest du, er wolle Stimmen fangen, und verbietest den Leuten von deiner Partei, die Sachen anzunehmen, und wenn's einer trotzdem annimmt, behandelst du ihn als Volksverräter. *Du* verrätst das Volk, weil du ihm wegnimmst, was die andern ihm geben. Politik? Propaganda? Der Junge von Stràziami, die Kinder deiner andern armen Genossen, die aus Angst vor dir ihre Pakete nicht abholen, die wissen nicht, daß Amerika sie ihnen schickt. Die wissen nicht einmal, ob es ein Amerika gibt. Für die ist es einfach etwas zu essen, und das nimmst du ihnen weg. Du Kanaille siehst ein, daß einer, der sein Kind hungern sieht, in der Not für das Kind Brot stiehlt, aber daß er dieses Brot annehmen darf, wenn Amerika es ihm anbietet, das siehst du nicht ein. Weil das zum moralischen Nachteil Rußlands wäre! Was wußte denn Stràziamis Bub von Amerika und Rußland? Endlich hätte er einmal seinen Hunger stillen können, und da kommst du und reißt ihm das Essen vom Munde weg. Du, Kanaille, nicht ich!»

Peppone schüttelte den Kopf. «Ich habe nichts gesagt und nichts getan.»

«Du hast zugelassen, daß so ein Nichtsnutz die gemeinste Schandtat der Welt verübt hat: einen Vater vor seinem Kind zu schlagen. Das Kind hat doch immer ein unendliches Zutrauen zu seinem Vater, es achtet ihn stets als den Stärksten von allen, es hält ihn für unantastbar – und du hast es zugelassen, daß ein hinterhältiger Tropf diese Illusion zerstört, das einzige Gut, das das Schicksal auch dem ärmsten Kind gelassen hat. Was würdest du sagen, wenn ich heute abend zu dir nach Hause käme und dir vor deinem Jungen Ohrfeigen austeilte?»

Peppone hob die Achseln. «Das müßte man erst mal können.»

«Und ob ich es kann!» schrie Don Camillo wutentbrannt. «Und ob ich es könnte!» Dabei packte er die dicke Eisenstange, die er in den Händen hielt, an beiden Enden, biß die Zähne zusammen und bog die Stange, knurrend wie ein Tiger, zu einem U.

«Daraus mache ich dir und Stalin eine Krawatte, und den Knoten auch noch dazu!» versprach er. Peppone betrachtete ihn besorgt und sagte nichts mehr.

Don Camillo öffnete den Schrank und nahm ein Paket heraus, das er Peppone reichte.

«Bring es ihm, wenn du nicht der letzte Dummkopf bist! Das schickt nicht Amerika oder England oder Portugal: das schickt die göttliche Vorsehung, die keine Wählerstimmen nötig hat, um im Weltall an der Regierung zu bleiben. Du kannst auch die übrigen abholen und selber verteilen lassen.»

«Gut, ich schicke Euch den Smilzo mit dem Lieferwagen», brummelte Peppone und verbarg das Paket unter seinem Mantel. An der Tür drehte er sich um, legte das Paket auf einen Stuhl, hob die U-förmige Eisenstange auf und versuchte sie geradezubiegen.

«Wenn du das schaffst, stimme ich für die Volksfront», grinste Don Camillo.

Peppone wurde vor Anstrengung puterrot. Dann

schmetterte er die Stange, die sich nicht um einen Millimeter bewegt hatte, zu Boden. «Wir brauchen Eure Stimme nicht, um zu siegen», sagte er, nahm das Paket wieder auf und ging hinaus.

Stràziami saß die Zeitung lesend vor dem Feuer, und der kleine Junge kauerte neben ihm.

Da trat Peppone ein, legte das Paket auf den Tisch, löste die Schnur und machte die Umhüllung auf.

«Hier», sagte er zu dem Jungen. «Das ist für dich. Das schickt dir der liebe Gott persönlich.»

Dann streckte er Stràziami etwas hin. «Und das ist für dich, du hast es auf meinem Amboß vergessen.»

Stràziami nahm den Parteiausweis und legte ihn in die Brieftasche. «Schickt den auch der liebe Gott persönlich?» fragte er.

«Alles kommt vom lieben Gott», knurrte Peppone. «Alles: das Gute und das Böse. Es trifft, wen's trifft. Jetzt hat's uns getroffen.»

Der Bub war aufgesprungen und betrachtete glückselig die auf dem Tisch ausgebreiteten Wundergaben.

«Keine Angst, diesmal nimmt es dir keiner weg», versicherte ihm Peppone.

Der Smilzo traf am Nachmittag mit dem Lieferwagen ein. «Der Chef schickt mich, die Ware abzuholen», sagte er zu Don Camillo. Und Don Camillo zeigte ihm die im Flur aufgestapelten Liebesgabenpakete.

Als der Smilzo beim letzten Gang mit Paketen beladen auf Don Camillos Türschwelle stand, versetzte ihm dieser einen Fußtritt von zwei Tonnen Wucht ins Hinterquartier, so daß die ganzen Pakete und der halbe Smilzo im Kasten des Lieferwagens landeten.

«Schreib das auch auf die Rechnung», erklärte Don Camillo, «zusammen mit den Namen, die du gestern aufgeschrieben hast.»

«Mit Euch rechnen wir dann am 19. April ab», erwiderte der Smilzo, während er sich aus dem Wagen herauswand. «Euer Name steht zuoberst auf der andern Rechnung.»

«Gut. Sonst noch was?»

«Nein, ich bin bedient: Ich hab' von allen dreien auf die Nase bekommen, von Peppone, von Stràziami und von Euch. Und warum das alles? Weil ich einen Befehl ausgeführt habe.»

«Falsche Befehle führt man nicht aus», rügte Don Camillo.

«Richtig. Das Schwierige ist bloß, es vorher zu wissen, wenn sie falsch sind», sagte der Smilzo. Und seufzte.

Das Gasthaus im Walde

Von Süden her reichte das Gebiet der Gemeinde bis zum Stivone, einem unbedeutenden Nebenflüßchen, das jedoch zwischen zwei hohen Dämmen dahinlief, weil es sich in den großen Fluß ergoß und während der Hochwasser die Rückstauung sehr gefährlich werden konnte.

Am anderen Ufer des Stivone fing das Gebiet der Gemeinde Castelpiano an, und in der Luftlinie waren es zwischen unserem Weiler und jenem von Castelpiano ganze sieben Kilometer. Wollte man allerdings auf der Erde von einem zum anderen gelangen, mußte man wohl oder übel fast zwölf Kilometer in Kauf nehmen.

Betrachtete man die ganze Angelegenheit von oben, so erkannte man mühelos, daß der erste Gedanke desjenigen, der, *temporibus illis*, die Straße angelegt hatte, durchaus der gewesen war, die beiden Zentren durch eine gradlinige Straße miteinander zu verbinden. Und tatsächlich lief die Straße von Castelpiano aus denn auch gut und gern drei Kilometer weit entschlossen auf ihr Ziel zu. Aber nach diesen dreitausend Metern schwenkte sie nach links, dann nach rechts, dann wieder nach links und so weiter, und sie verlor sich in einem solchen Wust von Kurven und Gegenkurven, daß sie acht Kilometer für eine Strecke brauchte, die nach allen Regeln der Logik in nur drei hätte zurückgelegt werden können.

Von da an hörte die Straße auf, verrückt zu spielen, wurde gerade wie bei den ersten drei Kilometern, durchlief so den letzten Teil der Strecke und erreichte ganz vernünftig ihr Ziel.

Natürlich gab es seit langem ein Projekt, sie zu begradigen: einen einfachen Plan, dessen Kosten sogar durchaus im Rahmen des Möglichen standen. Es ging lediglich darum, drei Kilometer Straße zu bahnen und in Casalta eine Brücke über den Stivone zu bauen.

Das Projekt, das seit etlichen Jahren höchstens als Argument für die Wahlpropaganda gedient hatte, war 1933 endlich in Angriff genommen worden: die Baupläne für die Brücke waren bis in alle Einzelheiten fertig, und die zur Begradigung vorgesehene Strecke vorschriftsmäßig abgesteckt worden.

Nach dem Abstecken hatte sich herausgestellt, daß die Straße, nachdem sie die neue Brücke über den Stivone hinter sich gelassen hatte, genau drei Meter vor der Vorderseite des Bauernhauses des Folini vorbeiführen würde.

Folini war zu jener Zeit vierzig Jahre alt, und nur mit Hilfe seiner Frau bearbeitete er die fünfzehn Biolche Boden von Casalta. Es war eine mühselige Plackerei, und Folini fiel sie immer schwerer; außerdem sah er, wie seine Frau sich wie eine Kerze verbrauchte. Kaum hatte er nun die Absteckpflöcke gesehen, die die Geometer quer durch seine Äcker aufgepflanzt hatten, und aus der Veröffentlichung des endgültigen Projekts die Bestätigung entnommen, daß die Straße vor seinem Haus verlaufen werde, zögerte er keinen Augenblick. Er behielt das Haus und einen Streifen des Baugrundes zu beiden Seiten der künftigen Straße und verkaufte den Rest.

«Das ist unsere Chance», erklärte er der Frau: «Wir bringen das Haus anständig in Ordnung und stellen ein

Gasthaus auf die Beine. Der Baugrund entlang der Straße bleibt uns, so verhindern wir, daß jemand in unserer Nähe ein anderes Gasthaus eröffnet, um uns Konkurrenz zu machen. Wenn die Straße erst einmal begradigt ist, kommt der ganze Verkehr hier vorbei: Der Markt in Castelpiano ist der wichtigste im ganzen Gebiet, und wir werden unser Auskommen haben, ohne uns umzubringen.»

Auch die Frau lockte der Gedanke sehr, ein Gasthaus zu eröffnen, und nachdem sie alles aufgelöst hatten, was es aufzulösen gab, machten Folini und seine Frau sich daran, das Haus umzugestalten. Der Vater der Frau war Maurer; seit einiger Zeit arbeitete er nicht mehr, da er die sechzig überschritten hatte, aber in diesem speziellen Fall griff er doch wieder zur Maurerkelle. Der Stivone war nur zwei Schritte entfernt und lieferte Sand und Kies, und Folini hatte das Pferd und den Karren behalten. Der Alte machte sich an die Arbeit, Tochter und Schwiegersohn fungierten als Handlanger.

Mehr als ein Jahr verwendeten sie dafür, alles baulich in Ordnung zu bringen, aber es lohnte sich. Als dann auch Fenster und Türen, Möbel, Küche, Keller etc. an ihrem Platz waren, warf Folini das wichtigste Problem auf: «Wie soll es heißen?»

Der Alte hatte diesbezüglich keine Vorstellung, aber unter dem Eindruck der Ereignisse schlug er dann vor, es «Gasthaus Garibaldi» zu nennen.

Frau Folini wies den Vorschlag zurück, da sie das Unternehmen nicht mit der Politik vermengt sehen wollte. Für sie wäre «Küche nach Hausfrauenart» vollkommen ausreichend gewesen.

Folini war nicht leicht zufriedenzustellen, und Don

Camillo, der in Jagdausrüstung auf Gott weiß welchen Wegen dorthin geraten war, fand die drei angeregt debattierend vor.

«Streitet ihr euch?» erkundigte er sich.

«Nein, wir suchen den Namen.»

«Welchen Namen?»

«Den Namen des Lokals.»

Don Camillo wußte von nichts, und dann, nachdem die Folinis die Zusicherung bekommen hatten, daß er mit keiner lebenden Seele darüber sprechen werde, ließen sie ihn das Haus besichtigen.

«Hochwürden, gefällt Ihnen die Idee nicht auch?» sagte Folini am Ende.

«Eine schöne Idee, gewiß», brummte Don Camillo. «Aber ich hätte erst damit angefangen, nachdem die Straße fertig ist.»

«Sie machen die Straße, das ist eine Frage von Monaten», entgegnete Folini, «und dann wird das hier ein Volltreffer sein.»

Das Jahr 1934 ging dahin. 1939 starb Frau Folinis Vater, ohne die Freude erlebt zu haben, daß mit den Arbeiten an der neuen Straße begonnen worden wäre. Niemand dachte mehr an die Begradigung.

Dann brach der Krieg aus, und nicht einmal die Folinis hatten noch den Mut, daran zu denken, daß die Begradigung vor dem Ende des Unglücks in Angriff genommen werden könnte.

«Wir werden Geduld haben müssen», sagte Folini. «Ist der Krieg erst einmal zuende, wird alles ins Lot kommen.»

Folini brachte sich schon seit Jahren als Taglöhner durch, denn sein Geld war längst aufgebraucht. Jeden

Morgen ging er zur Arbeit, und bevor er sich auf den Weg über die Felder machte, sagte er zur Frau:

«Ich verlasse mich auf dich.»

«Mach dir keine Sorgen», gab die Frau zur Antwort.

Und nachdem ihr Mann verschwunden war, fing sie an zu fegen, zu polieren und abzustauben.

Die Tatsache, daß das «Gasthaus zur Sonne» mitten in einer Waldung, an der trostlosesten und verlassensten Stelle der Erde erstanden war, hatte keine Bedeutung. Die Straße war nicht vorhanden, aber nach dem Krieg würde man sie anlegen, und dann mußte alles bestens vorbereitet sein.

Der Hund Ful stürzte sich in einen Akazienwald, Don Camillo folgte ihm und brach, einem Panzer gleich, durch das Gezweig.

Nach einem langen, ermüdenden Marsch trat Don Camillo auf eine Lichtung hinaus, auf einen grünen, weichen Teppich. Es war ein vollkommenes Rechteck, und etwa in der Mitte der einen Längs-Seite stand ein schmuckes Häuschen. Er ging darauf zu, und ein alter Mann mit weißem Schnurrbart trat heraus und kam ihm entgegen.

«Sieh mal einer an, Folini! Ich dachte, du seist irgendwo gestorben. Wieso hast du dich nie mehr in der Kirche blicken lassen? Dabei warst du doch ein guter Christ!»

«Das bin ich noch immer, Hochwürden. Aber ich habe keine Minute Zeit.»

«Und was machst du Schönes?»

«Arbeit, wohin man blickt, und das bißchen Zeit, das mir bleibt, brauche ich für den Betrieb. Schließlich muß ich ja meiner armen Frau zur Hand gehen.»

Don Camillo sah Folini verblüfft an.

«Ich begreife nicht recht, von was für einem Betrieb du sprichst.»

«Das Gasthaus», erläuterte Folini.

Sie waren beim Haus angelangt, an dessen Vorderseite eine schöne Pergola angelegt war, unter der Tische und grün gestrichene Bänke standen.

«Hochwürden, erinnert Ihr Euch, als ich Euch das Lokal vor zwanzig Jahren zeigte? Jetzt sollt Ihr mal etwas sehen!»

Don Camillo folgte Folini und stand gleich darauf in einem schönen, mit Fresken ausgemalten Saal mit einem hohen Getäfer aus glänzendem Holz rings an allen Wänden, Gardinen mit rot-weißem Schachbrettmuster an den Fenstern, schön verteilte Tischchen – auf jedem stand eine kleine Vase mit Feldblumen.

Dem Eingang gegenüber stand ein großer Schanktisch, dahinter ein Regal voller Flaschen.

«Ihr könnt Euch nicht vorstellen, welche Opfer uns das alles gekostet hat, aber man darf sich nicht von den Zeiten überrollen lassen, wenn man vorwärts kommen will. Heutzutage verlangen die Leute einfache, heitere, moderne Sachen. Ich habe auch schon die ganze elektrische Anlage mit Ventilator und Rauchentlüfter soweit fertig; wenn sie die Straße machen, legen sie bestimmt auch die Leitung, und so brauche ich nichts anderes mehr zu tun, als mich anzuschließen.»

Sie gingen in die Küche.

«Seht Ihr, Hochwürden? Weiße Kacheln, Holzherd und Herd mit Gasflasche. Und da ist auch schon der elektrische Kühlschrank. Ich habe schon fünf Raten bezahlt. Es ist hart, aber das holen wir wieder raus.»

Eine kleine, etwas gekrümmte alte Frau erschien, mit einem kleinen Kopftuch auf den Haaren und in schneeweißer Schürze.

«Habt Ihr alles gesehen, Hochwürden?» sagte die Alte. «Was haltet Ihr von den Bocciabahnen?»

Sie traten ins Freie: Hinter dem Haus war ein ausgedehnter Garten mit einer großen Pergola und zwei nebeneinander liegenden Bocciabahnen. Die Kugeln glänzten wie die eines Billardspiels.

«Seit zwanzig Jahren opfern wir uns auf», erklärte Folini, «aber wenigstens haben wir die Genugtuung, ein Lokal zu haben, das in der ganzen Gegend konkurrenzlos ist. Wenn mir eine kleine Spekulation glückt und ich genug dabei verdiene, bringen wir hier draußen eine Beleuchtung mit diesen weißen, modernen Röhren an, die ein herrliches Licht geben und halb so viel verbrauchen wie die anderen Lampen.»

«Vor den weißen Lampen», warf die Alte streng ein, «mußt du den Brunnen in Ordnung bringen. Das ist wirklich nötig!»

«Das sind mir ja schöne Sachen», feixte Folini, «der Brunnen ist längst gemacht, die Pumpe arbeitet, und es fehlen nur noch der Tank und die Leitung bis zur Küche, zum Waschraum und zum Abort.»

Er wandte sich Don Camillo zu:

«Wir kriegen einen von diesen modernen aus weißer Emaille und mit Wasserspülung, nach dem englischen System. Wenn man es zu etwas bringen will, muß man es so machen.»

«Hochwürden, bitte nehmt doch Platz», sagte die Alte. «Hättet Ihr lieber ein Glas Weißwein oder Rotwein?»

«Wir haben Wein, der zwanzig Jahre alt ist», erklärte

der Alte stolz. «Solchen findet Ihr sonst nirgends.»

«Danke, keinen Wein. Nur ein Glas Wasser.»

Die Alte ging ins Haus, und Don Camillo setzte sich an einen Tisch unter der Pergola. Er wußte nicht, was er sagen sollte. Überdies wußte er auch nicht, ob es überhaupt angebracht war, etwas zu sagen.

«Folini», meinte er schließlich, «alles, was du mir hier gezeigt hast, ist wunderschön. Aber ich an deiner Stelle würde die Dinge jetzt so lassen wie sie sind und erst wieder anfangen, wenn die Arbeiten an der neuen Straße in Gang gekommen sind.»

Folini schüttelte verneinend den Kopf:

«Im Geschäft muß man es machen wie auf der Jagd: immer mit geladenem Gewehr, immer schießbereit. An dem Tag, an dem die Arbeiten anfangen, müssen wir in der Lage sein, den Betrieb zu eröffnen. So bekommen wir sofort Kundschaft unter den Straßenarbeitern, den Brückenbau-Ingenieuren und so weiter.»

Don Camillo seufzte:

«Folini, red' doch einen Augenblick lang vernünftig: Seit zwanzig Jahren reiben du und deine Frau euch für dieses Gasthaus auf. Und seit zwanzig Jahren hofft ihr vergebens, daß die Arbeiten an der Straße anfangen. Folini: und wenn sie überhaupt nicht anfangen?»

Still wie ein Schatten war die Alte hinzugekommen. Sie stellte das Tablett aus leuchtendem Messing mit dem bis oben mit frischem Wasser gefüllten Krug und dem Glas vor Don Camillo.

«Hochwürden», sagte die Alte, «was zählt, ist der Glaube. Wir verlangen nichts Unmögliches. Wenn sie Straßen anlegen und dabei die Berge durchbohren, warum sollten sie da nicht drei Kilometer Straße durch die

Felder anlegen? Wenn wir in diesen zwanzig Jahren angefangen hätten, die Lust zu verlieren, ich und mein Mann, dann hätten wir es längst wegen dieser verflixten Straße getan. Wir sind sicher, daß uns die göttliche Vorsehung helfen wird, und daß man bald mit den Arbeiten an der Straße anfangen wird. Nicht wahr, Folini?»

«Natürlich ist das wahr», rief der Alte lebhaft, an den die letzte Frage gerichtet gewesen war. «Jetzt ist es nur noch eine Frage von Monaten, allerhöchstens!»

Don Camillo trank sein Wasser und erhob sich.

«Wartet, Hochwürden, ich gehe schnell ein paar Birnen für Euch pflücken», sagte Folini. «Nur eine Minute!»

Als der Alte sich entfernt hatte, näherte sich die Frau Don Camillo.

«Um Himmelswillen, Hochwürden», flüsterte sie ihm zu, «weckt keine Zweifel in diesem armen Kerl. Seit zwanzig Jahren lebt er nur für sein Gasthaus. Nicht, daß er mir noch vor Kummer stirbt.»

Die Alte verschwand still, und kurz darauf kam Folini mit dem Körbchen voller Birnen zurück.

Sie traten zusammen auf die weiche, grüne Lichtung hinaus und gingen schweigend bis an die Stelle, wo der Pfad im Akazienwald verschwand.

«Hochwürden», flüsterte Folini, «sagt so etwas nie wieder! Die Ärmste lebt nur von der Hoffnung, daß sie die Straße machen. Ihr dürft ihre Seele nicht verbittern.»

«Jesus», rief Don Camillo ungestüm, als er vor Christus am Hochaltar kniete, «willst du den einfältigsten Trottel der Welt sehen?»

Er schlug sich zweimal kräftig auf die Brust und erklärte:

«Da ist er!»

«Wer sich erniedrigt, wird erhöht werden», antwortete Christus lächelnd.

Don Camillo aber war wütend:

«Jesus», flehte er, «tu' mir einen Gefallen und versetze mich in die Lage, mir selbst einen Fußtritt zu geben.»

«Törichte Bitten zur Ausübung von Gewalt kann ich nicht erhören. Quäle dich nicht, Don Camillo. Liebe deinen Nächsten wie dich selbst. Liebe dich selbst wie deinen Nächsten.»

«Nein, Herr, einen Idioten wie diesen Don Camillo kann ich nicht lieben!»

«Im Gegenteil, Don Camillo: Liebe ihn mehr als jeden anderen, denn er, der glaubt, die anderen den Weg des Glaubens zu lehren, kommt mitunter vom Weg ab und merkt es nicht einmal.»

Don Camillo protestierte stolz:

«Herr, dumm bin ich, das stimmt, aber den Weg des Glaubens kenne ich sehr wohl!»

«Wer sich erhöht, wird erniedrigt werden, bei der ersten Gelegenheit erkläre auch dies, Don Camillo», flüsterte Christus.

Um die Wahrheit zu sagen, ließ die Gelegenheit nicht auf sich warten: Am Nachmittag um fünf kam der Smilzo und klebte eine Bekanntmachung an die Mauer der Pfarrerwohnung. Don Camillo kam sofort herbeigelaufen, und seine Absichten waren eher kriegerischer Natur.

«Bürger», begann die Bekanntmachung, *«die demokratische Verwaltung ist stolz, Euch ankündigen zu können, daß eines Eurer großen Anliegen demnächst ver-*

wirklicht wird. Morgen beginnen die Arbeiten zur Begradigung der Straße nach Castelpiano ...»

«Sieh dir das an und lerne, du dummes Stück», rief Don Camillo.

Der Smilzo, der in sicherer Entfernung stehengeblieben war, fragte: «Wie meint Ihr, Hochwürden? Ist etwas nicht in Ordnung?»

«Ich rede nicht mit dir.»

«De gustibus non disputoribus», behauptete Smilzo und bestieg wieder sein Fahrrad. «Es gibt auch Leute, denen es Spaß macht, mit sich selber zu reden.»

«Jesus», sagte Don Camillo, nachdem er im Laufschritt vor dem Hochaltar angekommen war, «ich muß den Folinis sofort diese Bekanntmachung bringen!»

«Nicht nötig», antwortete Christus. «Die haben nie gezweifelt. Sie haben immer fest daran geglaubt, daß die Straße angelegt würde. Zu dir haben sie nur deshalb so gesprochen, weil sie wußten, daß du nicht an ein so tiefes Vertrauen glauben kannst. Sie wußten, daß du sie für verrückt erklärt hättest.»

Don Camillo senkte den Kopf.

«Jesus», stammelte er, «wie kann man in einer Angelegenheit wie dieser begreifen, ob es sich um eine fixe Idee oder um Vertrauen auf die göttliche Vorsehung handelt?»

«Das sind Dinge, die man nicht begreifen, sondern nur fühlen kann. Du mußt lernen, dem gesunden Menschenverstand zu mißtrauen, Don Camillo. Sehr oft ist er nichts anderes als Nichtverstehen.»

Don Camillo wandte sich betrübt ab. Sehr bald aber dachte er an die grüne Lichtung mitten im Akazienwald. Er dachte an die Straße, die sie durchschneiden würde, und ihm wurde leicht ums Herz.

Nacht im «Kreml»

Die Häuser im Hauptort drängten sich dicht aneinander, als getraute sich keines, allein dazustehen, und die Gassen und Sträßchen, die alle in die Hauptstraße mündeten, waren eng und krumm; trotzdem lag das Ganze wie ein Reiskorn unter tausend anderen verstreut in der endlos weiten, flachen Landschaft.

Auch hier aber hatten die Leute den «Zentrumsfimmel», und wenn einer sich ein Haus bauen mußte, schien es undenkbar, das auch nur fünfzig oder sechzig Meter vom «Zentrum» entfernt zu tun. Sobald Menschen vom Lande in einem «städtischen Agglomerat» von ein paar Baracken wohnen, werden sie ebenso dumm wie die Städter, und anstatt in die freien grünen Felder hinauszublicken, schließen sie die Augen und träumen von Wolkenkratzern.

Die Tavonis wollten sich schon seit vielen Jahren ein Haus bauen; aber natürlich wollten sie es im Zentrum, und im Zentrum gab es an unbebauter Fläche längst nur noch den Hauptplatz. So warteten sie geduldig und zuversichtlich, und das Warten sollte sich denn auch lohnen.

Im Zentrum stand eine verfallene, vor mehr als fünfzig Jahren entweihte Kirche. Ein häßliches Ding aus tropfenden Ziegelsteinen, das höchstens noch als Hauptquartier der Dorfmäuse taugte. Eine Ungezieferburg, die keiner zu betreten wagte, weil ihm jeden Augenblick die Wände über dem Kopf zusammenstürzen konnten.

Im Lauf der Zeit wurde die ehemalige Kirche immer mehr zu einer öffentlichen Gefahr; den letzten Schlag hatte ihr das Hochwasser versetzt, das die ohnehin schon zu schwachen Grundmauern vollends ins Wanken brachte.

Man mußte sie unbedingt abbrechen; doch auch das Niederreißen eines Hauses kostet Geld, besonders wenn es im eigentlichen Dorfkern und an einer schmalen Straße steht.

Da kam jemandem Tavoni in den Sinn, und man machte ihm einen Vorschlag: Wenn er das alte Gemäuer auf seine Kosten niederreißen lasse, bekomme er das Grundstück zu einem Vorzugspreis.

Tavoni brauchte keine zwei Minuten Bedenkzeit; er unterschrieb sogleich den Vertrag und begann mit dem Abbruch.

Seit fünfzig Jahren hatten alle die baufällige Kirche täglich gesehen, die eben deswegen entweiht und aufgegeben worden war, weil sie eine Gefahr für die Gläubigen darstellte und angesichts der verrutschten Fundamente auch nicht repariert werden konnte. Aber erst als Tavoni mit den Arbeiten begonnen hatte, witterten die Leute das «Geschäft», und nachdem sie vergeblich versucht hatten, mit unsinnigen Angeboten Tavoni das «Geschäft» wegzuschnappen, sagten sie, Tavoni sei ein Trottel.

«Nur ein Dummkopf», behaupteten sie, «kann auf den Grundmauern einer Kirche ein Wohnhaus aufbauen.»

Tavoni aber demolierte gelassen weiter, und als alle Trümmer weggeräumt waren, bekamen manche beim

Anblick der wunderbaren freien Baufläche fast die Gelbsucht. Es war ein harter Schlag, aber man versuchte das Gesicht zu wahren, indem man daran festhielt, es sei eben doch eine hirnwütige Idee, ein Haus auf die Fundamente einer ehemaligen Kirche zu stellen. Das dauerte allerdings nicht lange, denn als der Schutt beseitigt war, ließ Tavoni auch die Grundmauern ausheben. Er wollte ein Haus, das von zuunterst bis zuoberst neu war.

Ein paar Tage lang fraßen die Leute ihre Wut in sich hinein, aber endlich lief die erlösende Neuigkeit durch das Dorf:

«Tote! Unter dem Kirchenboden lagen große Gräber voller Gebeine und Totenschädel.»

Wagenladungen von Gebeinen und Schädeln, erzählten die Leute. In Wirklichkeit waren es bloß einige Säcke voll armseliger Knochen, die sogleich zum Friedhof gebracht wurden, aber die Leute taten nun einmal so, als wären Dutzende von Tonnen Skelette zutage gekommen. Jemand war sogar abgeschmackt genug, in der Provinzzeitung die Nachricht vom Fund einer «antiken Totenstadt» erscheinen zu lassen, gekrönt von dem Satz: «Wie aus dem genannten Dorf verlautet, soll Herr Tavoni die Bauarbeiten abgebrochen haben, um anstelle des geplanten Hauses einen marmornen Säulenstumpf zum Gedenken an die makabre Ausgrabung errichten zu lassen.»

Tavoni spie Gift und Galle, tat ihnen jedoch den Gefallen nicht, klein beizugeben. Im Gegenteil, er trieb die Arbeiten voran und grub weiter, bis er auf völlig unberührte Erde stieß. Dann ließ er neue Grundmauern aus Beton errichten, füllte den riesigen Hohlraum mit Kies und Schotter aus dem Fluß und versiegelte ihn auf

Bodenhöhe mit einer zwei Spannen dicken Betonschicht.

Die Neider höhnten: «Er hat keinen Keller angelegt, weil er sich vor den Toten fürchtet!»

Tavoni aber fürchtete sich offensichtlich weder vor den Toten noch vor den Lebenden, denn das Haus strebte mit ungeheurer Schnelligkeit in die Höhe. Und das bedeutete, daß Tavoni es kaum erwarten konnte, in sein neues Heim zu ziehen.

Inzwischen gingen den Leuten die Giftpfeile aus; als die elegante Wohnstätte innen und außen fertig, Mauerwerk und Farbe trocken war, hielt Tavoni feierlich Einzug, und die Zuschauer empfanden es, als hätte er eine Gewalttat begangen.

Und da Tavoni seinen Sieg geschickt ausnutzte und keine Gelegenheit ausließ, öffentlich zu erklären, es wohne sich in dem neuen Haus so herrlich, daß er sich wie neugeboren fühle, begannen die Unterlegenen richtig zu leiden.

Doch bald nahte der Tag der Vergeltung.

Wer war der erste, der Alarm schlug? Unmöglich, das herauszufinden: irgend jemand war es einfach gewesen. Und gleich geriet das Dorf in Aufruhr.

Die Leute trennten sich in zwei Lager: solche, die daran glaubten, und solche, die nicht daran glaubten.

«Das mußte ja so kommen», sagten die einen. «Man baut kein Wohnhaus über den Gebeinen von Toten. Die Toten wollen in Ruhe gelassen werden.»

«Das ist dummes Altweibergewäsch», sagten die andern. «Aber man sollte wirklich kein Haus über den Gebeinen von Toten bauen.»

Und so erzählten es alle weiter, die einen in abergläubischer Furcht, die andern mit spöttischer Miene: daß es in dem Haus nicht geheuer sei.

Verschlossene Türen klappten nächtlicherweile unvermittelt auf und zu, das Licht gehe immer wieder aus, man höre seltsame Geräusche.

Die einzigen, die natürlich von alledem nichts wußten, waren Tavoni und seine Frau. Ihnen wäre es nicht im Traum eingefallen, in ihrem neuen Haus merkwürdige oder besorgniserregende Vorkommnisse zu bemerken. Doch es fand sich jemand, der sich die Mühe nahm, die umittelbar Betroffenen ins Bild zu setzen.

«Schreckliche Leute in diesem Dorf», sagte eines Tages die Drogistin zu Tavonis Frau. «Leute, denen es fast schlecht wird, wenn sie jemanden sehen, dem es gut geht. Wissen Sie, was ich vor weniger als einer halben Stunde einer gewissen Person gesagt habe, die mit der Geschichte von den Gespenstern daherkam? Es wäre besser, es würde jeder darauf achten, was in seinem eigenen Haus vorgeht, habe ich gesagt.»

«Die Geschichte mit den Gespenstern?» fragte Frau Tavoni neugierig. «Was ist damit? Ich habe nichts gehört.»

«Ach, wissen Sie, das übliche dumme Geschwätz. Jetzt heißt es, daß es in Ihrem Haus spuke: Türen, die zuschlagen, Kettengerassel, Licht, das ausgeht, undsoweiter. Alles bloß wegen der paar Knochen, die man zwischen den Grundmauern gefunden hat. Machen Sie sich nichts daraus, Frau Tavoni, lachen Sie darüber, wie ich.»

Frau Tavoni lachte durchaus nicht darüber. Sie erzählte die Geschichte brühwarm ihrem Mann und blickte sehr beunruhigt drein: «Verstehst du?» schloß sie. «Man sagt im ganzen Dorf, bei uns sei es nicht geheuer.»

«Laß sie doch reden!» lachte Tavoni. «Schließlich wohnen wir in unserem Haus und wissen genau, daß die Gespenster nur in den Köpfen der Leute spuken, die der Neid plagt.»

Eines Abends erlosch während des Essens plötzlich das Licht, und Frau Tavoni stieß einen durchdringenden Schrei aus. Dann ging das Licht wieder an, aber in der Nacht schlug irgendwo eine Tür zu, und da verfiel Frau Tavoni in Krämpfe.

Am folgenden Tag eilte sie zu Don Camillo und beschwor ihn, das Haus zu segnen. Die Leute sahen Don Camillo hingehen und fanden sich bestätigt: Es spukte wirklich bei den Tavonis, sonst hätten sie nicht den Priester geholt, um das Haus zu segnen.

Die Geschichte mit den Gespenstern bildete bald den allgemeinen Gesprächsstoff, und als Peppone eines Abends sein Büro im Volkshaus betrat, ertappte er den Smilzo dabei, wie er sich mit Bigio ernsthaft über Geister unterhielt.

Peppone war entrüstet. «Solches Geschwätz von kindischen alten Weibern will ich hier drin nicht hören! Daß sich ausgerechnet im Volkshaus Überbleibsel der schlimmsten mittelalterlichen Verdummung breitmachen, ist unerträglich!»

«Chef», brummte der Smilzo eingeschüchtert, «wir haben doch nur gesagt, was die Leute sagen.»

«Über solchen Quatsch redet man überhaupt nicht!» wies ihn Peppone zurecht. «Im Gegenteil, wenn man jemanden so etwas dahersagen hört, erklärt man laut und deutlich, daß das einfältige Ammenmärchen sind. Die erste Pflicht jedes Genossen ist es, das Volk geistig zu heben, ihm die Köpfe vom Nebel des klerikalen

Wunderglaubens zu befreien. Solange das werktätige Volk noch an Geister und Gespenster glaubt, kann von proletarischer Revolution ja gar nicht die Rede sein!»

Die Bagatelle mit dem Spuk wuchs sich – in den Augen Peppones – in kurzer Zeit zur Schande des Dorfes aus. Und als er eine alte Frau sah, die sich bekreuzigte, während sie an Tavonis Haus vorbeieilte, war das Maß voll. Wütend lief er ins Gemeindehaus, schloß sich in seinem Bürgermeisterbüro ein und verfaßte einen unmißverständlichen Aufruf:

«Bürger!

Wegen eines Witzboldes, der aus bösartigem Spaß ein Gerücht in die Welt gesetzt hat, wurde im Dorf das Märchen vom sogenannten Gespensterhaus verbreitet, mit allen Zeichen der Volksverdummung, wie sie des letzten Jahrhunderts würdig sind. Abgesehen vom sozialen Rückschritt macht sich damit das Dorf zum Gespött der umliegenden Gemeinden, was schweren moralischen und materiellen Schaden nach sich zieht.

Es wird daher an die Bürgerschaft appelliert, an den ungebildetsten Klassen der Bevölkerung ein Werk der Aufklärung zu vollbringen, damit dieses Gerede aufhört, ansonsten unser Dorf in Kürze zum Gegenstand von Witzen wird, wie Piolo, wo sie einst den Kirchturm verschieben wollten und dabei Stroh unter ihre Füße legten, daß es aussah, als bewege sich der Turm, während sie stillstanden und nach hinten rutschten.

Es wird gebeten, die Schuldigen ausfindig zu machen, damit der Ungehörigkeit ein Ende bereitet werden kann.

Der Bürgermeister
Giuseppe Bottazzi»

Der Smilzo sorgte noch für die richtige Interpunktion, dann wurde der Aufruf in Druck gegeben und an den Straßenecken aufgehängt. Unglücklicherweise verließen nur zwei Stunden danach die Tavonis mit Sack und Pack das neue Haus und kehrten in ihr ursprüngliches Heim zurück.

Das wirkte so einschneidend auf die öffentliche Meinung, daß Peppones tiefempfundener Aufruf ungehört verpuffte und sich im Dorf und in allen Gemeinden der Umgebung große Gruppen von Anhängern des Übernatürlichen bildeten.

Tavoni hängte ein Schild an die Tür des Hauses: «Zu vermieten». Als niemand sich meldete, schrieb er ein neues: «Zu verkaufen».

Leute mit Geld gab es genug, und das Geschäft wäre günstig gewesen; doch niemand hatte den Mut, zuzuschlagen.

So trat eines Sonntagvormittags Peppone in das Café, in dem sich die wohlhabenden Landwirte jeweils nach der Messe trafen, und meinte sarkastisch: «Wenn man denkt, daß alle dem Tavoni das Geschäft wegschnappen wollten, als er den Vertrag unterschrieb! Jetzt, wo er das Haus um ein Butterbrot verkauft, will niemand es haben. Bammel ist halt noch stärker als Egoismus!»

Filotti, der am schnellsten reagierte, sprach allen aus dem Herzen, als er sagte:

«Wenn Sie soviel Mut haben, warum kaufen Sie es nicht selbst?»

«Mut genügt nicht: Da braucht's Geld. Und ich habe keins.»

«Aber Ihre Partei hat Geld. Lassen Sie es doch von der Partei kaufen.»

«Wir sind nicht die Bauernpartei, wir können nicht mit Geld um uns schmeißen.»

«Sie haben doch die vier Millionen für die Vergrößerung des Volkshauses. Wenn Sie das lassen, wie es ist, und für drei Millionen die Tavoni-Villa kaufen, sparen Sie Ihrer Partei eine Million und machen ein Bombengeschäft.»

Tatsächlich war man im Begriff, das Volkshaus aufzustocken und anzubauen. Das ganze Dorf wußte das und kannte den Kostenvoranschlag bis in alle Einzelheiten.

«Das Haus ist wie gemacht für die Einrichtung von Büros, des Archivs undsoweiter», fuhr Filotti fort. «Schade, daß die mittelalterliche Volksverdummung auch bei den Progressiven herrscht.»

Das war eine öffentliche Herausforderung, auf die Peppone nur antworten konnte: «Eigentlich keine schlechte Idee.»

Es war sogar eine ausgezeichnete Idee, denn die Villa hatte mehr als sechs Millionen gekostet und wies alles auf, was für die Unterbringung des Hauptquartiers der Roten geeignet war.

Also packten die Roten zu, und schon wenige Tage später nahm Peppone samt zugehörigen Siebensachen im neuen Haus feierlich Einsitz.

Und alsogleich hatte das Volk den passenden Namen für die Tavoni-Villa gefunden: *Kreml*.

Als im Kreml alles eingeräumt war, versammelte Peppone nach dem Abendessen seinen Stab um sich und sagte: «Alle wichtigen Dokumente liegen jetzt hier – wir dürfen sie natürlich nicht allein lassen. Von nun an hält jede Nacht jemand Wache. Wer will heute hierbleiben?»

Niemand antwortete.

«Schön», brummte Peppone. «Dann bleibst du, Smilzo.»

«Wenn ich das gewußt hätte», wandte der Smilzo ein, «hätte ich mir von meiner Frau eine Thermosflasche Kaffee mitgeben lassen. Ich möchte nicht einschlafen. Und Zigaretten habe ich auch nicht bei mir.»

«Macht nichts», tröstete Peppone.

«Hol dir, was du brauchst, und komm zurück. Ich warte solange.»

Der Smilzo verschwand, und nach und nach gingen auch die andern. Peppone saß allein in den stillen Wänden des «Kreml» und blickte sich zufrieden um. Es war wirklich ein prächtiges Haus, gut gebaut, bequem, weitläufig. Die Partei hatte ein ausgezeichnetes Geschäft gemacht.

«Auch Gespenster können für etwas gut sein», dachte er und rieb sich die Hände.

Vom Kirchturm schlug es elf Uhr.

«Wie lange braucht denn dieser Tropf, um mit dem Kaffee zurückzukommen?» dachte Peppone verärgert.

Peppone schaltete das Radio ein, aber in diesem Augenblick schlug im oberen Stockwerk eine Tür zu: jemand mußte ein Fenster offen gelassen haben. Peppone stand auf und ging ruhig zur Treppe. Kaum hatte er ein paar Stufen erstiegen, wurde das Licht schwach, flackerte noch ein Weilchen und erlosch.

Die Tür klapperte immer noch, und gleichzeitig drang vom Dachboden her ein merkwürdiges Quietschen herunter.

Peppone suchte die Schachtel mit den Streichhölzern in allen Taschen, fand sie aber nicht.

Er stieg weiter hinauf. Vor einer Tür suchte er den

Lichtschalter und fand auch diesen nicht. Aber das war sowieso nutzlos: es mußte an der elektrischen Leitung etwas nicht in Ordnung sein.

Er trat in das Zimmer, das finster wie eine Grabkammer war, und hinter ihm fiel die Tür mit einem Knall wie von einem Revolverschuß zu.

Tastend tappte er auf das Fenster zu, als er aus dem Erdgeschoß Schreie hörte.

Entsetzliche Schreie.

Dann Musik.

Offenbar brannte das Licht wieder, und damit lief auch das Radio. Peppone fand den Lichtschalter, drehte. Licht flammte auf, und Peppone stand dicht vor zwei riesigen Augen, die ihn anstarrten.

Nichts: das große Stalinporträt, das jemand hier an die Wand gelehnt hatte.

Er ging wieder hinunter und setzte sich vor den Radioapparat, den er aber gleich ausschaltete, denn draußen war ein Gewitter aufgezogen, und die Blitze störten den Empfang.

Er schaute auf die Uhr, die Mitternacht zeigte. War das möglich, daß er eine Stunde gebraucht hatte, um in den ersten Stock hinauf zu gehen und zurückzukommen?

Nicht nur möglich, sondern richtig: Eben schlug es vom Kirchturm Mitternacht.

Wieder sonderbare Geräusche aus dem Obergeschoß – was machte dieser verflixte Smilzo bloß? Warum kam er nicht?

Es war heiß in dem Zimmer, Peppone fühlte sich ganz feucht vor Schweiß. Er trat zum Fenster und öffnete die Glasflügel. Als er eben auch die Fensterläden aufsperren wollte, ging erneut das Licht aus. Diesmal schlagartig.

Er versuchte die Jalousien im Dunkeln aufzubekommen – und hatte den abgerissenen Riegel in der Hand. Er drückte mit aller Kraft, doch die Fensterläden waren wie zugenagelt.

Die Zimmertür knarrte.

Peppone glaubte zu ersticken: Er spürte die Anwesenheit eines unbekannten Feindes im Zimmer, eines Feindes, der mit jedem Augenblick näherrückte.

Stockstill blieb er stehen, mit zusammengebissenen Zähnen und geballten Fäusten. Noch zehn Minuten hielt er durch, und sie kamen ihm vor wie ein Jahrhundert; seine Nerven waren angespannt wie Violinsaiten, und das Herz hämmerte in seiner Brust, daß es schmerzte.

Er hielt durch, bis er im Genick den kurzen, eisigen Atemzug des Unbekannten fühlte.

Da gab Peppone den Widerstand auf und schlug das Kreuz.

Das Licht flammte wieder auf.

Das Zimmer war leer. Die Fensterläden ließen sich weder öffnen, noch hinausstoßen, weil es in die Mauer eingelassene Rolläden waren.

Peppone schlief auf dem Stuhl ein. Als der Smilzo eintraf, war es schon sechs Uhr morgens.

«Chef», stammelte der Smilzo, «bin ich zu spät?»

«Nein, du hast nur die Hosen voll.»

«Man tut, was man kann», flüsterte der Smilzo gedemütigt.

Peppone ging nach Hause. Es hatte zu regnen aufgehört, und die Sonne ging auf, rot und groß hinter dem leichten Nebelschleier, der über den Pappelreihen lag.

«Wenn der Kerl von einem Priester das erführe», dachte Peppone, während er vor dem Pfarrhaus vorüberging, «der würde sich schön freuen!»

Don Camillo jedoch erfuhr es nie, und so war der einzige, der sich an dieser Geschichte freute, der liebe Gott.

Das Altersheim

Pocci, der Wucherer, der sein ganzes Leben damit verbracht hatte, Reichtümer anzusammeln, starb. Und da er nichts mitnehmen konnte, spielte er den Großzügigen und vermachte Geld und Gut wohltätigen Institutionen in der Stadt.

«Ein Aas – im Leben wie im Tod», sagten die Leute vom Dorf, als sie von dem Testament erfuhren.

Doch Pocci war so gemein, daß er dem Dorf nicht einmal die Genugtuung gönnte, ihn zu beschimpfen. Als niemand es mehr erwartete, zog der Notar einen versiegelten Umschlag hervor, «Zwei Monate nach meinem Tode zu öffnen».

Pocci hinterließ sein Haus, drei Millionen Lire in bar und ein ansehnliches Grundstück einem zu errichtenden Altersheim. Testamentsvollstrecker der Pfarrer, der Bürgermeister und sechs weitere, mit hinterhältiger Sorgfalt ausgesuchte Persönlichkeiten.

Don Camillo, Peppone und die übrigen Komiteemitglieder fanden sich zur Testamentseröffnung im Büro des Notars ein, und es war ein harter Schlag für alle, denn keiner der Einberufenen hatte etwas von der Anwesenheit der andern gewußt. Sie maßen einander mit finsteren Blicken und ließen die Lesung über sich ergehen.

Als der Notar geendet hatte, sagte keiner ein Wort.

«Wer schweigt, stimmt zu», stellte der Notar fest. «Ihr

nehmt also an und verpflichtet euch als Testamentsvollstrecker, ein Heim für die bedürftigen Alten der Gemeinde zu errichten und zu verwalten.»

«Augenblick!» rief Peppone. «Reden wir doch geradeheraus: Der alte Pocci hat sich auch in dieser Angelegenheit als das große Aas benommen, das er immer gewesen ist.»

«Herr Bürgermeister!» mahnte Don Camillo. «So spricht man nicht von Toten!»

«Herr Pfarrer», erwiderte Peppone, «als Pocci diesen Wisch hier eigenhändig unterschrieb, war er nicht tot, sondern lebendig. Also war er das Aas, das wir kennen. Und darum hat er noch diese letzte Schindluderei mit uns getrieben und als Testamentsvollstrecker acht Personen ausgelesen, von denen jede die andern sieben auf den Tod nicht ausstehen kann. Es muß schwer gewesen sein, eine solche Kombination auszuklügeln, doch der alte Pocci hat es fertiggebracht: politische Differenzen, Interessenstreitigkeiten, alte Rivalitäten der verschiedensten Art, undsoweiter undsofort, kurz, wenn jeder von uns seinem eigenen aufrichtigen Impuls folgen dürfte, würde er den andern sieben ins Gesicht spucken. Seht Ihr, was ich meine?»

«In gewissem Sinne schon», brummte Don Camillo.

«Gut», fuhr Peppone fort. «Wir sind also hier anwesend und nennen ihn, als Lebenden und nicht als Toten, ein Aas, das unter dem noblen Vorwand der menschlichen und sozialen Solidarität allen acht von uns die Galle hochtreiben will, mit dem Ziel, daß wir einander die Köpfe einschlagen und das ganze Komitee im Krankenhaus oder im Gefängnis landet. Und daher schlage ich vor, daß wir dem Verstorbenen, mit Verlaub, die

Zunge herausstrecken und es jemand anderem überlassen, das Altersheim zu verwirklichen.»

«Einverstanden!» stimmte das Komitee lebhaft zu, ausgenommen Don Camillo.

«Der Herr Gemeindepfarrer billigt unseren Entscheid nicht?» erkundigte sich Peppone angriffslustig.

«Der Herr Gemeindepfarrer gestattet sich lediglich, Euch darauf hinzuweisen, daß die acht Testamentsvollstrecker, die Pocci bezeichnet hat, unersetzbar sind. In dem Dokument steht ausdrücklich, daß das Vermächtnis automatisch an das Altersheim von Palermo geht, wenn wir es nicht alle acht annehmen.»

«Palermo?» rief Peppone aufgebracht. «Was hat Sizilien damit zu tun?»

«Das müßte man den Herrn Pocci fragen. Ich weiß ebensowenig wie Sie, Herr Bürgermeister. Also: Wenn wir nicht annehmen, bringen wir das Dorf um ein riesengroßes Benefiz, und dann ist das ganze Dorf gegen uns und macht uns für den Schaden verantwortlich.»

Peppone ließ die Faust auf den Schreibtisch krachen: «Da haben wir's, was der alte Pocci wirklich wollte: das Dorf noch einmal ärgern und uns persönlich hereinlegen!»

«Das glaube ich nicht», wandte Don Camillo ein. «Ich glaube vielmehr, daß ihn eine ganz andere Absicht beseelte. Eine sehr löbliche Absicht: uns zu zwingen, daß wir zum Wohl des Dorfes unsere Antipathien vergessen. Uns einen Anlaß zu liefern, über den wir alle einig sein können.»

Peppone ließ seinen Blick über die Runde schweifen. «Für mich», sagte er, «ist Poccis Ziel kein anderes, als uns einen Streich zu spielen. Und da würde ich sagen:

Nehmen wir die testamentarische Verfügung an. Unsere privaten Beziehungen bleiben, wie sie sind; aber wir müssen uns verpflichten, bei den Verhandlungen über das Altersheim jede übermenschliche Anstrengung zu unternehmen, um einig zu sein.»

«Bravo!» lobte Don Camillo. «Das müssen wir zum Wohl der Gemeinde tun.»

Die übrigen sechs verharrten in bockigem Schweigen, doch ihre Augen sagten: «Nein!»

«Das Wohl der Gemeinde ist mir egal!» betonte Peppone heftig. «Wir müssen jetzt nur darum einig sein, damit wir unsererseits dem alten Pocci eine Nase drehen!»

«Wenn es darum geht, den Pocci hereinzulegen, dann nehme ich alle Bedingungen an», stimmte einer der sechs zu.

«Ich auch», sagte ein zweiter.

Alle waren damit einverstanden, nur Don Camillo hielt an seinem Standpunkt fest: «Ich mache mit, aber nicht, um Pocci eine Nase zu drehen, sondern zum Wohl der Gemeinde. Man darf das Gute nicht als Mittel zum Bösen mißbrauchen.»

Die Versammlung meuterte: «Kommt nicht in Frage! Entweder Ihr macht ebenfalls mit, um den Pocci hereinzulegen, oder wir ziehen unsere Zusage zurück.»

«Tut mir leid», erwiderte Don Camillo. «Ich kann das Gute nicht für Böses einsetzen. Das geht gegen das Grundprinzip der christlichen Religion. Ich muß das Böse bekämpfen, um das Gute zu erlangen. Ihr seid eine Bande von Missetätern, die das Gute (die Errichtung eines Altersheims) dazu benutzt, die Seele eines armen Verblichenen zu piesacken. Eigentlich müßte ich mich zurückziehen und damit euer gotteslästerliches Unternehmen platzen lassen. Dadurch aber würde ich alte, bedürftige, unglückliche Menschen schädigen. Ich mache also mit, doch muß ganz klar sein, daß ich mich des Bösen bediene (eurer schlechten Hintergedanken), um das Gute in Form des Altersheimes zu erlangen.»

Peppone protestierte: «Ach so! Ihr macht also das Altersheim, weil Ihr ein Ehrenmann seid, und wir machen es, weil wir Halunken sind! Der Herr Priester will, wie immer, eine Vorzugsstellung.»

«Es hindert euch ja niemand, es mir gleichzutun», gab Don Camillo ruhig zurück. «Ihr braucht den Auftrag lediglich anzunehmen, um den Lebenden etwas Gutes zu tun, statt um einen Toten zu ärgern.»

«Den Lebenden! Den Lebenden!» fuhr Peppone auf. «Wenn ich einmal tot bin, kümmern die Lebenden sich auch nicht um mich!»

Die andern sechs wiegten ernst die Köpfe, wie um zu sagen: «Da hast du wohl recht.»

«So oder so», schloß Peppone, «sind wir uns in den Grundzügen offenbar alle einig. Ist jemand hier, der sich der Initiative eines Altersheims widersetzt?»

Niemand widersetzte sich.

Als sie das Notariat verlassen hatten, gingen die acht auseinander, ohne sich auch nur zu grüßen.

In der Kirche angekommen, kniete Don Camillo vor dem Gekreuzigten am Hauptaltar nieder. «Jesus», rief er aus, nachdem er die ganze Geschichte ausführlich erzählt hatte, «ich danke Euch, daß Ihr die böse Absicht des alten Pocci durchkreuzt habt. Er hoffte, wir würden uns an die Gurgel springen, und statt dessen ...»

«Don Camillo», unterbrach Christus streng, «wie

kannst du behaupten, daß Pocci mit dem Vermächtnis böse Absichten verband?»

Don Camillo breitete die Arme aus: «Jesus», stammelte er, «alle haben es gesagt, dort beim Notar ... Ich nicht, natürlich. Im Gegenteil, ich habe ihn verteidigt. Armer Herr Pocci: Möge Gott ihm die Qualen der Hölle leichter machen.»

«Don Camillo!»

«Herr», rechtfertigte sich Don Camillo hastig, «ich würde mir nie anmaßen, mich an die Stelle der Göttlichen Gerechtigkeit zu setzen. Ich gebe lediglich die öffentliche Meinung wieder.»

Poccis Haus war eines der schönsten, geräumigsten und behaglichsten des Dorfes und hatte auch einen großen Garten. Es schien für ein Heim wie geschaffen zu sein.

Die Barmittel genügten reichlich für den Umbau und die Einrichtung. Das Grundstück, das Pocci dem Altersheim vermacht hatte, war eines der besten der Gemeinde, wurde von fleißigen, ehrlichen Pächtern bewirtschaftet und warf eine ausgezeichnete Rendite ab.

Das Achterkomitee funktionierte von der ersten Sitzung an geradezu beispielhaft: Die Diskussionen wurden in heiterer Gelassenheit geführt, und die Arbeiten kamen großartig voran.

In vier Monaten war alles bereit, und als die Kommission vollzählig zur Abnahme erschienen war und alles zur vollsten Zufriedenheit vorgefunden hatte, wandte man sich dem Programm der Einweihung zu.

Hier brachte Don Camillo einen schwerwiegenden Einwand vor: «Meiner Meinung nach muß das Heim nicht bloß als Gebäude eingeweiht werden, das für die

Aufnahme alter Bedürftiger bereitsteht, sondern als in Betrieb stehende Institution. Es so leer einzuweihen, das wäre doch, als würde man ein Schiff auf dem Trokkenen vom Stapel lassen, ohne es aufs Meer hinaus zu schicken. Die Bürger müssen das Altersheim in Betrieb, also mitsamt den Insassen sehen. Nur so können sie sich ein genaues Bild von der Leistungsfähigkeit der ganzen Einrichtungen machen. Was meint ihr?»

Die andern kratzten sich nachdenklich die Köpfe.

«Natürlich!» rief Peppone. «Das Heim ohne Insassen ist wie eine elektrische Leitung ohne Strom oder eine Bahnlinie ohne Bahn. Und überdies weiß man ja, wie das vor sich geht: Da kommen die Journalisten und fragen die alten Leute aus: Wie alt seid Ihr? Wie geht es Euch? Was seid Ihr von Beruf gewesen? und so weiter.»

«Außerdem», sagte einer der andern sechs, «wenn die Insassen im Heim sind, können wir die richtige, praktische Abnahme durchführen. Und alles, was möglicherweise noch nicht ganz klappt, vor der offiziellen Einweihung in Ordnung bringen.»

Es galt also, die alten Leute zu finden, die im Heim unterkommen sollten, und das war wirklich kein schwieriges Unternehmen, denn es gab in der Gemeinde nur fünf bedürftige Betagte, und die kannte jeder: Giacomone, 75 Jahre, wohnhaft im Dorf selbst; Ranieri, 78 Jahre, in Torricella; Girardengo, 80 Jahre, in Trecaselli; Joffini, 79 Jahre, in Fiumetto und die Miràcola, 85 Jahre, in Crociletto.

Fünf arme Teufel, die zwar nicht bettelten, aber doch von Almosen lebten. Giacomone, hochaufgeschossen und so dünn, daß ihm die Knochen fast durch die Haut zu stechen schienen, war ein Opfer des Streiks von 1908:

damals hatte er seine Stelle verloren und war seither arbeitslos geblieben. Fünfundvierzig Jahre lang hatte er sich kümmerlich durchgeschlagen, fast nur von Wein gelebt und in Scheunen und Ställen geschlafen.

Ranieri, mittelgroß und mit mächtigem Seehundschnauzbart, hieß in Wirklichkeit anders, aber man nannte ihn Ranieri oder Fröschl, weil er etwa zweimal in der Woche «Frösche fangen» ging – das heißt, daß man ihn besoffen in einem Graben schlafend fand. Und als man ihn einmal aus dem Graben der Nationalstraße vier zog, da hatte sich doch tatsächlich ein Frosch in seiner Jackentasche verkrochen.

Girardengo war der kleinste der vier. Sein richtiger Name war Bedetti, aber da er steife Knie und verrostete Hüftgelenke hatte, sich nur mit Zehnzentimeterschrittchen vorwärtsbewegen konnte und einen ganzen Tag brauchte, um einen halben Kilometer zurückzulegen, war er in Girardengo umgetauft worden, was ungefähr Zipperlein hieß.

Jeder, der ihn fragte, wohin er gehe, bekam von Girardengo unweigerlich die Antwort: «Ich muß deiner Schlampe von Schwester einen Expreßbrief bringen.»

Joffini war der Ernsteste und Fleißigste. Stets reinlich gekleidet, verbrachte er sein Leben zwischen den Deichseln eines Handkarrens. Niemand hatte ihn je ohne seinen Karren gesehen. Ob Sommer oder Winter, er schob ihn über die Landstraßen der Bassa, und alle zweihundert Meter hielt er an, setzte sich auf eine Deichsel, nahm seine Tabakpfeife heraus, zündete sie an, und wenn in der Pfeife ein Zigarrenstummel steckte, blies er Rauch aus dem Mund, wenn nicht, sog er einfach die nach Pfeifenrohr stinkende Luft ein.

Die alte Miràcola dagegen trug ständig einen Korb am Arm; sie war so klein und zierlich, ihr schneeweißes Haar so sauber frisiert, daß alle Leute sie gernhatten. Mit Erfolg «bekreuzigte» sie Wundrosen und Verstauchungen – daher der liebevolle Spitzname «Miràcola».

Die fünf Altersheimkandidaten lebten völlig unabhängig voneinander; jeder hatte seinen eigenen Wirkungsbereich, seine eigene Kundschaft, sie begegneten sich überhaupt nie.

Sie begegneten sich erst an dem Tag, als der Smilzo in der Funktion eines Hilfspolizisten sie einsammelte und ins Gemeindehaus brachte, wo der Bürgermeister und Don Camillo und die andern sechs vom Achterkomitee sie erwarteten.

Es war vereinbart, daß Peppone im Namen aller die Begrüßungsansprache halten sollte, und als die fünf armen Alten vor ihm standen, sagte Peppone mit herzlicher, aber feierlicher Stimme: «Wir haben euch zusammengerufen, um euch etwas Schönes mitzuteilen. Etwas Schönes für euch wie für uns. Denn während ihr es seid, die den materiellen Nutzen haben werdet, wird uns der moralische Nutzen zuteil, die Genugtuung, daß wir endlich die erste aller sozialen Pflichten erfüllen können: die Fürsorge für die Bedürftigsten.»

Die fünf beäugten Peppone, Don Camillo und die andern sechs voller Mißtrauen.

«Wie ihr sicherlich wißt», fuhr Peppone fort, «wird demnächst das Altersheim eröffnet, und darum haben wir euch hergebeten.»

«Ich bin nicht alt», brummte Giacomone. «Mich geht das nichts an.»

«Du bist fünfundsiebzig», erwiderte Peppone, «also bist du alt.»

«Wenn einer noch arbeiten und sein Stück Brot verdienen kann, ist er nicht so alt, daß man ihn ins Armenhaus stecken muß», beharrte Giacomone.

Nun wurde Peppone ärgerlich: «Red keinen Quatsch, Giacomone: Du hast schon nie etwas getan, als du jung warst, geschweige denn jetzt, da du alt bist. Seit ich ein kleiner Junge war, sehe ich euch herumgehen und um Almosen bitten.»

«Ich habe nie gebettelt!» protestierte Giacomone.

«Ich auch nicht!» behauptete Ranieri.

«Ich tue seit fünfzig Jahren meinen Dienst mit dem Handkarren und verdiene meinen Lebensunterhalt!» rief Joffini.

Peppone lief puterrot an. «Schluß jetzt! Ab heute abend seid ihr im Altersheim. Und wenn ihr nicht geht, lasse ich euch hintragen!»

«Und wenn du mich hintragen läßt, reiße ich aus!» schrie Girardengo wütend.

Die Miràcola begann still zu weinen und wischte sich mit einem Zipfel ihres schwarzen Kopftuches die Augen.

«Und was habt Ihr zu flennen?» fragte Don Camillo.

«Ich will in meinem Bett sterben, nicht im Hospital», stammelte die alte Frau.

«Hospital?» kreischte Peppone wütend und drückte damit die heilige Entrüstung der ganzen Kommission aus. «Welcher Lump hat die Frechheit, von einem Hospital zu reden? Smilzo, schmeiß die Leute in den Krankenwagen und fahr sie zum Heim, damit sie es sehen!»

Als sie das Wort Krankenwagen hörte, fing die Alte

erst recht zu weinen an. «Herr Peppino», flehte sie, «habt doch Respekt vor einer armen alten Frau, die Euch auf dem Arm getragen hat, als Ihr zwei Monate alt wart ...»

Auf das Wort Peppino und den Vorwurf reagierte Peppone mit einem so argen Fluch, daß Don Camillo den Nichtangriffspakt verletzte und zu der Alten sagte: «Anstatt ihn im Arm zu halten, hättet Ihr ihn gescheiter von der Brücke in den Kanal geworfen.»

Die fünf armen Teufel wurden in den Lieferwagen verladen und weggebracht. Peppone, Don Camillo und die andern sechs folgten zu Fuß. Sie waren alle stocksauer: «Wir reißen uns alle Beine aus, um ihnen Gutes zu tun, und sie behandeln uns, als wären wir Henker!»

«Und jetzt?»

Die fünf Unglücklichen, die verloren im großen Vorraum des Altersheims herumstanden, fuhren zusammen, als sie Peppones Stimme hörten.

Man führte sie zur Besichtigung durch das ganze Gebäude. «Das ist die Küche, wo man euch das Essen kocht», erklärte Peppone. «Gesundes, sauberes, nahrhaftes Essen. Und reichlich.»

«Frühstück, Mittagessen, Vesper und Abendessen», fügte Don Camillo hinzu. «Und das alle Tage. Aus mit der Ungewißheit!»

Dann gelangte man in den weiten, hellen Speisesaal. «Aus und vorbei ist es mit dem Brotverdrücken an einem Grabenrand», sagte Peppone.

«Ihr eßt wie rechte Christenmenschen am gedeckten Tisch, an der Wärme im Winter und in der Kühle im Sommer.»

Dann betraten sie den Schlafsaal mit den in Reihe stehenden Betten.

«Jesusmaria!» stöhnte die Miràcola.

«Jesusmaria was?» wollte Don Camillo wissen.

«Ich will nicht an einem Ort schlafen, wo Männer schlafen.»

«Dummes Zeug! Das ist doch die Männerabteilung. Ihr schlaft in der Frauenabteilung.»

Nun zeigte man den künftigen Insassen die glänzenden Porzellanwaschbecken, das Krankenzimmer, die kleine Bibliothek, den Aufenthaltsraum mit den bequemen Stühlen und die Garderobe mit der schon bereitgelegten Wäsche und den Kleidern, die an den Bügeln hingen.

«Warmwasserheizung, elektrisches Licht, warmes und kaltes Wasser, Radio und, wenn die Station Montepelli erst gebaut ist, auch Fernsehen. Zeitungen, Bücher, Werkstätte, wenn einer Lust hat, sich die Zeit mit kleinen Arbeiten zu vertreiben. Und der feine Garten, um Luft und Sonne zu genießen. Meint ihr immer noch, wir seien Halunken, die euch etwas Böses antun wollen? Schurken, die euch ins Hospital stecken? Mörder, die euch im Gefängnis einsperren? Das ist euer Haus, und jeden Tag habt ihr freien Ausgang. Also – was habt ihr zu sagen?» Selbstsicher wartete Peppone auf Antwort.

«Es ist wunderbar», sagte Giacomone.

«Direkt herrschaftlich», fügte Ranieri hinzu.

«Schön!» seufzte Joffini. «Wenn man wollte, könnte man hier auch den Handkarren unterbringen.»

«Aber klar!» lachte Peppone zufrieden und blinzelte den andern sieben zu.

Girardengo sah sich noch immer um.

«Sicher», murmelte er. «Sicher, mehr könnte man gar nicht verlangen.»

«Und Ihr, was meint Ihr?» fragte Peppone vergnügt die Miràcola.

«Ich bin nur eine arme alte Frau», jammerte sie leise. «Was soll ich sagen?»

«Gefällt es Euch oder nicht?»

«Es macht mir Angst, so schön ist es.»

«Ihr werdet Euch daran gewöhnen. Ihr werdet Euch schnell daran gewöhnen!»

Da mischte sich Don Camillo ein: «Wir freuen uns alle sehr, daß euch euer Haus gefällt. In einer Woche wird alles funktionieren, und dann ist auch das Personal da. Also verbleiben wir so: Ihr habt Zeit, eure kleinen Angelegenheiten zu regeln, und in einer Woche stellt ihr euch hier ein, ohne daß wir euch noch einmal extra einladen, und beginnt euer neues Leben.»

Peppone blinzelte dem Verwalter zu, der den Wink verstand, vortrat und jedem der fünf eine Tausendernote in die Hand drückte: «Das bedeutet, daß ihr von heute an vom Altersheim betreut werdet: Das ist die Unterstützung für die Tage, die ihr noch warten müßt. Giacomone und Ranieri – bitte, betrinkt euch nicht.»

Die fünf hielten ihren Geldschein fest in der Hand, als sie weggingen.

«Wir sind über den Berg!» rief Peppone zufrieden. «Man muß eben Geduld haben mit alten Leuten.»

«Besonders mit diesen», fügte Don Camillo hinzu. «Sie haben vom Leben nie etwas Gutes bekommen und können es nun fast nicht glauben, daß die Göttliche Vorsehung sich auch ihrer erinnert.»

Jetzt war alles bereit, aber als die sieben Tage verstrichen waren, zeigte sich niemand.

Man wartete noch zwei Tage, dann wurde der Smilzo auf die Suche nach den fünf Heiminsassen geschickt.

Es dauerte noch einmal drei Tage, bis er sie aufgespürt hatte, und als sie gefunden waren, kehrte der Smilzo mit leeren Händen zurück.

«Ja, ich habe sie gefunden, aber wenn ihr sie holen wollt, müßt ihr selber gehen», erklärte er dem Komitee. «Ich bringe es nicht fertig.»

«Smilzo!» schimpfte Peppone. «Du hast die Befehle auszuführen!»

«Chef, ich habe mich deinen Anordnungen noch nie widersetzt. Es ist nur so, daß es diesmal ein Befehl ist, den ich nicht ausführen kann. Ich kann dich höchstens hinbegleiten.»

Sie fuhren alle acht auf dem von Smilzo gelenkten Camion Peppones los; sie waren wütend und durchaus gewillt, die Bettler notfalls mit Gewalt zur Ordnung zu bringen. Der Lastwagen rumpelte über die staubigen Straßen und blieb hinter der Häusergruppe von Crociletto vor einer einsamen Baracke stehen.

«Das ist das Haus der alten Frau», erklärte der Smilzo.

«Dann laden wir dieses Weib als erste auf!» schrie Peppone. «Nachher schnappen wir uns die andern. Ob sie weint oder brüllt, in einer Stunde ist sie im Altersheim!»

Die Tür war mit einer Kette verriegelt. Peppone trat mit Wucht dagegen, und nach ein paar Minuten ging die Tür auf, und es erschien die Miràcola.

«Hopp, los, und keine Geschichten!» fuhr Peppone

sie an. «Nehmt Euren Plunder und marsch! Ich gebe Euch fünf Min ...»

Weiter kam er nicht, denn seinen Augen bot sich ein wahrhaft ungewöhnliches Schauspiel: Peppone befand sich gar nicht in der Küche, wie er glaubte, sondern in einer Schreinerwerkstatt: Giacomone arbeitete an der Werkbank.

Ranieri polierte eine kleine Tischplatte blank, und Girardengo saß in einer Ecke und flocht einen Stuhlsitz.

«Wir haben eine Genossenschaft gegründet», erklärte Giacomone gelassen.

«Jeder von uns hat sich an seinen alten Beruf erinnert und die Arbeit wieder aufgenommen. Die Miràcola hat uns das Haus zur Verfügung gestellt und kocht für uns. Joffini holt mit seinem Handwagen die Arbeiten und bringt sie zurück. Mit den fünftausend Lire haben wir die Werkbank und das notwendigste Werkzeug gekauft.»

Peppone trat näher und betrachtete sich, was Giacomone gerade in Arbeit hatte. Und auch die andern traten näher und betrachteten es sich.

Es war eine bescheidene, aber tüchtige Handwerkerleistung.

«Na schön», brummte Peppone und leitete den Rückzug ein. «Wenn ihr uns braucht, dann wißt ihr ja, wo wir sind.»

Stumm verließen sie die Hütte und stiegen in den Lastwagen. Bei der Kurve an der alten Kloake, kurz nach der Einbiegung ins enge Sträßchen von Pioppaccio, mußte der Smilzo bremsen, weil ein Handkarren auf der Grabenböschung stand. Der Karren war mit zerbrochenen Stühlen und zerschlagenen Holzkübeln beladen.

Auf einer Deichsel saß Joffini mit der Pfeife im Mund, und auf der Karrenwand stand mit roter Lackfarbe:

Handwerker-Genossenschaft
«Freiheit»

Der Smilzo zirkelte rechts vorbei, und als sie an Joffini vorüberfuhren, beugte sich Don Camillo aus dem Lastwagen und warf ihm eine halbe Toscano-Zigarre in den Schoß.

Die andere Hälfte stopfte er sich selber in den Mund und zündete sie an, um nicht hinter Peppone und den andern zurückzustehen, die wie Fabrikschlote drauflosrauchten.

Das Meisterwerk

An jenem Morgen sprang Peppone schon um vier Uhr aus den Federn. Er war sozusagen mit einem Knoten im Kopf eingeschlafen und brauchte daher keinen Wecker.

Kurz vor Mitternacht nämlich, als er schon am Haustor stand, um abzuschließen, hatte man ihm die Nachricht überbracht, daß die Klerikalen in der Villa von Filotti eine Geheimversammlung abgehalten hatten. Dem Informanten, der sich in unmittelbarer Nähe des Sitzungsortes herumgedrückt hatte, war es gelungen, einen Satz aufzuschnappen, den eines der klerikalen großen Tiere beim Verlassen des Hauses laut zu den andern geäußert hatte: «Morgen haben wir etwas zu lachen!»

Was sollte morgen vorgehen? Peppone fand keine Antwort auf diese quälende Frage, und nachdem er alle Rädchen seines Gehirns umsonst in Bewegung versetzt hatte, beschloß er, das einzige, was man tun könne, sei, sofort schlafen zu gehen, um im frühesten Morgengrauen wieder auf den Beinen zu sein.

Um viertel nach vier begann Peppone seine Inspektionsrunde durch die verlassenen Straßen des schlafenden Dorfes.

Er bemerkte nichts besonderes: Die an die Mauern geklebten Plakate waren dieselben wie am Abend vorher, die Spruchbänder und die Anschlagtafeln auch. Das beruhigte Peppone einerseits, andererseits machte es ihm erst recht zu schaffen: Wenn es sich nicht um einen propagandistischen Streich in Form von Papier handelte, das man an die Wände klebt, was hatten *dann* die Klerikalen ausgeheckt?

Wahrscheinlich etwas Journalistisches – in diesem Fall blieb Peppone nichts anderes übrig, als ruhig zu warten, bis die Zeitungen herauskamen.

Entschlossen überquerte er den Platz und ging zum Volkshaus. Tief in Gedanken versunken, zog er den Schlüssel zum Eingang aus der Tasche – und tat vor Schrecken einen Satz rückwärts.

Auf den Stufen vor der großen Tür lag ein dickes Bündel, das alles andere als vertrauenerweckend aussah. Peppone dachte gleich an eine Höllenmaschine. Schon in den nächsten Sekunden jedoch geschah etwas, das diese Vermutung über den Haufen warf: aus dem Bündel ragte ein winziges, winkendes Händchen.

Mißtrauisch trat Peppone wieder näher, und als er einen Zipfel des schwarzen Tuches hob, mit dem das Bündel zugedeckt war, entdeckte er an der kleinen Hand einen kleinen Arm und an dem kleinen Arm ein kleines Kind.

Ein so schönes Kind hatte Peppone noch nie gesehen; es konnte höchstens drei, vier Monate alt sein, und es fehlten ihm nur zwei Flügel, daß man es für ein Engelchen gehalten hätte.

Auf dem Jäckchen war mit einer Sicherheitsnadel ein Blatt Papier angeheftet:

«Wenn ihr die Partei der Armen seid, dann ist dieses Geschöpf das ärmste der Welt, denn es hat nichts, nicht einmal einen Namen. Es wird euch anvertraut von einer unglücklichen Mutter.»

Als Peppone diese unglaubliche Botschaft gelesen und wiedergelesen hatte, blieb ihm der Mund offen – aber nur solange, als es unbedingt notwendig war; dann stieß er einen Schrei aus.

Von allen Seiten kamen Leute herbei, die wenig mehr als das Hemd auf dem Leibe trugen und deren Augen noch voller Schlaf waren. Sie alle lasen das Briefchen und starrten sich fassungslos an.

«Ist das denn die Möglichkeit, daß im Atomzeitalter noch solche Dinge vorkommen?» brüllte schließlich Peppone. «Das ist ja das reine Mittelalter!»

«Nur mit dem Unterschied, daß sie im Mittelalter diese Kinder auf die Kirchenstufen legten!» bemerkte der Smilzo, der sich dazugesellt hatte.

Peppone wandte sich um und fragte verblüfft: «Was willst du damit sagen?»

«Daß es vom Mittelalter bis heute ziemliche Fortschritte gegeben hat», erklärte Smilzo. «Immerhin, die unglückseligen Mütter, die gezwungen sind, ihre Kinder wegzugeben, trauen nicht mehr den Pfaffen, sondern ...»

Peppone ließ ihn nicht ausreden; er packte ihn beim Jackenaufschlag und zog ihn zur Volkshaustür. «Nimm das Kind und komm herein!»

Der Smilzo hob das Bündel auf und folgte Peppone in dessen Büro.

«Chef», stotterte er, «warum behandelst du mich so? Habe ich denn so etwas Schlimmes gesagt?»

Peppone war ganz zapplig vor Aufregung. «Smilzo, nimm Papier und schreib den Entwurf. Es ist keine Sekunde zu verlieren! Heute haben *wir* etwas zu lachen!»

Die eilig herbeigerufene Frau des Lungo kümmerte sich um das Kind, der Smilzo griff sich einen Bogen Papier und entwarf den Text. Nach einer Stunde eifriger Arbeit las er Peppone das Ergebnis vor:

«Bürger!

Im Schutze des nächtlichen Dunkels hat heute früh die unbekannte Hand einer unglücklichen Mutter ihr Kind vor die Tür des Volkshauses gelegt, wo Genosse Giuseppe Bottazzi es auffand.

Auf dem ausgesetzten Säugling war folgender Brief angeheftet: ‹Wenn ihr die Partei der Armen seid, dann ist dieses Geschöpf das ärmste der Welt, denn es hat nichts, nicht einmal einen Namen. Es wird euch anvertraut von einer unglücklichen Mutter.›

Bürger!

Obzwar wir die Wahnsinnstat der unbekannten Mutter verurteilen, prangern wir vor aller Welt die soziale Ungerechtigkeit an, deretwegen die Reichen zuviel haben und die Armen nicht einmal genug, um den Hunger ihres Kindes zu stillen.

Sie sind die wahren Schuldigen! Der Arme würde nicht Brot stehlen, wenn ihm der Reiche nicht das Notwendigste vorenthielte!

Die verzweifelte Tat der Mutter, die ihr Neugeborenes aussetzt, ist typisch für die Feudalgesellschaft des Mittelalters, aber die Mentalität des Volkes ist nicht mehr mittelalterlich; während man damals solche Kinder vor die Kirche legte, hinterläßt man sie heute vor dem Volkshaus, was bedeutet, daß das Vertrauen in die Priester zu Ende ist und die Armen nur auf die Kommunistische Partei hoffen, für die alle Menschen gleich sind und Anspruch auf einen Platz an der Sonne haben!

Bürger, wir übernehmen die Vormundschaft über dieses verlassene Geschöpf und fordern Euch auf, geschlossen unsere Liste zu wählen!

Die Sektion der KPI»

Peppone ließ sich die Proklamation noch zweimal vorlesen, wollte das eine oder andere Komma umplaziert haben und schickte dann den Smilzo zu Barchini mit dem Auftrag, fünfhundert Exemplare zu drucken.

Am Nachmittag waren die Anschläge bereit, und die Plakatklebermannschaft sauste damit in alle Richtungen los. Die erste Komplikation ließ nicht auf sich warten: Kaum hatte der Polizeichef das Manifest gelesen, begab er sich zu Peppone. «Herr Bürgermeister, entspricht das, was auf dem Anschlag der kommunistischen Partei steht, der Wahrheit?»

«Maresciallo, glauben Sie, ich würde so etwas erfinden? Das Kind habe ich selber aufgelesen!»

«Und warum haben Sie den Fund nicht gemeldet?»

Verblüfft starrte ihn Peppone an. «Aber er wird doch auf fünfhundert Manifesten, die im ganzen Bezirk hängen, gemeldet!»

«Das habe ich gesehen. Aber wir müssen ein Protokoll aufnehmen und unsererseits Anzeige erstatten. Wer Kinder aussetzt, macht sich strafbar. Und wer sagt Ihnen überhaupt, daß der Säugling tatsächlich das Kind der Frau ist, die den Zettel geschrieben hat? Und wer sagt Ihnen, daß es eine Frau gewesen ist? Und wenn das Kind seinen Eltern geraubt und dann ausgesetzt worden wäre?»

Da erstattete Peppone dem Maresciallo regelrecht Anzeige, und dieser befragte die Zeugen und verfaßte das Protokoll.

«Und wo befindet sich das Kind jetzt?» wollte der Beamte am Ende wissen.

«Bei sich zu Hause», antwortete Peppone stolz: «Im Volkshaus.»

«Wer hat es in Verwahrung?»

«Die kommunistische Partei. Wir haben es adoptiert.»

«Eine Partei kann keine Kinder adoptieren. Sie kann auch keine Kinder in Verwahrung nehmen. Der Säugling muß einem vom Staat anerkannten Institut übergeben werden. Wir betrachten also Sie persönlich, Herr Bürgermeister, als für das Kind verantwortlich. Wir melden es bei einem Kinderheim in der Stadt an, und morgen früh übergeben Sie es den Beauftragten dieses Kinderheims.»

Peppone betrachtete den Polizeichef finster. «Ich übergebe gar nichts», sagte er dann. «Das Kind adoptiere ich persönlich.»

Der Maresciallo schüttelte den Kopf. «Alle Achtung vor Ihrer Großzügigkeit, Herr Bürgermeister. Aber das ist nicht möglich, bevor alle Nachforschungen abgeschlossen sind.»

«Während Sie den Fall untersuchen, ist der Kleine bei mir und meiner Frau bestens aufgehoben. Wir haben bereits vier Kinder aufgezogen, und das recht gut, wenn ich nicht irre. Im übrigen haftet somit nicht irgendein Unbekannter für das Kind, sondern die oberste Behörde der Gemeinde, nämlich der Bürgermeister.»

Darauf wußte der Maresciallo keinen Einwand mehr. «Gehen wir und sehen wir uns das Kind an», brummte er.

«Machen Sie sich keine Umstände – ich lasse es hierherbringen.»

Bald darauf kam Lungos Frau mit dem Kleinen im Arm. Kaum hatte der Maresciallo einen Blick auf das Kind geworfen, rief er aus: «Donnerwetter! Das ist ja ein Meisterwerk! Wie kann man nur ein so wunderschönes Geschöpf aussetzen!»

Peppone seufzte. «Auch die schönsten Kinder können nicht von der Luft leben.»

Der Polizeichef brauchte keine langen Untersuchungen anzustellen. Noch am selben Abend wurde er dringend nach Torricella gerufen, weil man drei Kilometer außerhalb des Dorfes eine junge Frau tot auf dem Bahngleis gefunden hatte.

In ihrer Handtasche waren eine Identitätskarte und ein Brief, der mit den Worten begann: *«Es ist die übliche Geschichte vom einsamen, betrogenen und verlassenen Mädchen ...»*

Alles übrige ging aus der Identitätskarte hervor; der Maresciallo brauchte nur noch an die Carabinieri der fernen Stadt zu schreiben, in der das Mädchen wohnhaft gewesen war, und die Antwort abzuwarten.

Die Antwort kam: Es handelte sich tatsächlich um ein Mädchen, das ganz allein auf der Welt stand, und das Kind war als ihr Sohn eingetragen.

Der Maresciallo teilte es Peppone mit. «Wenn Sie wollen, können Sie jetzt die Adoption in die Wege leiten», sagte er. «Sollten Sie jedoch Ihre Meinung geändert haben ...»

«Ich ändere meine Meinung nicht.»

Das Findelkind war wirklich ein Meisterwerk; wer immer es anschaute, war überwältigt. Schließlich bekamen auch Bicci und seine Frau es zu sehen und gerieten völlig aus dem Häuschen.

Die Biccis waren steinreich; alles im Leben war ihnen gelungen, nur das eine nicht: Sie hatten keine Kinder bekommen. Jetzt träumten sie nur noch davon, zu einem Stammhalter zu gelangen.

Beim Anblick des Findelkindes sagten sie gleich: «Den schickt uns der liebe Gott! Er hat niemanden auf der Welt. Er gehört uns!»

Sie liefen zu Don Camillo und erklärten ihm alles. «Nur Sie können etwas unternehmen! Peppone hört nur auf Sie!» beschworen sie ihn.

Und Don Camillo mußte in Begleitung des Maresciallo bei Peppone anklopfen. Sie wurden ziemlich unhöflich empfangen. «Politik?» erkundigte sich Peppone.

«Nein. Etwas Ernsteres. Es geht um dieses Kind.»

Nachdem Peppone sich die von Don Camillo übermittelten Vorschläge des Ehepaares Bicci angehört hatte, antwortete er mit einem trockenen «Nein».

«Ich bin im Besitz eines Briefes», sagte er dann, «den die arme Frau in Torricella aufgegeben hat, bevor sie sich unter den Zug warf. Er ist identisch mit dem Schreiben, das Sie, Signor Maresciallo, in der Handtasche gefunden haben. Und der Brief war an mich adressiert.»

«An Sie? Also kannten Sie das Mädchen!»

«Nein. Der Brief war an den ‹Chef des Volkshauses› gerichtet, und der bin ich, und so hat man ihn mir persönlich zugestellt.»

Der Polizeichef lächelte ungläubig: «Daß die Ärmste, nachdem sie ihr Kind vor dem Volkshaus abgelegt hatte, dem Chef des Volkshauses einen Brief schrieb, kann ja sein. Aber wie können Sie behaupten, daß es sich um das gleiche Schreiben handelt wie das, das in der Handtasche lag und an die Justizbehörde gerichtet war?»

«Aus dem einfachen Grund, daß in meinem Brief stand: ‹Einen identischen Brief habe ich auch an die Justizbehörde geschrieben›.»

Peppone holte ein maschinenbeschriebenes Blatt aus der Tasche: «Das Original ist an einem sicheren Ort. Und der Brief lautet wörtlich: ‹*Es ist die übliche Geschichte vom einsamen, betrogenen und verlassenen Mädchen. Der Mann, der mich betrogen hat, ist ein reicher, schamloser Egoist. Vor meinem Tod habe ich meinen Sohn denen anvertraut, die gegen die Reichen, ihren Egoismus und ihre Schamlosigkeit kämpfen. Ich will, daß sie ihn zu einem Feind der Reichen erziehen. Was mich dazu treibt, ist nicht Rachsucht, sondern der Wunsch nach Gerechtigkeit.*›»

Der Maresciallo blieb ungerührt. «Ich weiß nichts», behauptete er. «Ich habe den Brief an die zuständige Stelle weitergeleitet, und nur die zuständige Stelle kann sich dazu äußern.»

«Richtig – aber ich habe einen handgeschriebenen Brief der Kindesmutter in meinem Besitz, samt Unterschrift und Adresse ‹An den Chef des Volkshauses›. Niemand hätte mich hindern können, den Brief fotografieren und Riesenplakate daraus machen zu lassen. Stellen Sie sich vor, Herr Gemeindepfarrer, wie das gewirkt hätte, wenn es mir eingefallen wäre, das Kind als Wahlpropagandamotiv zu mißbrauchen! Finden Sie nicht auch, Signor Maresciallo?»

«Das fällt nicht in meine Kompetenz, Herr Bürgermeister. Ich habe Ihnen alles gesagt, was zu sagen ist.»

Eine ganze Weile verharrten Don Camillo und Peppone in Schweigen. Dann fragte Peppone: «Hochwürden, hätte ich das Recht oder nicht, Euch mit einem Hammer den Kopf einzuschlagen?»

«Nein. Nur Gott hat das Recht, einem Menschen das Leben zu nehmen.»

«Gut: Hätte also der Herrgott die Pflicht oder nicht, dem Menschen das Leben zu nehmen, der in dieser Pfarrgemeinde als Kirchenoberhaupt amtet?»

«Gott hat keine Pflichten, Gott hat nur Rechte. Und vor Gott haben die Menschen nur Pflichten.»

«Ausgezeichnet!» rief Peppone. «Und was wäre also in diesem Fall meine Pflicht vor Gott? Das Kind den Biccis zu geben, damit sie einen miesen Egoisten daraus machen, wie sie selber sind?»

«Oder es selber zu behalten und in der Schule des Hasses aufzuziehen?» gab Don Camillo zurück.

In der großen Küche stand die Wiege, und in der Wiege schlief das Kind. Als Don Camillo und Peppone vor ihm standen, schlug es die Augen auf und lächelte.

«Wie schön er ist!» entfuhr es Don Camillo.

Peppone wischte sich den Schweiß von der Stirn. Dann verließ er die Küche und kam mit einem Blatt Papier zurück. «Hier ist der Originalbrief der Mutter», erklärte er. «Ihr könnt kontrollieren, ob ich die Wahrheit gesagt habe. Lest nur!»

«Behalt den Brief!» wehrte Don Camillo ab. «Ich schwöre dir, ich zerreiße ihn, wenn du ihn mir gibst!»

«Ich will nichts wissen. Hier – wenn Ihr lesen wollt, lest!»

Zwischen Don Camillo und Peppone stand die Wiege, und Peppone reichte den Brief hinüber.

Aber eine winzige Hand griff nach dem Stück Papier und zerknüllte es zwischen den Fingerchen.

Peppone öffnete seine Pranke und starrte verdutzt auf das Kind, dessen kleine Fäuste das Blatt in Fetzen rissen.

«Jesus! ...» ächzte Don Camillo mit weit aufgerissenen Augen.

In diesem Augenblick kam Peppones Frau herein: «Welcher Esel hat ihm dieses Papier gegeben?» schimpfte sie. «Und auch noch mit Tintenstift geschrieben! Wenn er das in den Mund steckt, vergiftet er sich ja!»

Rasch sammelte sie die Fetzen ein und warf sie ins Herdfeuer. Dann hob sie den Kleinen aus der Wiege und hielt ihn in die Höhe: «Hochwürden, haben Sie gesehen? Ist er nicht ein Meisterwerk? Fragen Sie doch mal Ihren Präsidenten De Gasperi, ob er so etwas zustandebrächte!»

Und das sagte sie, als hätte sie selber es zustandegebracht.

Don Camillo ging nicht auf die Provokation ein. Ausgesucht höflich verabschiedete er sich: «Wiedersehn, Frau Bottazzi. Wiedersehn, Herr Bottazzi. Wiedersehn, Herr Bottazzi junior.»

Und Herr Bottazzi junior antwortete mit einem hohen, zarten Triller, der Don Camillo ins Herz drang und es mit Trost und Hoffnung erfüllte.

Festival

Das Landhaus der Grafen Rocchetta stand in der Fraktion Gariola. Ein großes Gebäude aus dem 19. Jahrhundert, das von der Landstraße her gesehen ziemlich weit im Hintergrund war; man gelangte zu ihm, nachdem man eine breite Allee durchschritten hatte, die zwei Reihen riesiger Pappeln imposant flankierten.

Die Grafen Rocchetta waren dem Volk dieser Gegend doppelt verhaßt: einmal haßte man sie, weil sie Adlige, zum anderen, weil sie Gutsbesitzer waren.

Ihnen gehörten in der Tat etliche Tausend Biolche Land, die sie in Halbpacht hatten und mit Hilfe einiger jener Gutsverwalter leiteten, die vom Ewigen Vater anscheinend speziell dazu geschaffen wurden, um die Besitzer auszusaugen und sie den Bauern gegenüber unsympathisch erscheinen zu lassen.

Wenn die Rocchettas auf dem Land waren, sah man sie nie herumlaufen, weder in Gariola noch sonst irgendwo. Sie beschränkten sich darauf, im Eiltempo vorbeizufahren, wie Paschas in dicken Straßenkreuzern hingeflegelt, vor denen die Leute, unter gewaltigen Staubwolken hustend, auseinanderstoben.

Die Rocchettas waren eher töricht als böse und beurteilten die sie umgebende Welt in Gariola nicht nach persönlichen Erfahrungen, sondern nach den Aussagen ihrer Gutsverwalter, Geschäftsführer und Vertrauensleute. Und um den Nachwuchs vor unziemlichen Kontakten zu bewahren, hatten sie die beiden Jungen, den Giorgio und die Elisabetta, zur Ausbildung ins Ausland geschickt.

Während der Ferien holten sie sie vom Pensionat ab, um sie ans Meer oder in die Berge oder zu einer Kreuzfahrt zu befördern. Alles ging denn auch ausgesprochen gut bis zu dem Tage, an dem Elisabetta, genannt Betty, nach Vollendung des siebzehnten Lebensjahres heimkehrte, versehen mit einem unnützen Diplom, das ihr eine unnütze, ehrenvoll beendete Ausbildung bescheinigte.

Elisabetta war hier geboren, in dem großen gelben Haus, und die heimische Luft bekam ihr sehr viel besser als die des Meeres oder der Berge. Und da, zu allem anderen, ein Mädchen von siebzehn Jahren kein Kind mehr ist und es somit nicht ratsam ist, sie mit einer Hauslehrerin in die Welt hinaus zu schicken, beschlossen die Rocchettas, das Mädchen bis nach Abschluß der Drescharbeiten auf dem Land in Gariola zu behalten.

Dann wollten sie mit ihm an die Côte d'Azur fahren.

Man überschüttete Betty geradezu mit Ermahnungen: Man erklärte ihr, sie dürfe auf gar keinen Fall die Grenzen des Besitzes überschreiten. Man sagte ihr auch warum und wieso. Das Mädchen antwortete, es habe genau verstanden, und das Ergebnis war, daß Elisabetta sich am Nachmittag des darauffolgenden Tages, nachdem sie das Rennrad des Bruders aufgespürt hatte, in den Sattel schwang und ins Unbekannte hinausfuhr.

Der Graf und die Gräfin hatten ihr erklärt, das Gebiet sei voll feuerroter Proletarier, und darum zog das Mädchen, um nicht aufzufallen, vernünftigerweise einen blauen Overall an, den es im Traktorenschuppen gefunden hatte; vorher schlang es sich noch einen auffallenden roten Schal um den Hals.

Natürlich krempelte es Ärmel und Hosenbeine hoch, bevor es seelenruhig davonradelte. Es war fest überzeugt, daß niemand es in dieser Verkleidung erkennen werde, doch mußte selbst ein Stein sie durchschauen.

Wir dürfen allerdings nicht vergessen, daß Elisabetta ein außerordentlich schönes Mädchen war. Außerdem malte sie sich nicht an und bewahrte so ihre mädchenhafte Anmut und Frische. Elisabetta war unerhört anziehend.

Sie fuhr die Dämme hinauf und hinunter, geriet mit den Füßen hin und wieder ins Flußwasser, durchquerte sechs, sieben Dörfchen. Und da Sonntag war, saßen in jedem Dorf Leute vor den Cafés und Wirtshäusern.

Was wiederum bedeutet, daß jede Fahrt Elisabettas durch die Dörfer mit Beifallsbekundungen begrüßt wurde, was sie überhaupt nicht störte, denn sie war selbstsicher genug und vertraute überdies ihrer perfekten Tarnung.

Sie hatte sich noch nie so prächtig amüsiert.

Die Gräfin, die im Garten schlummerte, wurde durch die Ankunft eines Mädchens jäh in die harte Wirklichkeit zurückgerufen. Es war die Tochter einer Hausmagd, die schweißgebadet und keuchend dastand.

«Was ist los?» erkundigte sich die Gräfin.

«Das Fräulein!» stammelte die Unglückliche.

«Das Fräulein?»

«Ja ... Mein Bräutigam und ich, wir kamen beim Fest der *Unità* im Dorf vorbei, und da haben wir gesehen, wie das Fräulein gerade zum Festival hineingegangen ist. Es hatte einen Overall an und ein rotes Taschentuch um den Hals.»

Die Gräfin sah das Mädchen verblüfft an:

«Bist du verrückt geworden?»

«Nein, ich bin sicher. Es hatte das Rennrad des jungen Herrn dabei. Ich habe gesehen, wie es das Rad in den Fahrradständer gestellt hat ... Ich konnte es nicht glauben, darum habe ich mich versteckt und es beobachtet, und es war wirklich das Fräulein. Es tanzte, und alle wollten mit ihm tanzen, weil es so gut tanzt ... Oh, es tanzt wirklich gut! ... Ich habe mich gleich von meinem Bräutigam mit dem Motorrad herbringen lassen. Ich möchte nicht, daß dem Fräulein etwas passiert: Die dort sind alle rot, und es sind üble Kerle aus allen Fraktionen dabei.»

Die Gräfin verlor die Beherrschung nicht:

«Sage Luigi, er soll den 1400er vorfahren und warte auf mich, ich komme sofort.»

Zehn Minuten später startete der 1400er in Richtung Dorf, mit Luigi am Steuer; die Gräfin und das Mädchen fuhren mit.

«Wir wollen versuchen, die Angelegenheit ohne Aufsehen zu erledigen», erklärte die Gräfin ihm unterwegs. «Ich lasse den Wagen noch vor dem Festival anhalten. Du steigst aus, gehst auf den Festplatz, siehst zu, daß du bis zum Fräulein vordringen kannst und sagst ihm, daß ich hier draußen auf es warte.»

Als sie die erste Ecke des Festplatzes erreicht hatten, ließ die Gräfin anhalten, und das Mädchen stieg aus:

«Bemühe dich, nicht aufzufallen», schärfte die Gräfin ihm ein.

Die Gräfin kochte vor Zorn und hätte am liebsten

geschrien; das aber sparte sie sich auf, bis sie die mißratene Tochter wiederhatte.

«Das haben wir davon, daß wir sie zum Lernen ins Ausland geschickt haben!» dachte sie. Und dann kamen ihr die schrecklichen Einzelheiten über den Overall, das rote Taschentuch und das Rennrad in den Sinn.

Was das gnädige Fräulein Elisabetta betraf, so dachte es in diesem Augenblick an nichts Schreckliches: es amüsierte sich noch immer, wie es sich nie zuvor amüsiert hatte.

Es verging vor Hitze und schwitzte wie zwei schwer arbeitende Proletarierinnen, aber seine Beine flitzten unermüdlich hin und her. Die Jünglinge machten erbarmungslos Jagd auf das Mädchen, und kaum fing es an, mit einem zu tanzen, so kam schon ein anderer, um zu «trennen».

Am Festival waren zwei Orchester, die einander abwechselten, so daß Elisabetta keine einzige Verschnaufpause hatte.

Jetzt hatten alle nur noch Augen für die kleine Brünette im blauen Overall und mit dem roten Taschentuch um den Hals, und schließlich fiel sie auch Peppone auf.

«Kennst du die dort?» fragte er den Smilzo.

«Nie gesehen, seit ich mich erinnern kann. Die ist nicht von hier, Chef. Der sieht man von weitem an, daß sie was Besseres ist: Ware aus der Stadt.»

«Darüber besteht kein Zweifel», brummte Peppone. «Es steht ihr auf der Stirn geschrieben: Das Ding kommt von der anderen Seite des Flusses. Sieh nur, wie sie tanzt. Übrigens nicht schlecht, alles in allem.»

«Ja, Chef, aber es ist eine alltägliche Schönheit. Außerdem haben die von dort keinen Anstand. Ich habe gehört, sie sei mit einem Rennrad gekommen.»

Peppone sah auf die Uhr:

«Leg' jetzt los, Smilzo, es ist soweit.»

Smilzo durchpflügte die Menge, trat vor das Orchester, und mit einer Handbewegung ließ er das Spiel abbrechen. Er kletterte auf die Bühne, und nach einem Gongschlag, der die Leute zum Schweigen brachte, erklärte Smilzo:

«Jetzt lassen alle Tänzer ihre Tänzerinnen los und stellen sich im Kreis auf. Die Tänzerinnen haben am Eingang einen Hut aus buntem Papier bekommen, auf den eine Nummer gedruckt ist. Jede Tänzerin setzt ihren Hut auf, dann stellen sich alle hintereinander auf und laufen dreimal um den Saal herum. Jeder Tänzer hat am Eingang einen Zettel bekommen. Sobald er nun seine Wahl getroffen hat, schreibt er die auf dem betreffenden Hut stehende Nummer auf seinen Zettel und wirft diesen beschriebenen Zettel in die hier vorne stehende Urne. Ganz einfach, ganz klar, ganz demokratisch.»

Die Jünglinge strömten an der Saalwand zusammen, die in der Mitte verbliebenen Mädchen setzten ihre Papierhütchen auf, und während die Musik in gedämpften Tönen einen heiteren Marsch spielte, begannen sie mit ihrer Parade.

Auch Elisabetta machte es wie alle anderen, und ihr Hütchen trug die Nummer 108. Sie machte sich keine Gedanken darüber, welchen Zweck diese komische Angelegenheit haben mochte.

Es war ein Spiel.

Die Tochter der Hausmagd betrat das Gelände des Festivals, als die Mädchen bereits mit ihrer Parade begonnen hatten. Es gelang ihr nicht einmal, bis zu den drei ersten Zuschauerreihen vorzudringen.

Sie wartete, aber als die drei Runden beendet waren, brüllte Smilzo: «Kommission an die Arbeit!» und gab Anweisung, wieder zum Tanz aufzuspielen. Und das Mädchen mußte es aufgeben, bis zu Elisabetta durchzukommen.

Drei Tänze, dann ertönte von neuem der Gong.

Wieder erschien Smilzo auf der Orchesterbühne und hielt ein Blatt Papier in der Hand.

«Ergebnis der Abstimmung», brüllte Smilzo. «Die Kommission hat die Zettel geprüft und alle in Ordnung und für gültig befunden. 70 Prozent der Stimmen entfielen auf die Nummer 108, 10 Prozent auf die Nummer 15, 10 Prozent auf die Nummer 80 und 10 Prozent auf die Nummer 93. Damit ist das Fräulein, das die Nummer 108 trägt, mit erdrückender Mehrheit als Erste bewertet worden und wird zum Sternchen der *Unità* ernannt.»

Brausender Beifall begrüßte die Worte Smilzos, der fortfuhr:

«Das Fräulein Nummer 108 möge bitte zur Kommission kommen, um den ersten Preis entgegenzunehmen. Er besteht aus einer Flasche Parfüm und einem Jahresabonnement der großen Wochenzeitung *«Neue Wege»*. Außerdem wird ihr Bild in eben dieser Wochenzeitung veröffentlicht.»

Smilzo sprach auch zu den übrigen drei, die zu gleichen Teilen den zweiten Preis erhielten, aber die Tochter der Hausmagd hörte das schon nicht mehr; sie rannte hinaus, um der Gräfin ihren schrecklichen Bericht zu erstatten.

«Nun?» fragte die Gräfin, kaum daß sie das Mädchen

wieder auftauchen sah, «hast du mit ihr gesprochen?»

«Das konnte ich nicht! Sie haben sie zum Sternchen der *Unità* gewählt, und sie bekommt gerade den Preis. Sie wollen auch ihr Bild in den *Neuen Wegen* veröffentlichen lassen.»

Es galt einzugreifen, bevor es zu spät war, und die Gräfin ließ sich mit dem Wagen bis vor das Festzelt fahren und betrat es mit entschlossener Miene.

Sie ging fest entschlossen hinein, bahnte sich mühsam einen Weg durch die Menge und arbeitete sich auch wirklich bis zur Bühne der Kommission vor, genau in dem Augenblick, als Peppone zu Elisabetta sagte:

«Und jetzt nennen Sie diesem jungen Mann Ihren Vornamen, Nachnamen und die Anschrift für das Abonnement der *Neuen Wege.* Ich bin sicher, daß dieser Preis noch willkommener sein wird als das Parfümfläschchen. Es gibt kein lieblicheres Parfüm als Kultur und geistige Weiterbildung.»

Der Fotograf war schon dabei, abzudrücken. Mit letzter Anstrengung gelang es der Gräfin, zwischen die Tochter und den Fotografen zu treten.

Peppone erkannte die Gräfin sofort und sah sie mit offenem Mund an.

«Herr Bürgermeister», erklärte die Gräfin, indem sie auf Peppone zuging. «Ich bitte Sie, dieses Dummerchen zu entschuldigen. Sie ist gerade erst vom Internat zurückgekehrt und weiß nichts, aber auch gar nichts. Ich wäre Ihnen dankbar, wenn Sie jede Publizität vermeiden würden. Sie verstehen mich: Die Leute würden über uns und über Sie lachen ... Schlagen Sie mir diese Bitte nicht ab, machen Sie die Wahl rückgängig ... Und was meine Tochter betrifft, so verspreche ich Ihnen, daß sie die Strafe bekommen wird, die sie für ihre Frechheit verdient.»

Das Mädchen wurde blaß.

«Mama, ich wollte doch nichts Böses. Ich kam einfach herein, um zu tanzen.»

«Schäme dich», sagte die Mutter mit harter Stimme.

Ein älterer Mann, der in der allerersten Reihe stand, mischte sich ein:

«Warum sollte sie sich schämen?» rief er. «Was hat sie denn Schlimmes getan? Wir sind doch keine Mörder!»

Die Leute im Hintergrund begannen drohend zu murmeln; eine Frau schrie, zur Gräfin gewandt:

«Wenn meine Tochter hier ist, die genauso alt ist wie Ihre, warum sollte dann nicht auch Ihre Tochter hier sein können? Was glauben Sie eigentlich? Daß meine Tochter ein Stück Dreck ist?»

Das drohende Murmeln wurde lauter, und die Gräfin fühlte ihr Herz schneller schlagen. Aber sie ging sofort zum Gegenangriff über:

«Gute Frau», sagte sie lächelnd, «ihre Tochter ist hier, aber auch Sie, die Mutter, sind hier. Ich hingegen war nicht hier, als meine Tochter hereinkam.»

«Aber jetzt sind auch Sie hier, Frau Gräfin», entgegnete die Frau, «also machen Sie keine Geschichten.»

Jetzt wußten es alle, und das Gemurmel wurde immer besorgniserregender.

«Wir sind genau so erschaffen wie alle anderen!» fing jemand zu brüllen an.

Peppone vermittelte mit seiner autoritärsten Stimme:

«Genug! Der Vorfall ist abgeschlossen. Jeder ist frei zu tun und zu denken, was er für richtig hält. Wenn es also der Frau Gräfin nicht gefällt, daß ihre Tochter den

Titel des Sternchens der *Unità* bekommt, das steht ihr frei! Auch wir sind höchst zufrieden, daß Ihre Tochter nicht das Sternchen der *Unità* wird.»

«Gut so!» brüllte die Menge.

«Ruhe!» fuhr Peppone fort. «Da die Dinge nun einmal so liegen, gilt die Wahl der Nummer 108 als Sternchen als annulliert. Daher holt sich jetzt jeder Tänzer einen neuen Zettel, und wir schreiten sofort zur Wahl. Und zwar: Da die drei nach der Nummer 108, das heißt nach der ehemaligen 108, gewählten Konkurrentinnen den gleichen Rang haben, wählt das Publikum unter diesen drei. Bitte vortreten, die Nummer 15, die Nummer 80 und die Nummer 93!»

Man bildete einen Kreis, und die drei Mädchen stellten sich in die Mitte.

«Nummer 15, Nummer 80, Nummer 93! Jeder wählt die, die ihm am besten gefällt!»

Die Wahl war rasch wiederholt, und kurz darauf ertönte der Gong. Die Leute schwiegen, und in die tiefe Stille hinein ließ sich Peppones Stimme vernehmen:

«Ergebnis der Wahl: Die Nummer 108 hat hundert Prozent der Stimmen bekommen. Und obwohl dies nicht vereinbart war, ist es doch der Wille des Volkes, und das Fräulein Nummer 108 ist zum Sternchen der *Unità* gewählt worden und erhält den ersten Preis, bestehend aus einer Flasche Parfüm und einem Jahresabonnement der Wochenzeitung *«Neue Wege»*. Bitte Nummer 108 nach vorn treten!»

Es erhob sich tosender Beifall. Es war die reinste Naturkatastrophe.

Elisabetta, die mit der Mutter zusammen von der Menge abgesperrt in der Nähe stand, wurde blaß:

«Mama!» flehte sie, «was soll ich denn jetzt tun?»

«Geh, Idiotin!» antwortete die Mutter mit leiser Stimme.

Elisabetta ging, und als die Leute sie so schön und anmutig auf der Bühne stehen sahen, erhob sich noch einmal riesiger Applaus.

Man fing wieder zu tanzen an: der letzte Tanz mit beiden Orchestern. Ein Walzer!

Alle tanzten, auch die Alten, und es gab keinen freien Zentimeter; trotzdem bildeten die Leute plötzlich vor dem Orchester einen Kreis, und mitten in der Oase tanzte Peppone mit der Gräfin. Mit der Sternchen-Mutter. Einen Walzer der Weltmeisterklasse.

Genosse Unkraut

Eine dreihundertjährige Eiche erscheint uns als etwas Gewaltiges, das wir mit ehrfürchtigem Staunen betrachten. Wenn aber der Blitz einschlägt und sie von oben bis unten spaltet, wird uns klar, daß auch eine Eiche nichts weiter ist als ein größerer und dickerer Grashalm.

Bewundernd und eingeschüchtert blickten die Leute auf Peppone, der wie eine jahrhundertealte Eiche aus der Masse ragte; eines Tages jedoch entdeckten alle, daß er bloß ein etwas höherer und breiterer Mann als die andern war.

Schon seit einer Weile war Peppone nicht mehr richtig in Form; sein «Motor» lief zwar noch, aber etwas war daran spürbar nicht in Ordnung.

Nun ist es für starke Männer immer demütigend, ja, geradezu beschämend, zum Arzt gehen zu müssen. Und Peppone, ein fast allzu starker Mann, verschob es von Monat zu Monat. Endlich, nicht zuletzt seiner Frau zuliebe, die ihm keine Ruhe ließ, gab er nach und suchte den Arzt auf.

Der tat sein möglichstes, um herauszufinden, was zum Kuckuck im Getriebe dieser großen Maschine sich verbogen oder gelöst haben mochte; zuletzt meinte er etwas ratlos: «Ich glaube, mit der Lunge stimmt etwas nicht. Gehen Sie in die Stadt und lassen Sie sich röntgen, dann sehen wir weiter.»

Fuchsteufelswild kam Peppone nach Hause und erklärte seiner Frau, der Doktor sei ein Idiot und die Sache mit dem Röntgen überhaupt nur ein Trick, den Leuten das Geld aus der Tasche zu ziehen: «Das ist doch eine einzige Clique von Banditen!» schrie er. «Der Doktor schickt dich zum Röntgenologen, der Röntgenologe zum Herzspezialisten, der Herzspezialist zum Leberspezialisten, der Leberspezialist zum Krebsspezialisten, der Krebsspezialist zum Chirurgen. Dann schneiden sie dich auf, nähen dich wieder zu, machen noch einmal auf, geben dir dreitausend Spritzen, stopfen dich mit Spezialmitteln voll, verlochen dich monatelang in einer sündenteuren Klinik und spedieren dich am Ende nach Hause, wenn Geld und Gesundheit futsch sind. Soll er doch selber zum Röntgen gehen!»

Die Frau ließ ihn sich austoben, dann fing sie zu bohren an. «Wann gehst du jetzt zum Röntgen?» fragte sie immer wieder. «Warum gehst du nicht zum Röntgen?»

Fast eine Woche lang hielt Peppone durch. Dann gab er seiner Frau die Waffenstillstandsbedingungen bekannt: «Ich gehe, wenn du mitkommst.»

So begleitete sie ihn also in die Stadt und leistete ihm im Wartezimmer Gesellschaft. Er hatte Glück, denn es warteten eine Menge Leute, so daß er sich eingewöhnen und die Kraft sammeln konnte, allein das Sprechzimmer zu betreten.

Der Röntgenologe, ein wortkarger Mann, las den Begleitbrief des Arztes, hieß die Schwester den Namen notieren und machte sich an die Arbeit.

«Professor, es ist doch nichts?» fragte Peppone, während er sich wieder anzog.

«Ich muß erst das Röntgenbild studieren», erwiderte

der Arzt. «Schicken Sie übermorgen jemanden vorbei, um die Aufnahmen und den Bericht abzuholen.»

Ziemlich besorgt kehrte Peppone ins Wartezimmer zurück und erzählte seiner Frau, wie es gegangen war. Sie munterte ihn auf: «Wenn es schlimm wäre, hätte er es dir gleich gesagt. Daß er zuerst das Bild studieren muß, heißt doch, er hat nichts gefunden.»

Peppone war beschwichtigt, aber zu Hause nahm die Unruhe wieder überhand: «Warum hat er gesagt: ‹Schikken Sie jemanden vorbei›? Warum hat er nicht gesagt: ‹Kommen Sie übermorgen und holen Sie die Bilder und den Bericht?›»

«Jetzt mach dich doch nicht verrückt mit solchen Spitzfindigkeiten!» redete seine Frau ihm zu.

«Das sind keine Spitzfindigkeiten! Wenn die entdekken, daß einer ganz übel dran ist, dann sagen sie es ihm nicht, damit er sich nicht aufregt, und sagen es nur seinen Angehörigen!»

Vergeblich bemühte sich die Frau, ihn zu beruhigen. Peppone war psychisch ein Trümmerhaufen und mußte sich zu Bett legen, weil ein höllisches Fieber ihn packte.

Auch am folgenden Tag blieb er im Bett, und am Abend ließ er den Hausarzt kommen: «Morgen sind die Röntgenbilder bereit. Aber ich habe den Wink schon verstanden und weiß, daß es ganz schlecht um mich steht.»

«Na, na, so schlimm wird's nicht sein ...»

«Lassen Sie nur. Aber die Sache ist die: Ich kann die Bilder nicht abholen, weil ich krank bin. Auf der andern Seite will ich nicht, daß meine Frau hingeht: Wenn es etwas so Schlimmes ist, wie ich befürchte, darf sie nichts davon wissen. Auch die Kinder nicht. Also schreiben Sie dem Röntgenarzt ein paar Zeilen, er soll die Aufnahmen in einem versiegelten Umschlag dem Überbringer für Sie mitgeben. Und dann reden wir zwei allein darüber.»

So tuckerte der Smilzo mit dem Motorrad am andern Morgen los, nahm den Umschlag in Empfang, bezahlte, was zu bezahlen war, und fuhr ins Dorf zurück.

Peppone glühte vor Fieber und Ungeduld.

Endlich, endlich kam der Arzt. Peppone hörte ihn eintreten, hörte seine Frau fragen, ob es etwas Ernstes sei, hörte den Doktor fröhlich antworten: «Nichts von Bedeutung, Frau Bottazzi! Seien Sie unbesorgt!»

Er hörte, wie seine Frau sich über den guten Bescheid freute. Daß der Bescheid für ihn selber nicht gut war, merkte er, sobald der junge Arzt zu ihm in die Kammer trat.

«Wie geht's?» Der Doktor gab sich Mühe, jovial zu sein.

«Wie's mir geht? Das müssen Sie mir sagen!»

Der Arzt war ordentlich verlegen: «Machen Sie sich keine Sorgen. Ich habe die Bilder und den Bericht gesehen ... Nichts ganz Schlimmes. Sie brauchen nur viel Ruhe, dürfen sich nicht aufregen und müssen behandelt werden ... Über die Behandlung werde ich Ihre Frau verständigen.»

Mit einem Ruck setzte sich Peppone auf: «Sie haben sich mit niemandem zu verständigen als mit mir! Also los! Packen Sie aus!»

Der Arzt wischte sich den Schweiß von der Stirn. «Wenn Sie sich aufregen, machen Sie alles nur schlimmer. Sie müssen jetzt ganz gelassen sein ...»

«Und Sie müssen endlich mit der Komödie aufhören!» fuhr ihm Peppone über den Mund. «Her mit dem Umschlag!»

Peppone betrachtete die grauen und schwarzen Flekken der Röntgenaufnahmen, las die merkwürdigen Ausdrücke auf dem beigehefteten Blatt und schimpfte: «Damit kann ja kein Schwein etwas anfangen! Was bedeutet das?»

Der Doktor fing an, schwierige Wörter zusammenzuklauben, aber Peppone unterbrach ihn wütend: «Lassen Sie das! Sagen Sie mir endlich, was mir fehlt, und zwar in einer Sprache, die man hierzulande versteht!»

Der Arzt antwortete, es sei nicht einfach, in der Umgangssprache eine genaue Bezeichnung für die Krankheit zu finden.

«Soll ich Ihnen helfen?» schnaubte Peppone. «Ist es eine bösartige Geschwulst?»

«Nein! Es ist, um einen volkstümlichen Ausdruck zu verwenden, eher das, was die Leute galoppierende Schwindsucht nennen ...»

Da wurde Peppone ganz ruhig und legte sich wieder hin.

«Total?» fragte er.

«Wie meinen Sie das?»

«Ich meine, daß ich genau wissen will, wie es um mich steht. Entweder glauben Sie, einen weibischen Schwächling vor sich zu haben, oder Sie sind selber einer! Ich bin ein Mann und will als Mann behandelt werden. Wenn Sie nicht imstande sind, mir die Wahrheit zu sagen, dann scheren Sie sich weg, dann lasse ich einen Arzt aus der Stadt kommen!»

Der kleine Doktor seufzte.

«Also?» drängte Peppone.

«Also, wenn Sie es unbedingt wissen wollen, nach den Röntgenaufnahmen und dem Befund ist Ihre Lunge in einem besorgniserregenden Zustand. Sie müssen sofort in ein Sanatorium.»

Peppone sah ihm in die Augen: «Und was soll ich in einem Sanatorium?»

«Sie sind äußerst robust, und bei richtiger Behandlung und guter Luft können Sie sich erholen. Wenn Sie hierbleiben, ist Ihr Schicksal besiegelt.»

Nun erklärte der Arzt Peppone ganz genau, was die schwarzen und grauen Flecken auf den Negativen bedeuteten.

«Kapiert», bemerkte Peppone zuletzt. «Wie ein Motor mit geplatzten Zylindern.»

«Nicht ganz», berichtigte der Arzt. «Wie ein Motor, bei dem die Zylinder im Begriff sind, zu platzen.»

«Ein paar Umdrehungen mehr oder weniger ...» brummte Peppone. «Doktor, Sie verstehen Ihr Handwerk: Wenn Sie rein vernünftig, ohne mögliche Wunder einzurechnen, Ihr Urteil abgeben müßten – wieviele Umdrehungen würden Sie mir noch geben?»

«Zwei Monate, Herr Bürgermeister», antwortete der junge Doktor mit gesenktem Kopf.

«Danke», sagte Peppone. «Bitte: reden Sie mit niemandem darüber. Keiner darf es wissen. Jetzt fühle ich mich wie erschlagen, das kommt vom Fieber. Sobald es vorbei ist, reise ich ab. Das bin ich vor allem meinen Angehörigen schuldig. Erzählen Sie meiner Frau irgendein Märchen.»

Doch der Arzt kam nicht dazu, Peppones Frau ein Märchen zu erzählen, denn die hatte hinter der Tür gelauscht und alles gehört. Und als der Doktor aus der Kammer kam, stand sie fassungslos vor ihm.

«Schweigen Sie, sagen Sie niemandem etwas!»

herrschte der Arzt sie an. «Sonst verschlimmern Sie die Lage. Sagen Sie, er habe die Grippe.»

Die Ärmste schwor, keiner Menschenseele etwas zu verraten. Doch wes das Herz voll ist, des geht der Mund über, und wenigstens ihrer Mutter mußte sie ihren Kummer anvertrauen. So galoppierte die Neuigkeit schon anderntags durch das Dorf.

Das Mundwerk einer alten Frau ist eine Windmühle.

Zwei ganze Tage mußte Peppone noch im Bett bleiben, am Morgen des dritten Tages stand er fieberfrei auf. Er hatte einen Stoppelbart, mochte sich aber nicht rasieren, da ihm noch der Mut fehlte, in den Spiegel zu schauen.

Heimlich verließ er das Haus und wandte sich entschlossen dem Volkshaus zu. Es war Sonntag, und er fand den ganzen Stab versammelt.

«Tag, Chef! Wie geht's?» fragte der Smilzo, als er Peppone auftauchen sah.

«Gut!» antwortete Peppone. «Die Grippe erwischt jeden einmal.»

Er nahm eine halbe Zigarre aus der Tasche, steckte sie in den Mund und zündete sie an. Aber noch bevor er zweimal ziehen konnte, packte ihn ein würgender Husten, als hätte ihm jemand den Arm durch den Hals hinuntergesteckt und den Magen umgedreht.

Seine Augen tränten, und es dauerte eine ganze Weile, bis er wieder normal atmen konnte.

«Du solltest nicht rauchen!» rief der Smilzo.

Peppone zuckte mit den Achseln, stürzte ein Glas Wasser hinunter und fragte: «Was gibt's Neues?»

Die Männer vom Stab sahen einander an.

«Nichts!» erwiderte der Lungo. «Das bißchen Post, das eingegangen ist, ist schon erledigt.»

«Und wer hat unterschrieben?» wollte Peppone wissen.

«Ich», antwortete Lungo. «Es war ganz gewöhnlicher Administrationskram.»

Da mischte sich der Smilzo ein: «Red nicht drum herum, zeig ihm die Kopien!» verlangte er ungeduldig.

«Nicht der Mühe wert!» meinte Lungo. «Wie gesagt, es handelt sich bloß um Bürokram. Mitgliedskarten, Pressekampagne und so weiter.»

Der Smilzo ballte die Fäuste: «Lungo, zeig ihm die Kopien und hör auf zu quatschen!»

Mit eisigem Lächeln drohte Lungo:

«Smilzo, kümmere dich um deinen eigenen Dreck. Und trag den Kamm nicht so hoch, sonst lasse ich ihn dir stutzen!»

Da donnerte Peppones Faust auf den Tisch. «Lungo, sofort her mit den Kopien!»

«Nur immer mit der Ruhe, Genosse!» sagte Lungo mit einem Gesicht, das Ohrfeigen meilenweit hätte anlocken müssen.

So etwas war noch nie vorgekommen. Peppone war wie vom Donner gerührt. Dann faßte er sich und wollte losbrüllen, spürte aber, wie sich Smilzos, Bigios und Bruscos Hände an seine Arme klammerten. Er drehte sich um und blickte in die gewohnten Augen des gewohnten Smilzo, des gewohnten Bigio, des gewohnten Brusco.

Die Augen von Lungo, Falchetto, Rossino und der andern drei am Tisch aber waren nicht die gewohnten.

«Nur immer mit der Ruhe», wiederholte Lungo und

holte betont langsam den Ordner mit den Kopien aus einer Schreibtischlade.

Als Peppone die letzten Seiten gelesen hatte, schlug er mit der Hand auf den Ordner. «So geht's nicht!» schrie er.

Lungo hob die Schultern: «Die Antworten sind von uns allen festgelegt worden, und alle haben zugestimmt.»

«Ausgenommen wir drei!» berichtigte der Smilzo.

«Ihr wart ja nicht da! Die Sachen waren eilig, da mußte ich mich mit denen beraten, die da waren. Die Partei muß ohne Unterbrechung funktionieren – man kann nicht stehenbleiben und auf die Leute warten, die zurückgeblieben oder in den Graben gefallen sind.»

Peppone antwortete nicht; er packte den Ordner mit den Kopien, drehte ihn in den Fäusten und wollte ihn entzweireißen. Doch er vermochte ihn nicht einmal zu knicken.

Es war, als hätte man Peppone die Muskeln herausgeschnitten.

Scheinheilig breitete Lungo die Arme aus: «Schöne Geschichte!» seufzte er. «Du hast viel Ruhe nötig, Genosse!»

Peppone legte den Ordner auf den Schreibtisch zurück und ging hinaus, ohne jemanden anzusehen.

Er nahm den Weg über die Felder und tappte mit gesenktem Kopf dahin, aber er war nicht allein: Smilzo, Bigio und Brusco hatten sich ihm angeschlossen. Als er es bemerkte, drehte er sich um: «Kehrt wieder um!» sagte er. «Euer Platz ist dort.»

«Unser Platz ist bei dir», widersprach Brusco.

«Wenn ich euch noch einen Befehl geben darf, dann

befehle ich euch, zurückzugehen und dort zu bleiben – jetzt mehr denn je!»

Die drei wechselten Blicke, dann reichten sie Peppone die Hand und traten den Rückweg an.

Peppone ging langsam weiter, nach Hause.

Dort erwartete ihn der Arzt: «Sie müssen sofort abreisen! Ihre Frau und ich haben das passendste Sanatorium gesucht und gefunden.»

«Sie haben mich also hintergangen!» rief Peppone. «Sie haben geplaudert.»

«Nein, ich schwör's! Ihre Frau hat hinter der Tür alles gehört.»

«Ich schwöre dir, ich habe es nur meiner Mutter gesagt!» mischte sich Peppones Frau ein.

Peppone lächelte traurig: «Wenn du's nur deiner Mutter gesagt hast, dann ist ja alles erklärt. Ich reise noch heute abend, und zwar mit der Bahn – das Autorumpeln ertrage ich jetzt nicht.»

Peppone schloß sich in seiner Kammer ein und blieb liegen, bis um vier Uhr der Doktor wiederkam. Der maß ihm die Temperatur, horchte sein Herz ab und sagte: «Sie können fahren. Wir melden Sie im Kurhaus telefonisch an. Sie brauchen sich um nichts zu kümmern: Um zweiundzwanzig Uhr kommen Sie in S. an, und dort werden Sie mit dem Wagen abgeholt. Ihre Frau schickt Ihnen alles, was Sie brauchen.»

«Ist gut», nickte Peppone. «Jetzt macht, daß ihr hinauskommt. Ich will vor der Abreise niemanden mehr sehen. Ich nehme die Abkürzung über den Bruciatino und steige in Torricella in den Zug. Meine Frau soll mit den Kindern fortgehen. Sonst bricht mir noch das Herz, und dann nützt alles nichts mehr.»

Alleingeblieben, zog Peppone sich fertig an, und dann ging er. Aber vorher wollte er noch einen Blick in die Werkstatt werfen.

Alles schien in Ordnung, aber als er sich umsah, bemerkte er in einer Ecke den schweren Hammer, den er jeweils brauchte, um die dicksten Eisen zu schmieden. Er hob ihn auf, um ihn ordentlich auf den Amboß zu legen. Das Ding war verteufelt schwer. Früher, es war noch gar nicht lange her, hatte er diesen Hammer geschwungen, als wär's ein Spielzeug.

Nach Ansicht des jungen Arztes hatte er höchstens noch zwei Monate zu leben – der Gedanke erwürgte ihn fast. Er mußte schnell weg.

Der Feldweg führte gleich hinter der Kirche vorbei. Peppone drückte sich der Kirchenmauer entlang und trat durch die kleine Kirchturmtür ein.

Don Camillo besserte etwas an der Antoniusstatue aus; als Peppone so unverhofft vor ihm stand, fuhr er zusammen.

«Du hast mich ja beinahe erschreckt!» brummte er.

«Gespenster machen immer Eindruck», gab Peppone zurück.

Don Camillo schüttelte den Kopf.

«Es wird abgereist, Hochwürden. Ihr werdet froh sein, einen neuen Bürgermeister zu bekommen.»

«Ich nicht: Ein Roter taugt soviel wie der andere, und beide zusammen taugen nichts.»

«Es werden schon welche froh sein, wenn ich draufgehe, Hochwürden. Die gleichen, die gejubelt haben, als Stalin starb.»

«Red keinen Unsinn. Stalin war etwas anderes.»

Peppone lachte leise auf. «Zwei Monate! Ich kratze genau richtig ab! Volltreffer für die Wahlen! Welch ein Triumph, Hochwürden, wenn Ihr vor meinem Leichenwagen durchs Dorf marschiert!»

Don Camillo spürte einen Stich im Herzen. «Ah ...» versuchte er stammelnd abzuwehren.

«Aber wenn Ihr kein Lump seid, dann müßt Ihr mir beim Begräbnis die rote Fahne lassen. Meine Fahne, für die ich als aufrechter Mann gekämpft habe, die muß dabei sein!»

«Deine Fahne, ja ... die sollst du haben, selbst wenn ich dabei mein Priesteramt verliere ... Aber wenn deine Leute nicht wollen, daß *ich* dich zum Friedhof bringe?»

«Da gilt nur *mein* Wille!» erwiderte Peppone und zog einen versiegelten Umschlag aus der Tasche, den er Don Camillo reichte. «Hier sind die Verfügungen für mein Begräbnis. Ihr macht den Umschlag erst auf, wenn man mich tot herbringt, so wie es draufsteht.»

Jetzt begann Don Camillo zu reagieren. «Aber was soll denn das! Hast du wirklich beschlossen, zu sterben!?»

«Ich nicht. Der da oben hat es beschlossen.»

Don Camillo schüttelte den Kopf: «Vorläufig hat der da oben noch gar nichts beschlossen. Vorläufig hat nur ein Arzt etwas beschlossen. Aber die Zukunft liegt nicht in der Hand des Arztes, sondern in Gottes Hand.»

Peppone lächelte: «So würde ich auch reden, wenn ich Eure Lunge hätte, Hochwürden.»

«Es würde schon reichen, wenn du ein bißchen von meinem Glauben hättest.»

«Ob ich den habe oder nicht, ist meine Sache.»

«Peppone, wenn du schon hier bist, könntest du wenigstens vor Christus niederknien und seine Hilfe erflehen.»

«Nein. Wenn er mich retten will, soll er mich aufrecht stehend retten. Ich will nicht, daß der Herrgott glaubt, ich fürchte mich!»

«Du lästerst im Gotteshaus!»

«Gott weiß, daß ich nicht lästere. Gott versteht mehr als Ihr. Ich habe auch nicht gelästert oder geflucht, als ich das Urteil erfahren habe. Gott hat mir das Leben gegeben, als er es für richtig fand, er kann mir den Tod geben, wenn es Zeit ist.»

Don Camillo seufzte. «Möchtest du nicht vielleicht beichten?»

«Erst wenn es soweit ist.»

«Kann ich etwas für dich tun?»

«Für mich nicht, aber achtet ein bißchen auf meine Kinder.»

«Ich will für dich beten.»

«Nicht nötig. Der Herrgott weiß schon, was er zu tun hat. Der läßt sich von Euren Gebeten nicht dreinreden. Ob Ihr betet oder nicht, Gott ist gerecht und macht, was gerecht ist.»

«Jetzt lästerst du doch: das Gebet ist deiner Meinung nach also nichts wert?»

«Doch, aber um die Seelen zu retten, nicht die Leiber.»

Peppone wandte sich zum Gehen. Dann hielt er inne: «Hochwürden, dreht Euch um, ich will mich bekreuzigen, ohne daß Ihr mich dabei seht: Es soll eine Genugtuung für Jesus Christus sein, nicht für einen reaktionären Priester!»

Don Camillo wandte sich ab und sank auf die Knie,

und als er den Kopf wieder hob, war Peppone verschwunden.

«Jesus», suchte Don Camillo beim Gekreuzigten am Hauptaltar Zuflucht, «er hat mich zum Abschied nicht einmal gegrüßt!»

«Er hat mich gegrüßt, Don Camillo. Das ist mehr als genug.»

Don Camillo fiel das Atmen schwer und schwerer. Ihm war, als wäre mit Peppone ein Stück seines Herzens fortgegangen.

Bigio, Brusco und der Smilzo verbrachten zwei scheußliche Tage im Volkshaus: Lungo und seine Gruppe der «Harten» hatten praktisch die Sektion schon übernommen. Und Peppones drei Getreueste kämpften immer mehr auf verlorenem Posten, als sie dessen System und Grundsätze zäh verteidigten.

Am zweiten Tag stritten sie bis fast gegen Morgen. Lungo wußte Dinge vorzubringen, die den Wilden gefielen, den rücksichtslosen Jungen, die sowieso ständig gegen die alte Garde anrennen.

Man konnte sich über Peppones offiziellen Nachfolger nicht einigen und trennte sich mit der Abmachung, am nächsten Morgen um acht Uhr wieder zusammenzukommen.

Und um acht Uhr waren sie denn auch alle zugegen, der ganze Stab, und alle übernächtigt und vor Müdigkeit gereizt.

Eine Situation, die mit Sicherheit in eine Prügelei ausarten würde; das war schon nach den ersten hitzigen Diskussionsbeiträgen klar.

Um neun Uhr waren alle Voraussetzungen für eine

tüchtige Abreibung der drei Standhaften Smilzo, Bigio und Brusco gegeben.

Um neun Uhr zehn packte Falchetto den Smilzo beim Kragen und hielt ihm seine dicke Faust unter die Nase.

Um neun Uhr zehn und drei Sekunden hob eine Hand, die an Gewalt einer Strafe Gottes glich, Falchetto hoch und ließ ihn in eine Ecke fliegen.

Hinter dieser Hand kam auch der übrige Peppone zum Vorschein.

Ein Peppone, der vor Gesundheit strotzte.

Der Briefordner lag auf dem Schreibtisch; Peppone ergriff ihn, verbog ihn und riß ihn mit einem Ruck entzwei; die zwei Hälften landeten unsanft in Lungos Gesicht.

«Wer nicht durch die Tür hinauswill, soll sich melden; den befördere ich mit Fußtritten durch die Fenstergitter auf die Straße», erklärte Peppone.

Smilzo, Bigio und Brusco starrten Peppone noch immer fassungslos an und brachten keinen Ton heraus.

«Nein, nichts von Wunder», beschwichtigte Peppone sie.

«Im Sanatorium haben sie mich sofort noch einmal geröntgt, und dabei hat sich herausgestellt, daß ich die gesündeste Lunge der Welt habe. Die früheren Bilder waren gar nicht meine, sondern gehörten einem anderen Giuseppe Bottazzi vom gleichen Jahrgang, der sich einen Tag vor mir hatte röntgen lassen. Andere Assistenten, andere Schwester, gleicher Name. So etwas kann vorkommen. – Auf heute abend dann! Jetzt muß ich noch eine bestimmte Sache erledigen.»

Don Camillo empfing Peppone im Pfarrhaus.

«Alles in bester Ordnung, Hochwürden. Ich möchte meinen Brief zurückhaben.»

Nach der ersten Verblüffung fuhr Don Camillo ihn an: «Und statt Gott zu danken, denkst du bloß an den Brief?»

«Der liebe Gott hat nichts damit zu tun. Der verwechselt keine Röntgenbilder, und wenn drei Millionen Leute den gleichen Namen und Vornamen haben, kennt er jeden einzelnen und weiß, welcher gut und welcher schlecht und welcher sosolala ist. Euch ist ein feiner Wahlschlager abhanden gekommen, Hochwürden.»

«Meine Partei» – Don Camillo deutete auf das Kruzifix – «gewinnt immer.»

Peppone wiederholte, daß er den Umschlag mit den Anordnungen für sein Begräbnis zurückhaben wolle.

«Du hast also beschlossen, überhaupt nie zu sterben?» erkundigte sich Don Camillo.

«Ich sterbe, wenn die Zeit dafür gekommen ist.»

«Inzwischen kann der Umschlag doch hier bei den Pfarreidokumenten bleiben, versiegelt. Niemand weiß, was drinsteht, nicht einmal ich.»

«Und wenn Ihr zufällig vor mir sterben solltet?»

«Niemand stirbt ‹zufällig›. Jedenfalls würde das nichts ändern: Der Brief würde versiegelt an meinen Nachfolger übergeben.»

«Euren Nachfolger? ... Aber ob man dem trauen kann? ... Ach was, das ist unmöglich, daß Ihr vor mir sterbt. Unkraut verdirbt nicht.»

«Auf Wiedersehen, Genosse Unkraut!» sagte Don Camillo.

Das freche Mägerlein

Wie gesagt, wenn Frauen sich in die Politik stürzen, sind sie schlimmer als die entbranntesten Aktivisten. Während nämlich die für Politik Entbrannten ihre Gewalttätigkeiten häufig zum Wohle ihrer *Sache* verüben, begehen die entbrannten Frauen die gleichen Gewalttätigkeiten einzig und allein, um ihren politischen Gegnern Schaden zuzufügen.

Im Grunde ist es derselbe Unterschied wie zwischen dem, der in den Krieg zieht, um sein Vaterland zu verteidigen, und dem, der hingeht, um den Feind umzubringen.

Jo, die Frau des «Mageren», hatte sich bis über beide Ohren in die Politik eingelassen, und da sie eine temperamentvolle Frau war, schaffte sie spielend nicht nur ihren Teil, sondern auch noch den ihres Mannes.

Der «Magere» war an einem Leiden gestorben und hatte sie mit einem knapp dreijährigen Kind zurückgelassen; der Schmerz über den Verlust des Gatten war allerdings vollauf wettgemacht worden durch den üblen Streich, den Jo dabei dem Priester hatte spielen können, indem sie den Toten zivil und unter den Klängen von «Die Rote Fahne» beerdigen ließ.

Jo war eigentlich ein hübsches Weibsbild und noch keine dreißig; sie hätte sich einen neuen Mann nehmen und es besser haben können. Doch um keinen Preis hätte sie auf ihre Not verzichtet: Sie fühlte, wie die

Entbehrungen zu Gift wurden, und der Haß auf die Gegner wuchs von Tag zu Tag und trug sie, denn Haß war ihr Glaubensbekenntnis.

Sie schlug sich durch, so gut es ging: mit Mähen, Dreschen, Traubenpressen, Maisschälen undsoweiter. In der toten Saison flocht sie Körbe und Körbchen aus Weidenruten, die sie von Haus zu Haus verkaufte.

Sie arbeitete wie eine Wilde, als bereitete ihr die Mühe an sich die größte Befriedigung. Und auch die unverschämtesten Männer hüteten sich, sie zu necken, denn Jo hatte nicht nur eine schlagfertige Hand, sondern war auch imstande, ganze Rosenkränze von Unflätigkeiten hintereinander zu sagen, die selbst den berühmtesten Champions wüster Reden den Atem verschlugen.

Der kleine Bub wuchs auf wie ein Fohlen im Wildzustand, und wenn er nicht allein in dem ärmlichen Häuschen inmitten der Felder zurückblieb, sondern die Mutter begleitete, war er dennoch so gut wie allein, denn sobald die Jo ihn in einer Tenne einstellte, wurde ihm lediglich aufgetragen, die Mutter nicht zu «stören».

Mit fünf Jahren konnte der Junge schon Steine schmeißen wie ein Zehnjähriger und einen Baum voller Früchte in weniger als einer halben Stunde ruinieren.

Er stöberte wie ein Trüffelhund in den Hecken die Nester der Hennen auf, um die Eier zu zerschlagen, er streute Glasscherben auf die Straßen und ähnliches mehr; das alles aber tat er insofern mit Stil, als es strenge Alleinunternehmungen waren. Das «Mägerlein» konnte Kollektivkrawalle nicht ausstehen.

Zwar beteiligte er sich an den Steinwurfschlachten der Dorfjugend, aber als Heckenschütze: Er verbarg sich hinter einem Gebüsch oder in einem Graben und schoß von dort aus seine Kiesel gegen die einen wie gegen die andern ab.

Er handelte allein gegen die gesamte Gesellschaft, als Verwüster, als einsamer Saboteur. Mit ungeheurer Geschicklichkeit führte er jeweils seinen Streich aus und verschwand.

Er war klein, dünn und wieselflink und kam überall durch; seine Boshaftigkeit hatte geniale Züge. Am Abend der letzten Kirchweih hatte er sich in den Fahrrad-Abstellraum neben dem Tanzplatz eingeschlichen und es fertiggebracht, leise und unbemerkt an mehr als fünfzig Gefährten die Luft abzulassen, wobei er noch sorglich die Ventildeckelchen wegwarf.

Er wurde nicht erwischt, und niemand hatte ihn gesehen, aber alle sagten:

«Das kann nur dieses verflixte Mägerlein gewesen sein!»

Eines Tages besuchten ein paar wackere Frauen die Jo und erklärten ihr mit netten Worten, es wäre vielleicht gut, den Kleinen nicht auf der Straße zu lassen, sondern tagsüber in Don Camillos Kindergarten in Obhut zu geben.

Jo war rot geworden und hatte geschrien, eher würde sie ihren Sohn gewissen Damen anvertrauen, die sie kenne, als einem Priesterasyl.

«Sagt dem Don Kamel, er soll sich um seinen eigenen Dreck kümmern!» schloß Jo und feuerte eine solche Salve wüster Worte ab, daß die wackeren Frauen im Laufschritt die Flucht ergriffen.

Voll Entrüstung berichtete die Abordnung Don Camillo vom Ergebnis ihrer Expedition.

«Und wie diese Frevlerin Euch genannt hat, das darf

ich gar nicht sagen!» rief eine der Frauen und warf die Hände himmelwärts.

«Ich weiß es schon!» gab Don Camillo finster zurück.

Das Wetter hatte sich zum Guten gewendet, und seit einer Woche verbrachten die Kinder in Don Camillos Hort die wärmsten Nachmittagsstunden im Freien, auf dem Spielplatz. Das Karussell und die Schaukel waren in Betrieb, und selbst die mürrischsten Kinder hatten ihr Lächeln wiedergefunden.

Don Camillo, gemütlich auf dem Liegestuhl ausgestreckt, rauchte seine halbe Zigarre und genoß in aller Ruhe die Sonnenwärme, als er plötzlich das Gefühl hatte, irgend etwas sei nicht so wie sonst.

Der Spielplatz grenzte auf der Dammseite an eine große Luzernewiese, von der ihn ein hoher Drahtzaun trennte. Daß Don Camillo das Luzernefeld jenseits des Zaunes ganz überblicken konnte, war also völlig normal; nicht normal war bloß, daß die Luzerne an einem bestimmten Punkt immer wieder hin und her wogte.

Offensichtlich hockte irgend etwas Lebendiges dort im hohen Gras, und der Jagdinstinkt sagte Don Camillo, daß es sich nicht um ein Huhn oder eine Katze handelte.

Don Camillo rührte sich nicht; er ließ sogar die Rollläden vor seinen Augen herunter und tat, als schliefe er, um desto ungestörter beobachten zu können.

Wenige Augenblicke später tauchte aus der Futterwiese etwas Dunkles auf, dann etwas Helleres, und Don Camillo fühlte die Augen des Mägerleins auf sich gerichtet. Er hielt den Atem an, und nach einer Weile, von Don Camillos Reglosigkeit beruhigt, wandten sich diese Augen einem anderen Ziel zu.

Das Mägerlein verfolgte das Spiel der Kinder mit so heißem Interesse, daß es schließlich alle Vorsicht vergaß und den ganzen Kopf aus dem Gras streckte, um besser sehen zu können. Doch niemand bemerkte es, und Don Camillo war froh darüber.

Plötzlich duckte sich der Kopf wieder ins Gras und verschwand: Ein großer Gummiball, mit dem die Gruppe der Größeren sich vergnügte, flog, von einem besonders übermütigen Fußtritt getroffen, über den Zaun und landete gute fünfzehn Meter vom Spielplatzrand entfernt in der Luzerne.

«Hochwürden! Der Ball ist in die Wiese gefallen! Dürfen wir ihn holen?»

Don Camillo tat, als schrecke er aus dem Schlaf auf. «Schon wieder?» schimpfte er laut.

«Wie oft habe ich euch gesagt, ihr sollt aufpassen! Das Gras darf doch nicht zertrampelt werden! Zur Strafe ist's für heute aus mit dem Ball. Laßt ihn, wo er ist, ihr könnt ihn morgen holen. Und jetzt laßt mich in Ruhe, ich will schlafen!»

Die Buben maulten ein wenig, dann fanden sie einen alten, aus Lumpen genähten Ball und spielten damit weiter, während Don Camillo sich wieder hinlegte und den Schlafenden spielte.

In Wirklichkeit war er wacher denn je.

Zehn Minuten später begann die Luzerne sich zu bewegen, doch der Kopf des Mägerleins erschien nicht wieder. Und das Wogen des Grases entfernte sich vom Zaun. Das Mägerlein schlich sich also davon; allerdings nicht zum Rand der Wiese, sondern, wie die Bewegung im Feld verriet, eher gegen die Mitte zu.

«Der Schläuling kriecht querüber», dachte Don Camillo, «und verschwindet dann entlang der Hecke am Kanal.»

Jedoch das Mägerlein hielt an einer bestimmten Stelle inne, wechselte dann die Richtung und strebte entschlossen nach links.

Der Pirat hatte sich also des Balles bemächtigt und brachte seine Beute in Sicherheit.

«Na, du Strolch!» brummte Don Camillo vor sich hin, als er die Taktik des Graskorsaren durchschaute. «Das hast du fein eingefädelt. Aber vom Rand der Wiese bis zur Baumreihe mußt du ja doch die Deckung verlassen!»

Das Mägerlein aber war gerissen. Am Rande des Luzernefeldes angekommen, kroch es weiter bäuchlings durch das Gras neben den Bäumen bis zu dem tiefen Graben, der quer zur Baumreihe verlief und in dem es ungesehen davonlaufen konnte.

«Jesus!» flüsterte Don Camillo fast entsetzt, «wer kann einem fünfjährigen Knirps einen so raffinierten Trick beigebracht haben?»

«Don Camillo», antwortete der Gekreuzigte, «wer bringt den kleinen Fischlein das Schwimmen bei? Es ist der Instinkt.»

«Instinkt!» knurrte Don Camillo. «Haben die Menschen denn wirklich den Instinkt des Bösen?»

Don Camillo besorgte den Kindern einen andern Ball und verriet niemandem etwas vom Unternehmen Mägerlein. Er hoffte, den Kleinen wiederzusehen: vielleicht hatte der Ball als Angel und Köder gewirkt. Jeden Tag beobachtete er die Luzernewiese; aber da wogte nichts mehr.

Dann hörte er, das Mägerlein sei krank und könne schon seit einiger Zeit das Haus nicht mehr verlassen.

Tatsächlich hatte der Kleine noch am selben Abend Fieber bekommen. Im Graben hinter dem Luzernefeld hatte er nämlich Wasser vorgefunden, aber da er die Deckung nicht aufgeben konnte, war er weitergekrochen und hatte sich vollgesogen wie ein Schwamm.

Ehe er ins Haus ging, hatte er ein Loch gegraben und den Ball eingebuddelt. Jo war spät heimgekommen und hatte den Buben kalt wie einen Eiszapfen angetroffen.

Zuerst schien es nur eine kleine Erkältung zu sein, die sich mit etwas Wärme und ein paar Pillen kurieren ließ; dann aber wurde die Sache schlimmer, und eines Abends begann das Mägerlein im Fieber zu phantasieren.

Es murmelte immer wieder die gleichen Worte, und erst nach einer ganzen Weile begriff Jo, daß von einem großen Gummiball die Rede war.

«Ist ja schon gut», beschwichtigte ihn die Mutter. «Jetzt wirst du erst einmal gesund, und dann kaufe ich dir den Ball.»

Der Kleine schien beruhigt, aber in der folgenden Nacht, als das Fieber stieg, kam er in seinen wirren Reden wieder darauf zurück: «Der Ball ... der große Ball ...»

«Sei still, reg dich nicht auf! Ich habe doch gesagt, daß ich dir den Ball kaufe, sobald du gesund bist!»

«Nein ... nein ...»

«Du willst ihn jetzt schon? Wenn du brav bist, gehe ich und kaufe ihn.»

«Nein.. nein.. der Ball ...»

Es war offenbar eine fixe Idee. Auch der Arzt sagte, man brauche in dem, was ein Kind im Fieberwahn spricht, keinen Sinn zu sehen.

Als daher der Bub in der nächsten Nacht erneut von einem Ball phantasierte, beschränkte Jo sich darauf, ihn mit «Ja, ja, ist ja schon gut!» zu beruhigen. Erst um ein Uhr früh hörte er auf, wirres Zeug zu reden, und schlief, vom Fieber ermattet, ein. Und Jo warf sich zu Tode erschöpft auf ihr Bett.

An jenem Morgen war Don Camillo früh aufgestanden und rasierte sich schon um fünf Uhr vor dem kleinen Spiegel, den er am Fensterriegel seiner Kammer aufgehängt hatte.

Es war ein schöner Morgen, frisch und klar, und Don Camillo trödelte mit Pinsel und Rasiermesser, denn einerseits hatte er keine Eile, andererseits konnte er von hier oben weit hinausblicken über die grünen Wiesen, den Damm und die Pappeln hinter dem Damm, und hinter den Pappeln glitzerte der Fluß.

Unter dem Fenster lag der Spielplatz mit dem Karussell und der Schaukel, still und verlassen; in wenigen Stunden aber würde die Bande wieder anrücken. Er lächelte beim Gedanken an die frischen, sauber gewaschenen Gesichter und die Augen, in denen noch kleine Stückchen Traum verweilten.

Er betrachtete den hohen Maschenzaun und die Luzernewiese und dachte unwillkürlich: «Dort war er, der kleine Gauner ...»

Er fuhr zusammen, als er etwas Weißliches sich durch das Gras bewegen sah. Was es war, vermochte er nicht zu erraten, aber als das Ding nur noch wenige Meter vom Zaun entfernt war, begriff er: Es war das Mägerlein, das wie ein betrunkener Schlafwandler durch das Feld wankte. Das Mägerlein im langen, weiten Nachthemd, das nichts anderes war als ein altes Taghemd seines Vaters.

Der Bub stolperte, fiel hin, raffte sich auf und kam näher, und an die Brust gedrückt trug er den großen Gummiball.

Am Zaun angelangt, warf er den Ball. Er wollte ihn auf den Spielplatz werfen, aber der Zaun war zu hoch, und der Ball fiel zurück. Das Mägerlein hob ihn auf und probierte es noch einmal, und wieder prallte der Ball am Zaun ab.

Don Camillo atmete schwer, und seine Stirn war schweißnaß. «Jesus!» flehte er. «Gib ihm die Kraft!»

Das Mägerlein war entkräftet, und die Ärmchen, die aus den viel zu großen Ärmeln des väterlichen Hemdes ragten, sahen noch dünner aus als sonst. Der Kleine konnte sich nur mit Mühe auf den Beinen halten; es verging einige Zeit, bis er den Ball wieder hochzuwerfen vermochte.

Don Camillo schloß die Augen. Als er sie wieder öffnete, lag der Ball drinnen auf dem Spielplatz und das Mägerlein auf dem Rücken in der Luzerne, reglos und steif, wie tot.

Don Camillo fuhr wie eine Lawine die Treppen hinunter und war schon im nächsten Augenblick in der Wiese. Er beugte sich nieder, um das Mägerlein aufzuheben, und als er es so leicht auf seinen Armen fühlte, durchdrang ihn Erschütterung und Angst.

Das Mägerlein öffnete für einen kleinen Moment die Augen, und als es sich in den Klauen des großen Mannes sah, flüsterte es: «Don Kamel ... der Ball ist drinnen ...»

«Fein, fein!» antwortete Don Camillo.

Der Glöckner, der losgelaufen war, um Jo zu benachrichtigen, fand die arme Frau tobend vor Jammer, denn sie hatte eben das Verschwinden des Kleinen bemerkt. Als sie dann wenig später ihren Jungen im Wohnzimmer des Pfarrhauses auf dem vor das Kaminfeuer geschobenen Diwan liegen sah, blieb ihr die Sprache weg.

«Ich habe ihn ohnmächtig in der Luzernewiese gefunden, vor zwanzig Minuten», erklärte Don Camillo.

«Im Luzernefeld? Was hatte er denn da zu suchen? Jetzt verstehe ich überhaupt nichts mehr.»

«Wann hast du schon einmal etwas verstanden!» gab Don Camillo trocken zurück.

Dann kam der Arzt und sagte zu Jo, es wäre nicht im Traum daran zu denken, den kleinen Jungen fortzubringen.

Er gab dem Patienten eine Spritze und erklärte Jo, was sie zu tun habe.

Inzwischen bereitete Don Camillo sich in der Sakristei auf die Messe vor.

«Jesus!» wandte er sich an den Gekreuzigten über dem Hauptaltar. «Wie ist das nur möglich? Wie konnte das Kind so handeln, bei der gräßlichen Erziehung, die es bekommen hat? Wer hat es bloß gelehrt, zwischen Gut und Böse zu unterscheiden, wo es doch immer nur im Bösen gelebt hat?»

Christus lächelte. «Don Camillo, wer lehrt die Fischlein schwimmen? Es ist Instinkt. Gewissen kann man nicht lernen, es ist Instinkt. Gewissen ist nicht etwas, das man jemandem gibt, der es nicht besitzt. Du trägst nicht von außen eine brennende Lampe in ein dunkles Zimmer. Die Lampe brannte vielmehr bereits, und das Zimmer war nur dunkel, weil sie von einem dicken

Schleier verhüllt war, und wenn du den Schleier wegnimmst, wird es im Zimmer hell.»

«Aber wer hat den Schleier von der Lampe weggezogen, die in der Seele dieses kleinen Jungen brannte?»

«Don Camillo, wenn die Finsternis des Todes naht, sucht jeder instinktiv in sich ein wenig Licht. Hör auf, nach dem Wie zu forschen, und begnüge dich mit dem Daß. Danke Gott, daß der Kleine das Licht gefunden hat.»

Das Mägerlein blieb zwei Wochen lang im Pfarrhaus, und Jo sah jeden Tag am Morgen und am Abend nach ihm. Sie kam allerdings nicht herein, sondern blieb draußen vor den Gitterstäben des Wohnzimmerfensters. Sie klopfte an die Scheibe, und wenn Don Camillo öffnete, murrte sie: «Ich bin gekommen, um meinen Sohn im Gefängnis zu besuchen.»

Don Camillo antwortete nicht, sondern ließ Jo allein mit ihrem Jungen plaudern.

Aber nach vierzehn Tagen kam Don Camillo einmal unverhofft nach Hause und erwischte das Mägerlein dabei, wie es ihm aus den Pneus des Fahrrades die Luft abließ.

Da stopfte er die ärmlichen Sachen des Kleinen in ein Bündel, hängte ihm das Bündel an den Arm, stellte ihn vor die Tür und sagte: «Fort mit dir, du bist gesund.»

Am Abend kam Jo, dreist wie immer, und fragte: «Was bin ich schuldig?»

«Nichts. Die einzige Entschädigung, die du mir geben kannst, ist die, dich hier nie mehr blicken zu lassen *in Ewigkeit amen.*»

«Amen», knurrte Jo.

Sie ging, aber um ihn zu ärgern, saß Jo am folgenden Sonntag in der Elfuhrmesse. In der vordersten Bank, samt dem Mägerlein.

Als Don Camillo sie vor sich sah, warf er ihr einen fürchterlichen Blick zu, aber aus der Keckheit, mit der sie seinen Augen standhielt, konnte Don Camillo ihre stumme Antwort genau ablesen:

«Du brauchst mich gar nicht so anzufunkeln, Don Kamel – ich habe keine Angst!»

«Sturmwolke»

Für sich allein betrachtet, war es schlicht und einfach ein Dreiradlieferwagen mit geräumiger, tiefliegender, wandloser Ladepritsche und mit Seitenrädern, die viel kleiner waren als das Triebrad hinten.

Es besaß ein solides, hochrot gestrichenes Stahlrohrskelett und vermochte erhebliche Lasten zu transportieren; trotz all dieser schönen Eigenschaften aber war es an und für sich eben nichts weiter als ein Dreiradlieferwagen.

Sobald jedoch der Smilzo dazukam, wurde es zur «Sturmwolke».

Von Natur aus plump, schwerfällig, langsam, verwandelte sich der Lieferwagen des Volkshauses mit dem Smilzo am Steuer in ein kühnes, schneidiges, geradezu pfeilschnelles Geschöpf.

Peppone, der Konstrukteur des Gefährtes, hatte nach Beendigung seines Werkes den Genossen vom Volkshaus erklärt: «Laßt die Reaktionäre ruhig lachen, wenn man wegen der Untersetzung mit dem Ding schnell pedalt und langsam vorankommt. Die Hauptsache ist, daß man damit ans Ziel kommt, egal mit welcher Fracht. Ich bin beim Bau des Dreirades dem Konzept der proletarischen Revolution gefolgt, die an Schnelligkeit verliert, dafür an Stärke zunimmt.»

Bigio und danach auch Brusco und Lungo hatten sich dem Konzept der langsamen und starken proletarischen

Revolution angeschlossen und das Fahrzeug gelobt; als aber der Smilzo an die Reihe gekommen war, hatte er sich auf den Sattel geschwungen und gesagt: «Chef, die Reaktionäre werden nicht dazukommen, wegen der Untersetzung zu lachen!»

In der Tat lachten die Reaktionäre nicht wegen der Untersetzung – sie lachten wegen der Heftigkeit, mit der der Smilzo strampeln mußte, um den Marsch der proletarischen Dreiradrevolution zu beschleunigen.

«Da kommt die Sturmwolke!» lachten die Leute.

Sie hatten eben nicht begriffen, daß das Ganze nicht eine Bein-, sondern eine Glaubensangelegenheit war.

«Ist die Sturmwolke in Ordnung?» fragte Peppone den Smilzo halblaut.

«Bestens, Chef», versicherte dieser.

Da wandte sich Peppone an die andern Genossen: «Es ist schon nach Mitternacht – geht nur nach Hause. Ich und der Smilzo bleiben noch hier und revidieren die Kartei zu Ende.»

Bald danach waren Peppone und der Smilzo allein im Volkshaus.

Sie machten sich eine Weile an der Kartei zu schaffen, dann kam Peppone zur Sache: «Da ist ein heikler Auftrag, und heute nacht wäre es günstig, weil es neblig und der Boden gefroren ist.»

Der Smilzo starrte Peppone ratlos an.

«Keine Angst, du verstehst es noch früh genug», knurrte Peppone. «Im Moment brauchst du nur zu sagen, ob du Lust hast, dich für eine delikate Aufgabe einzusetzen.»

«Dafür bin ich doch da.»

Peppone stand auf, und der Smilzo folgte ihm zu der kleinen Tür, die in den Hof führte.

Nachdem sie den dunklen, stillen Hof überquert hatten, blieben sie unter dem Wellblechvordach stehen, das den Garageneingang schützte.

Vorsichtig öffneten sie das Tor. Drinnen versicherte Peppone sich zuerst, daß der Fensterladen geschlossen war, ehe er eine Taschenlampe anzündete.

«Dreh den Lieferwagen so, daß du ausfahren kannst, und stell ihn dicht ans Tor!» befahl Peppone.

Das ließ sich mühelos bewerkstelligen, denn außer der «Sturmwolke» stand nichts in dem großen Abstellraum. Als der Wagen so stand, wie der Chef es wollte, ging Peppone weiter in den kleinen Holzschuppen, den man von der Garage aus durch eine dicke Panzertür erreichte.

«Hilf mir diese Reisigbündel wegräumen!»

Der Smilzo gehorchte, und bald war die von Peppone bezeichnete Ecke leer. Besser gesagt: sie war leer bis auf zwei klobige Kisten.

Peppone richtete den Strahl seiner Lampe auf die Kisten, und der Smilzo fuhr heftig zusammen. Er kannte diese Art Kisten genau: Militärmaterial, mit schweren Vorhängeschlössern gesichert und versiegelt.

«Faß an, wir tragen sie hinüber!»

Der Smilzo packte einen Handgriff der ersten Kiste: «Teufel, ist das schwer! Man könnte glauben, es wäre lauter Blei darin!» rief er aus.

«Halt den Schnabel!»

Sie schleppten die Kiste in die Garage und luden sie auf die «Sturmwolke».

«Glaubst du, daß du zweimal fahren mußt, oder

kannst du beide Kisten auf einmal mitnehmen?» fragte Peppone.

«Das kommt drauf an, wie weit», antwortete der Smilzo. «Am Gewicht liegt's nicht, der Wagen würde sie auch tragen, wenn sie noch schwerer wären.»

«So weit wie von hier bis zu meinem Hinterhof», erklärte Peppone. «Aber man muß durch die Gartenstraße fahren und bei der kleinen Schleuse den Feldweg nehmen.»

Der Smilzo fuhr auf: «Den Feldweg? Chef, wenn ich dort steckenbleibe, brauchen wir einen Kran, um mich herauszuholen!»

«Dummes Zeug! Der Boden ist gefroren und pickelhart. Und wenn du's nicht schaffst, pfeifst du, dann komme ich.»

«Wenn der Boden hartgefroren ist, radle ich mit der ‹Sturmwolke› bis auf den Montblanc!» behauptete der Smilzo selbstsicher. «Los, laden wir auch die andere Kiste auf.»

Als auch diese auf der großen Ladepritsche stand, legte Peppone dem Smilzo eine Hand auf die Schulter: «Smilzo, sag mir ehrlich: Willst du's wirklich tun?»

«Chef, ich lege den zweiten Gang ein, und dann hält mich niemand mehr auf.»

«Smilzo, es geht nicht nur darum, zwei Kisten von hier zu meinem Haus zu bringen. Es geht darum, daß sie hingebracht werden, ohne daß es jemand merkt. Sonst würden wir die Operation nicht um diese Zeit durchführen!»

«Das habe ich schon begriffen. Ich werde sausen wie ein Wilder. Aber was soll ich tun, wenn mir jemand begegnet? Wegfliegen kann ich schließlich nicht!»

Peppone gab ihm die letzten Anweisungen: «Ich gehe jetzt auf dem normalen Weg nach Hause. In einer Stunde erwarte ich dich auf dem Karrenweg. Du bleibst hier, und wenn es zwei Uhr schlägt, fährst du los.»

«Gut, Chef ... Damit ich mich beim Fahren einrichten kann: Ist etwas Zerbrechliches darin? ... Vielleicht etwas, das explodieren kann? ...»

«Es ist Ware, die bei mir zu Hause sein muß. Das übrige geht dich nichts an. Tu, was du kannst: Je schneller du von der Straße wegkommst, desto besser für alle.»

Der Smilzo trocknete sich die schweißnasse Stirn. «Schon gut, Chef. Aber vorher muß ich noch auftanken. Ich möchte nicht unterwegs liegenbleiben, weil mir der Sprit ausgeht.»

«Grappa?» brummte Peppone.

«Nein, ich brauche Super: Cognac.»

Peppone entfernte sich und kam mit einer halben Flasche Cognac zurück: «Paß auf, daß dir der Motor nicht ersäuft.»

Der Smilzo blieb allein zurück, aber die Schnapsflasche leistete ihm gute Gesellschaft.

Als er es zwei Uhr schlagen hörte, sperrte er die Garage und das Tor zur Seitenstraße auf, nahm noch einen großen Schluck Cognac und trat in die Pedale.

Der Nebel war dicht, aber der Smilzo kannte den Weg auswendig; außerdem hatte der Branntwein ihm merkwürdigerweise den Blick geschärft.

Schon war er auf der Gartenstraße: Die «Sturmwolke» mit ihrem Cognacbrennstoff lief wie noch nie, und der Smilzo strampelte, als hätte er nicht zwei, sondern sechs Beine.

Das Licht der Laterne bei der Kurve drang schwach durch den Nebel. Nach der Kurve noch hundert Meter, dann kam die Schleuse, und die «Sturmwolke» konnte im Feldweg verschwinden.

Da ist die Kurve. Der Smilzo hat es eilig, die verflixte Laterne hinter sich zu lassen. Ein letzter Schluck, und er biegt mit Vollgas herum.

Doch genau hinter der Kurve lauert die Gefahr: zwei rote Augen glühen im Nebel. Zwei Scheinwerfer. Zwei Fahrräder. Zwei schwarze Schatten.

Zwei Carabinieri!

«Halt da!»

Die «Sturmwolke» läuft auf einem Kieshaufen am Straßenrand auf, der Smilzo schnellt aus dem Sattel, fällt in den Straßengraben, steht wieder auf, springt über den Zaun und verschwindet in den Wiesen, vom Nebel verschluckt.

Inzwischen wartet Peppone auf dem Feldweg. Er muß noch mehr als eine Stunde harren, bis der Smilzo vor ihm auftaucht.

«Und die Ware?» will er wissen.

«Chef, die Carabinieri haben mich bei der Kurve angehalten. Damit sie mich nicht erwischen, bin ich ausgerissen.»

«Halt da!»

Don Camillo – auf dem Rückweg vom alten Bedi, an dessen Sterbebett er gewacht hatte – war eben in die Gartenstraße eingebogen, als er die «Sturmwolke» mit voller Smilzokraft auf sich zurasen sah. Um nicht überfahren zu werden, hatte er «Halt da!» gebrüllt.

Das geheimnisvolle Teufelsfahrzeug hatte angehalten,

und dahinter war ein Mann weggeflitzt und verschwunden. Ein Mann, der so stockbesoffen war, daß er doppelt sah und einen Priester für zwei Carabinieri hielt.

Don Camillo stieg vom Fahrrad, näherte sich argwöhnisch dem Gefährt und erkannte es sogleich. Es war nicht schwer zu erraten, daß der Verschwundene niemand anders sein konnte als die bessere Hälfte der «Sturmwolke».

Um zwei Uhr nachts fuhr der Smilzo einen Transport, und ausgerechnet auf der Gartenstraße?

Für wen denn?

Er dachte an den Feldweg, der von der Schleuse hinter das Haus Peppones führte.

Als er dann die Militärkisten sah, deren Gewicht ausprobierte und feststellte, daß sie verschlossen und versiegelt waren, brauchte er gar nichts mehr zu denken, denn da hatte er schon alles begriffen.

Er legte sein Fahrrad auf die Kisten, schwang sich auf den Sattel des Dreiradwagens und trat in die Pedale. Das Wendemanöver war nicht einfach, aber das Licht der Laterne, das die Kurve erhellte, half ihm, und dann strampelte er los wie eine ganze Schwadron von Smilzos. Er begegnete keiner Menschenseele, und zwanzig Minuten später traf er vor dem Pfarrhaus ein.

Es gelang ihm, die «Sturmwolke» durch die so weit wie möglich aufgesperrte Tür in den Flur zu zwängen. Und da saß sie nun mit ihrer ganzen höllischen Fracht in der Falle.

Mit einem Stemmeisen knackte Don Camillo rasch die Vorhängeschlösser an den beiden Kisten. Fast ängstlich hob er den ersten Deckel hoch, dann mit festerer Hand den zweiten.

Ein dicker Hund! So etwas hatte er wirklich nicht erwartet.

Um vier Uhr früh holte Don Camillo den Buchdrucker Barchini aus dem Bett, hieß ihn schnellstens in die Kleider fahren, drückte ihm ein Blatt Papier in die Hand und befahl ihm, sich unverzüglich an die Arbeit zu machen.

Um sechs Uhr fanden sich drei junge Burschen bei Barchini ein und bekamen eine Rolle Papier ausgehändigt.

Um acht Uhr, als der Nebel sich verzog, fanden die Leute an allen Straßenecken Plakate angeklebt, auf denen stand:

FUNDANZEIGE

Heute morgen wurden zwei große Kisten aufgefunden, die Tonnen von unverkauften Exemplaren der Zeitung «Unità» enthalten.

Offensichtlich wurden sie von jemandem verloren, der die besagten Exemplare nicht verkaufen konnte und, um sich vor seinen Vorgesetzten nicht zu blamieren, die ihm zugestellten Zeitungen jedesmal aus eigener Tasche bezahlte.

Um sich der lästig werdenden Ware endlich zu entledigen, nutzte er die neblige Nacht aus, um sie auf Schleichwegen nach Hause zu schaffen, vermutlich über den Feldweg, der kurz vor der Schleuse links abbiegt.

Der zerstreute Verlierer der obenerwähnten drei oder vier Tonnen von Exemplaren der «Unità» kann diese im Pfarrhaus abholen.

Um acht Uhr an diesem Morgen begann ein Hohngelächter, und von fünf nach acht bis Mitternacht defilierten alle schlimmsten Reaktionäre der ganzen Zone durch den Flur des Pfarrhauses, um sich von der Echtheit des Fundes zu überzeugen.

Don Camillo hatte die Veranstaltung gewissenhaft organisiert. Er hatte die «Sturmwolke» verschwinden lassen, die Zeitungspakete aus den Kisten genommen und chronologisch auf dem Fußboden aufgereiht; Anschläge an der Wand wiesen darauf hin, wie der Umfang der Bündel ständig zunahm – was bedeutete, daß der Verkauf der Zeitung von Tag zu Tag zurückging.

So lieferte Don Camillo eine exakte Mißerfolgskurve und formulierte interessante Voraussichten für die Zukunft. Am folgenden Morgen gingen die Leute schon früh aus dem Haus, weil sie die Reaktion des Unbekannten kaum erwarten konnten. Und in der Tat fanden sie an den Straßenecken die Antwort:

BEKANNTMACHUNG

Jeder nazifaschistische Reaktionär kann sich bei der zuständigen Verwaltung zum doppelten Preis alte Zeitungen beschaffen, um sie dann als Fundsache auszugeben.

Es ist dies ein raffiniertes und bequemes System, das allerdings eine Stange Geld kostet. Doch das ist ja bei den Knechten der amerikanischen Kriegshetzer zur Genüge vorhanden!

Der Typ wußte sich gut zu verteidigen, und die Leute waren ein wenig verunsichert, denn schließlich sagte er da nichts Unglaubwürdiges. Trotzdem warteten sie die Entwicklung voll Zuversicht ab, und vierundzwanzig Stunden später erschien das dritte Plakat:

FUNDANZEIGE

Zusammen mit den Kisten voll unverkaufter Exemplare der «Unità» wurde auch das Fahrzeug aufgefunden, mit dem die genannten Kisten in tiefer, geheimnisvoller Nacht transportiert wurden. Nach Aussage von Fachleuten handelt es sich dabei um einen Dreiradlieferwagen genannt «Sturmwolke». Das Fahrzeug ist im Pfarrhaus zu besichtigen, und der Verlierer kann es gegen Vorweisung des auf den Namen des Herrn Giuseppe Bottazzi ausgestellten Ausweises der K. P. abholen.

Das war ein Volltreffer; wieder strömte das ganze Dorf zum Kirchplatz, und da stand die «Sturmwolke» vor der Pfarrhaustür, wo jedermann sie sehen konnte.

Die Leute wurden nicht müde, sie zu bestaunen, und verweilten in angeregtem Geplauder. Doch da geschah etwas Unerwartetes.

Der Smilzo kam mit der «Sturmwolke» angeradelt.

Er hielt an, zog ein Plakat aus einer Rolle und klebte es mit vier Pinselstrichen Leim an die Pfarrhausmauer. Und die verblüfften Zuschauer lasen:

BEKANNTMACHUNG

Der Herr Giuseppe Bottazzi ist kein «Herr», und die beim Pfarrhaus zu sehende «Sturmwolke» ist nicht die «Sturmwolke».

Diese ist nach wie vor im Besitz des Volkshauses, wie jeder Bürger sich mit eigenen Augen und Händen überzeugen kann. Womit leicht zu beurteilen ist, wer die Verleumder sind, die mutmaßlich auf den Namen Hochwürden Don Camillo hören.

Fassungslos verglichen die Leute die «Sturmwolke» von Don Camillo mit der «Sturmwolke» des Smilzo: Sie waren identisch!

Sie waren auch insofern genau gleich, als sie beide kein Nummernschild trugen.

Don Camillo breitete die Arme aus: «Ich kann mir diesen außerordentlichen Zufall nicht erklären; also nehme ich ihn unbestritten hin. Meine Gutgläubigkeit ist allgemein bekannt. Nachdem das Volkshaus Wert darauf legt, zu beweisen, daß der gefundene Lieferwagen nicht ihm gehört, behalten wir ihn und übergeben ihn dem Asyl, das ihn dringend braucht.»

Don Camillo begegnete Peppone ein paar Tage danach. «Bist du an deinen Zeitungen interessiert?» fragte er ihn. «Ich habe sie noch.»

«Nein», erwiderte Peppone. «Mich interessiert höchstens, warum Ihr auf dem ersten Plakat die «Sturmwolke» nicht erwähnt habt.»

«Wenn man eine Polemik anfängt, muß man die stärkste Patrone immer zurückbehalten.»

«Wenn ich nicht irre, hättet Ihr sie besser gleich abgeschossen.»

«Du irrst: Wenn ich sie gleich abgeschossen hätte, wärst du gezwungen gewesen, den Lieferwagen zurückzuholen. So aber hattest du achtundvierzig Stunden Zeit, einen gleichen zu fabrizieren, und das Asyl hat jetzt den Wagen, den es schon lange brauchte. Als Schmied bist du immer noch der Größte!»

«Peppone grinste höhnisch: «Die Geschichte könnt Ihr dem Pfaffen erzählen!»

«Hab' ich ihm erzählt, und er hat gesagt: ‹Stell dir vor,

Don Camillo, wie blöd der arme Peppone dagestanden wäre, wenn du nicht vor dem Ausstellen der Sturmwolke das Nummernschild abgenommen hättest!›»

Don Camillo grub das kleine Metallschild aus der Tasche und gab es Peppone: «Das gehört dir – meine ‹Sturmwolke› habe ich unter meinem Namen eintragen lassen.»

«Nach dem Schurkenstreich und dem Schaden, den Ihr mir zugefügt habt, soll ich wohl auch noch Dankeschön sagen!» brachte Peppone zähneknirschend hervor.

«Nicht nötig, Peppone. Ich gebe mich mit der ‹Sturmwolke› zufrieden.»

Im falschen Gewande

Um den Schnellzug nach Mailand zu erwischen, muß man sich zu der etwa vierzig Kilometer vom Dorf entfernten Station P. begeben. Wer allerdings nicht erst nach neun Uhr in Mailand sein will, dem nützt das Postauto nichts.

Peppone hatte es eilig: er wollte in Mailand ein paar Ersatzteile holen und gleich mit dem nächsten Zug zurückkehren. Der Morgen war kalt und neblig, aber wenn Peppone im Sattel seines Motorrades saß, fürchtete er nichts und niemanden. Durchfroren wie ein Eiszapfen, stellte er sein Fahrzeug auf dem Parkplatz vor der Station ein; für eine Fahrkarte reichte die Zeit nicht mehr, denn der Zug setzte sich bereits in Bewegung.

Er schaffte es gerade noch, aufzuspringen: Vor ihm lag ein völlig leeres Abteil zweiter Klasse, und Peppone vermochte der Einladung nicht zu widerstehen. «Die Spesen werde ich einfach bei der Rechnung für den Traktor draufschlagen», dachte er. «Ich habe keine Lust, mich in die dritte Klasse mit ihrem Gestank und Gewimmel zu stürzen.»

Als der Schaffner kam, löste Peppone sein Billet; dann machte er es sich auf der Polsterbank bequem, nachdem er die Tür geschlossen und die Vorhänge zugezogen hatte, in der geheimen Hoffnung, es werde niemand eintreten, um ihn zu stören.

Es war wirklich gemütlich in dieser Stille; Peppone

döste ein und schlief, bis der Schaffner wieder eintrat, um seine Fahrkarte zu knipsen. Beim Hinausgehen ließ der Mann die Tür ein wenig offen, und Peppone hatte schon die Hand auf der Klinke, um den Spalt zu schließen, als eine Stimme aus dem Gang ihn aufhorchen ließ: «Ich möchte den Klassenwechsel bezahlen.»

Er war sicher, sich nicht getäuscht zu haben: Die Person, die den Aufpreis zu zahlen wünschte, mußte Don Camillo sein.

Peppone schob den Vorhang ein wenig beiseite und starrte verblüfft hinaus, denn der Mann, der dicht vor ihm mit dem Schaffner sprach, hatte die Stimme, das Gesicht und die Gestalt Don Camillos, aber es war nicht Don Camillo.

Er trug nämlich einen Anzug, der nicht das geringste mit der Soutane eines Priesters gemein hatte.

Peppone schloß leise die Tür, streckte sich auf der Polsterbank aus und bedeckte sein Gesicht mit der «Unità». «Don Camillo in Zivil!» knurrte er vor sich hin. «Das ist ja allerhand! Wie der wohl hierhergekommen ist, der verflixte Kerl?»

Das war ganz einfach. Don Camillo war in P. in seinem normalen Priestergewand in den ersten Drittklaßwagen eingestiegen und, als der Zug abfuhr, durch alle Abteile geeilt; als er keine bekannten oder verdächtigen Gesichter bemerkte, hatte er sich in der Toilette eingeschlossen.

Nachdem er sein Priestergewand mit dem in seinem Koffer mitgebrachten bürgerlichen Anzug vertauscht hatte, war er in den Zweitklaßwagen weitergegangen. Es wäre ja möglich gewesen, daß in den Drittklaßabteilen jemandem seine Physiognomie aufgefallen war, und der hätte die Verwandlung des Inhabers dieses Gesichts sicher merkwürdig gefunden. In der zweiten Klasse riskierte Don Camillo nichts, denn aus seinem Dorf reiste niemand, nicht einmal der reichste Landwirt, jemals zweiter.

Als er den Aufpreis bezahlt hatte, öffnete er Peppones Abteiltür ein Stück weit und streckte vorsichtig den Kopf hinein, zog ihn jedoch gleich zurück und schloß die Tür wieder. Einer, der mit der «Unità» über dem Gesicht schläft, kann ja in keinem Fall eine erfreuliche Gesellschaft für einen Priester sein.

So nahm er seinen Koffer und spähte in jedes Abteil, bis er ein gänzlich unbesetztes fand.

In Peppones Kopf unter der «Unità» arbeitete es inzwischen fieberhaft: «Er kann nur nach Mailand fahren – aber warum in Männerkleidern?»

Peppone zog alle Hypothesen in Erwägung, selbst die kühnsten und abwegigsten, und gelangte zum einzig möglichen Schluß: Um herauszufinden, was Don Camillo im falschen Gewande in Mailand vorhatte, mußte man ihn um jeden Preis beschatten.

Peppone vergaß seine Traktorersatzteile: Wenn ein Reaktionär sich verkleidet, steckt bestimmt etwas Unanständiges dahinter.

Sogleich begab er sich auf den Kriegspfad; er sah nach, ob die Luft im Gang rein war, dann eilte er in die dritte Klasse und blieb erst am vorderen Ende des ersten Wagens stehen. Als der Zug in Mailand einfuhr, stieg Peppone mit hochgeschlagenem Mantelkragen aus und marschierte stracks zum Bahnsteigausgang. Bei einem Zeitungskiosk blieb er stehen und behielt die Aussteigenden im Auge. Als er in der Menge die hohe Gestalt

Don Camillos erblickte, stieg er die Treppe hinunter und wartete in der Halle auf seinen Mann.

Ob er wohl ein Taxi, den Autobus oder die Straßenbahn nahm? Peppone bereitete sich geistig auf die Verfolgung vor. Doch Don Camillo kam lange nicht, und Peppone dachte schon mit Schrecken, daß er die Seitentreppe benützt haben und unter dem Straßenübergang in den Trolleybus gestiegen sein könnte.

Don Camillo hatte aber einfach zuerst seinen Koffer bei der Gepäckaufbewahrung eingestellt; nach etwa zehn Minuten tauchte er unten in der Halle auf.

Tram, Taxi, Bus? Und wenn ihn ein Privatwagen abholte? Peppone stockte der Atem vor Angst, die Spur des Heimlichtuers zu verlieren. Doch die Spannung löste sich auf ebenso unvorhergesehene wie tröstliche Weise: Don Camillo machte sich zu Fuß auf den Weg. Das erleichterte das Beschattungsunternehmen erheblich, und Peppone schickte sich an, die Verfolgung aufzunehmen.

In diesem Augenblick stellte sich ihm einer der Straßenfotografen in den Weg, mit der Leica um den Hals: «Machen wir einen schönen Schnappschuß?»

«Nichts da!» wehrte Peppone unwirsch ab. Dann kam ihm eine Idee, und er rief den jungen Mann zurück: «Nicht mich», erklärte er ihm. «Aber sehen Sie den Langen dort im braunen Mantel und grauen Hut? Versuchen Sie den zu erwischen, aber ohne daß er es merkt. Ich zahle gut!»

«Wird gemacht», antwortete der Fotograf und stürzte der großen Gestalt nach. In sicherem Abstand folgte Peppone und beobachtete das Manöver. Der Junge war tüchtig: Er überholte Don Camillo unbefangen, versteckte sich hinter einer Straßenbahn und schoß von dort das erste Bild.

Zehn Meter weiter gelang ihm die zweite Aufnahme und wenig später eine dritte.

Don Camillo hatte nichts bemerkt; er erschien inmitten dieses ganzen Gewimmels etwas belämmert. Peppone triumphierte: mit einem Fotodokument dieser Art konnte er im Wahlkampf einiges anfangen. Schon sah er in Gedanken die Plakate mit den Vergrößerungen dieser Aufnahmen und dem Text: «Wer mag der elegante Herr sein, der durch Mailand spaziert?» «Um die Kutte nicht zu entehren, legt man sie natürlich lieber ab!»

Der Fotograf kam zurück:

«Ging glatt wie geölt. Machen wir sechs Abzüge von jeder?»

«Ja, sechs und eine Vergrößerung. Ich brauche sie aber sofort.»

Der Fotograf hob die Arme: «Vor heute abend geht's nicht.»

«Es *muß* gehen.»

Da zog der junge Mann einen Notizblock aus der Tasche, kritzelte etwas hinein, riß das Blatt ab und gab es Peppone: «Um zwei Uhr an dieser Adresse. Es wird alles bereit sein. Sechstausend Lire – drei gleich jetzt und drei bei Ablieferung der Kopien.»

Peppone grub drei Tausender aus und überreichte sie dem Mann: « Daß die Arbeit aber ja gut gemacht ist!»

«Die ‹Fotoscat› ist die beste Firma Mailands.»

Peppone, der während des Gesprächs weitergegangen war und sein Opfer nicht aus den Augen verloren hatte, entließ den jungen Mann mit einem knappen «also gut» und widmete sich ausschließlich Don Camillo.

Dieser schien es durchaus nicht eilig zu haben. Er bummelte nicht nur gemächlich dahin, sondern blieb vor jedem Schaufenster stehen.

«Entweder hat er gemerkt, daß er bespitzelt wird, und tut so, als trödelte er bloß herum», dachte Peppone, «oder er ist auf eine bestimmte Stunde verabredet und versucht die Zeit totzuschlagen.»

Offensichtlich war die zweite Vermutung die richtige, denn auf einmal zog Don Camillo die Taschenuhr heraus, warf einen Blick darauf und beschleunigte seine Schritte.

Peppone folgte ihm mühelos bis zum Platz vor der Scala. Da aber war ein solches Menschengewühl, daß die Sache schwierig wurde. Als Don Camillo gar in die Galerie abbog, brach Peppone der kalte Schweiß aus: «Er hat es gemerkt, und jetzt führt er mich absichtlich in dieses heillose Durcheinander, damit er im richtigen Moment in der Menge untertauchen kann und niemand ihn wiederfindet!»

Tatsächlich wurde Don Camillo, als er die Galerie durchquert hatte und links die Bogengänge des Domplatzes betrat, von der Menge verschluckt.

Doch auch Amateurpolizisten haben einen Schutzengel. Als Peppone schon alle Hoffnung aufgegeben hatte, entdeckte er sein Opfer wieder, das eben durch die Tür des großen Warenhauses ging.

Immer mit Peppone auf den Fersen, ließ sich Don Camillo von den Rolltreppen bis ins oberste Stockwerk tragen.

Dann fuhr er über die andern Rolltreppen hinunter ins Souterrain.

Von hier aus nahm er wieder alle Aufwärtsrolltreppen

bis zuoberst. Und erneut rollte er abwärts, aber nur bis zum Erdgeschoß.

Über die normale Treppe erreichte er das Untergeschoß und reiste anschließend mit den Rolltreppen zum obersten Stock.

Hier schien ihm unvermittelt etwas in den Sinn zu kommen. Er schaute noch einmal auf die Taschenuhr, fuhr mit den Rolltreppen ins Erdgeschoß, verließ das Warenhaus und marschierte im Eilschritt eines Bersagliere auf die Piazza della Scala zu.

Dort bestieg er behende ein Taxi, und das flitzte mit ihm los. Aber Peppone eilte mit dem nächsten Taxi hinterher.

Es war keine lange Fahrt; schon nach wenigen Minuten hatte Don Camillo sein Ziel erreicht.

«Halten Sie hier», sagte Peppone zum Fahrer. «Ich bin mit einem Freund verabredet. Ich warte.»

Der Fahrer zog die Zeitung aus der Tasche und begann ruhig zu lesen, während Peppone vom Rücksitz aus jede Bewegung Don Camillos beobachtete.

Der blieb eine Weile auf dem Gehsteig stehen, dann spazierte er langsam vor einer großen offenen Eingangstür hin und her. Er mußte von Zweifeln oder Argwohn befallen sein. Mit einemmal aber trat er entschlossen durch die Tür.

Peppone strengte seine Augen an, um die eingemauerte Tafel neben dem Eingang zu lesen: «Montecatini!»

Was in aller Welt kann ein Pfarrer aus der Poebene, der verkleidet nach Mailand reist, bei der Direktion eines Chemiewerkes wollen? Etwa Kunstdünger kaufen?

Sonnenklar: Der vatikanisch-amerikanische Klerus

und die Großindustrie schmieden ein Komplott zum Schaden des Proletariats, und jetzt, da die Wahlen bevorstehen, stimmen sie ihr Vorgehen miteinander ab.

«Mein Freund kommt offenbar nicht», sagte Peppone zum Fahrer und schickte sich an, auszusteigen, als er Don Camillo auftauchen sah. «Warten wir noch ein paar Minuten», erklärte er dem Fahrer.

Don Camillo wandte sich nach rechts, ging ein paar Schritte weit, kehrte um und ging erneut durch die Tür. Kaum drinnen, machte er kehrt und kam zurück, ging wieder hinein und kam wieder heraus und ging nochmals hinein und kam nochmals heraus, diesmal aber blieb er draußen.

Der Taxichauffeur, der das Manöver mitangesehen hatte, grinste: «Nicht zu glauben, daß so alte Esel sich amüsieren wie die Kinder! Haben Sie das gesehen?»

«Ja, aber ich begreife nichts.»

«Sie sind nicht aus Mailand?»

«Nein.»

«Ach so. Dort ist eine große Kristalldoppeltür, die mit Fotozellen funktioniert. Wenn man über die Schwelle tritt, wird der Strahl unterbrochen, und die Tür geht automatisch auf. Dasselbe passiert beim Hinausgehen. Da, sehen Sie!»

Ein Mann betrat das Gebäude, und Peppone paßte auf.

«Mein Freund kommt nicht mehr», sagte er und stieg aus. Er bezahlte die Fahrt und die Wartezeit und wollte die Verfolgung Don Camillos fortsetzen. Doch nach wenigen Schritten kehrte er um und marschierte geradewegs auf die große Glastür zu, die sich wie durch Zauberei folgsam vor ihm auftat und hinter seinem Rücken schloß. Das gleiche Wunder geschah, als Peppone wieder heraustrat.

Don Camillo bummelte weiter. Er schien nicht die leiseste Ahnung zu haben, wohin er gehen wollte. Trotzdem blieb Peppone auf dem Quivive, denn bei einem Priester, auch wenn er Zivil trägt, kann man nie wissen.

Die Sache drohte außerordentlich eintönig zu werden, doch nahm sie unvermittelt eine interessante Wende. Als man in eine gewisse Gasse eingebogen war, ertönte Geschrei, und hinter Peppone und Don Camillo kam eine dicke Rotte von Leuten gelaufen, die einen Riesenlärm vollführten und mit Tafeln herumfuchtelten, auf denen alles andere als regierungsfreundliche Sprüche standen. Viele der Phrasen hatten offenbar den Zweck, ein nicht näher bezeichnetes «beschissenes Gesetz» zu demaskieren.

Peppone konnte sich in einen Hauseingang zurückziehen, aber Don Camillo, der in der Mitte der Gasse ging, geriet in die Rotte und wurde von dieser vor sich hergeschoben zu dem kleinen Platz, der anscheinend das Ziel der Krawallbande war.

Dummerweise stand auf dem Platz ein grandioses Polizeiaufgebot bereit, und Peppone kam eben zur rechten Zeit, um zu sehen, wie eine ganze Schar der Uniformierten auf die Spitze des Demonstrantenzuges losging.

Wer unter den Elementen der vordersten Staffel allein schon durch die ungewöhnliche Körpergröße herausragte, war natürlich Don Camillo, und auf dessen Haupt ging ein solcher Hagel von Knüppelhieben nieder, daß die Sterne, die er sah, zwei oder drei Firmamente hätten füllen können.

Und da die Rotte in der Gasse so verflucht dichtgedrängt war, konnten die Pechvögel an der Spitze keinen Rückwärtsgang einschalten, und die Gummiknüppel der Polizisten trafen mit wachsender Wucht immer wieder die Köpfe und Buckel der bereits Geprügelten.

Don Camillo, von dieser Sintflut von Hieben überrascht, blieb eine Weile verwirrt stehen. Als er aber begriff, daß die ihm den Kopf zu einem Fesselballon hauen würden, wenn er noch weiter stillhielt, riß er sich mit einem gewaltigen Ruck aus den Fäusten der Polizisten und wollte sich einen Weg zurück bahnen. Sein Rücken, so breit und bequem wie ein Doppelbett, wirkte auf die Beamten geradezu als Einladung. Sie schlugen mit solcher Begeisterung auf seine Schultern ein, daß er sich auf eine andere Rückzugstaktik besann: Die Krempe seines Hutes mit beiden Händen festhaltend, hechtete er kopfvoran in die Menge, riß eine Bresche und gelangte in eine sicherere Position. Von einem Angriff mit Polizeiwagen bedroht, löste sich nun der Demonstrationszug auf. Don Camillo konnte in ein Seitengäßchen schlüpfen und fand in einem Café Zuflucht.

Peppone hatte nur Augen für Don Camillo. Der Anblick, wie dieser die ganzen Polizeiprügel einstecken mußte, erfüllte sein Herz mit unbezähmbarer Wonne.

Der Gedanke daran, daß er im Dorf erzählen konnte, wie es Don Camillo ergangen war, begeisterte ihn erst recht. Er war geradezu selig.

Mit den Ellbogen bahnte er sich einen Weg durch das Gewimmel und betrat wenige Augenblicke nach Don Camillo ebenfalls das Café.

Der große Raum war gedrängt voll; Don Camillo saß an einem Ecktischchen und nahm gerade vorsichtig ein

Inventar der an zugänglichen Stellen befindlichen Beulen und Schrammen vor.

Triumphierend brach Peppone sein Detektivspiel ab, ließ sich an einem Tischchen in unmittelbarer Nähe von Don Camillo nieder und rief vergnügt: «Padrone, ich bezahle eine Runde!»

Der Wirt schielte ihn mißtrauisch an: «Was ist los? Haben Sie im Toto gewonnen?»

«Viel besser!» grinste Peppone. «Ich habe zugeschaut, wie ein Kerl von der Polente alle die Knüppelhiebe abbekommen hat, die ich ihm gern verpaßt hätte! Tüchtig, wirklich tüchtig, die Burschen von unserem Minister Scelba!»

Don Camillo rührte sich nicht. Aber die feine Ironie Peppones hatte keinen großen Erfolg, denn unvermittelt sah er sich von etwa dreißig wilden Gesichtern umringt: lauter Leute, die sich vor dem Gummigewitter der Polizei ebenfalls in das Café gerettet hatten.

«Dreckfaschist!» sagte einer und fegte ihm mit einer Ohrfeige den Hut vom Kopfe. Bevor Peppone auch nur den Mund aufmachen konnte, fielen alle dreißig über ihn her, und jeder tat sein Bestes, mit dem Prügeln auch an die Reihe zu kommen. Zum Glück hatte der Wirt, noch ehe diese Bearbeitung begann, dem Schankburschen ein Zeichen gegeben, und der wetzte wie der Blitz zum nahen Platz, um die dort noch immer wachende Polizei zu alarmieren.

Kaum rochen die Entfesselten den anrückenden Gummi, da brachen sie die Schlägerei ab und verdrückten sich eilig durch die Hintertür. Peppone erhob sich mühsam und sank auf dem Stuhl zusammen. Der Wirt brachte ihm einen Cognac.

Die Polizei trat ein. «Sie sind alle weggelaufen», erklärte der Wirt. «Noch fünf Minuten, und sie hätten ihn zerschmettert!»

Die Polizisten wandten sich Peppone zu. «Kennen Sie sie?»

«Ich kenne niemanden», gab Peppone Auskunft. «Ich bin hier hereingekommen, weil ich zufällig in den Krawall geraten war.»

Er erklärte, wo er herkam und daß der Zweck seines Aufenthaltes in Mailand der Einkauf von Ersatzteilen war. Er zeigte seine Identitätskarte sowie den Brief der Firma, die ihn nach Mailand eingeladen hatte.

«Kennen *Sie* jemanden von diesen Typen?» wandten sich die Polizisten an den Wirt.

«Nie gesehen. Die sind nur hereingekommen, um sich zu verstecken. Lauter Verbrecher, kommunistisches Gesindel. Dann sind sie über den da hergefallen, weil er anderer Ansicht ist als sie.»

Ein Beamter entdeckte Don Camillo in seiner Ecke. «Und der dort, gehörte der auch zur Gruppe?» fragte er argwöhnisch. «Er kommt mir bekannt vor.»

Der Wirt zuckte die Achseln: «Ich weiß nicht. Ein Kommunistengesicht hat er zwar. Aber er ist die ganze Zeit an seinem Tischchen sitzengeblieben.»

Ein «Höherer» zückte sein Büchlein und schickte sich an, ein Protokoll aufzusetzen.

«Lassen Sie doch!» sagte Peppone. «Ihr habt jetzt ohnehin mehr als genug zu tun. Meine Haut ist dick, ich bin nicht so schnell verletzt. Überhaupt fahre ich jetzt sofort in mein Dorf zurück, und damit hat sich's.»

Von der Straße her war Gekreisch zu hören. Die Polizisten sagten «na gut» und gingen.

Der Wirt schenkte Peppone noch einen Cognac ein, was den Motor des Genossen Bürgermeister wieder in Gang brachte. Er strich die zerknitterten Kleidungsstükke glatt, rieb sich über den verbeulten Schädel, stand auf und fragte: «Wieviel macht's?»

Lächelnd schüttelte der Wirt den Kopf und streckte ihm die Hand hin: «Nichts! Unter uns Gleichgesinnten muß man einander doch beistehen! Lebwohl, Kamerad!»

Peppone drückte ihm die Hand und verließ das Café.

Bald danach saßen sie nebeneinander auf einer Parkbank.

«Sowas!» bemerkte Peppone höchst sarkastisch. «Diese Leute einer klerikalen Regierung, die nicht einmal einen Priester respektieren ...!»

«Aber auch diese Kommunisten, die nicht einmal ihre Glaubensgenossen respektieren!» gab Don Camillo zurück.

«Das ist etwas anderes, Hochwürden!» kicherte Peppone. «Das ist etwas anderes!»

«Prügel sind Prügel», stellte Don Camillo fest. «Aber die hier zählen nicht, weil sie auf einem einfachen Mißverständnis beruhen.»

Peppone zündete sich eine Zigarre an, rauchte ein paar Züge und fragte: «Hochwürden, bekommt Ihr diese Ausgangsuniform direkt vom Vatikan?»

Don Camillo seufzte: «Nein, diesen Anzug hat mein Bruder bei mir zurückgelassen. Ich habe ihn angezogen, um ihn ein bißchen auszulüften.»

«Das war eine gute Idee: Ihr habt es so einrichten können, daß er auch gleich richtig ausgeklopft worden ist.»

Don Camillo zog die rechte Hand aus der Manteltasche und zeigte Peppone einen Gummiknüppel: «In dem Krawall ist mir das da in der Hand geblieben ...». erklärte er.

Peppone grübelte aus seiner Tasche ein Fetzchen Stoff heraus. «Auch mir ist etwas in der Hand geblieben», sagte er, «und zwar bei der Schlägerei im Café.»

Es war ein Jackenaufschlag mit einem Kommunistenabzeichen im Knopfloch.

«Tauschen wir die Trophäen!» schlug Don Camillo lachend vor, reichte Peppone den Gummiknüppel und nahm den Jackenaufschlag mit dem Abzeichen.

Peppone drehte den Gummiknüppel in den Händen herum, dann schleuderte er ihn weit weg. «Eine abscheuliche Trophäe, Hochwürden, auch wenn sie mich an eine für mich erfreuliche und für Euch unerfreuliche Episode erinnert.»

Don Camillo warf den Rockaufschlag ebenfalls weg. «Recht hast du, Peppone. Fort damit. Ich habe übrigens noch einen, weil mir in dem Durcheinander zwei in den Händen geblieben sind ... Den aber behalte ich. Vielleicht kommt er mir einmal zugute. Man weiß ja nie.»

Voll Verachtung blickte Peppone auf den Knüppel, den Don Camillo aus der andern Tasche geholt hatte, und sagte: «Bei jeder Gelegenheit enthüllt Ihr Eure schmutzige Faschistenseele!»

«Jawohl, Kamerad!» lächelte Don Camillo.

Zutiefst verärgert entfernte sich Peppone. Bald aber heiterte sich seine Laune auf, weil ihm die am Vormittag aufgenommenen Fotodokumente in den Sinn kamen. Er holte die Quittung aus der Brieftasche, winkte ein Taxi herbei und ließ sich an die aufgedruckte Firmenadresse fahren. Dort fand er nur die Trümmer eines zerbombten Hauses vor.

Dreitausend Lire für drei mit leerer Kamera geschossene Fotos. Drei Fotos, die eine Million wert waren.

Auch für die Rückfahrt mußte Peppone die zweite Klasse benutzen, weil er voller Schrammen und Beulen war. Und kaum saß er in den Polstern, trat Don Camillo im Priestergewand ein.

«Ist die Herrlichkeit zu Ende?» erkundigte sich Peppone.

«Zu Ende.»

«Na ja», meinte Peppone, «wenn Ihr mich fragt: Mailand ist eigentlich gar nicht so großartig, wie die Leute sagen.»

«Es hat seine schlechten und seine guten Seiten», erwiderte Don Camillo, dem trotz allem die Wunder der Rolltreppen im Warenhaus und der «magischen» Glastür des Montecatinigebäudes nicht aus dem Sinn gingen.

Zu Hause angekommen, kniete Don Camillo vor dem Gekreuzigten am Hauptaltar nieder.

«Schon zurück, Don Camillo? Hast du dich nicht amüsiert?»

«Doch, Jesus, sehr sogar – aber man soll es mit dem Vergnügen nie übertreiben.»

Weise Worte.

Schwester Filomena

Peppone steckte bis über die Ohren in Schwierigkeiten. Und das war so gekommen: in den ersten drei Monaten des Jahres hatte sich alles außergewöhnlich gut angelassen, so gut, daß Peppone überzeugt war, sich den neuen Lastwagen leisten zu können.

Es war eine sehr große Verpflichtung, denn sie hatte nicht nur alle seine Reserven bis auf den letzten Centesimo erschöpft, darüber hinaus hatte Peppone noch etliche Wechsel unterschrieben, die er um jeden Preis bezahlen mußte, auch wenn ihm, wie es letzthin leider vorgekommen war, gewisse Verträge für den Transport von Mangold, Tomaten etc., mit denen er fest gerechnet hatte, durch die Lappen gegangen waren.

Zu dieser Bescherung hatten sich weitere hinzugesellt, kleinere zwar, aber nicht weniger unangenehme, und als er auch noch gezwungen war, den jüngsten Sohn zum Arzt zu bringen, weil der arme Kleine von Tag zu Tag weniger wurde, fühlte Peppone sich vom Zustand der Gnade wirklich ausgeschlossen.

Der Doktor untersuchte den Jungen sorgfältig und schüttelte dann den Kopf: «Er ist überhaupt nicht in Ordnung», sagte er. «Er muß unbedingt ans Meer.»

Peppone lachte laut heraus:

«Sie belieben zu scherzen! Ausgerechnet dann, wenn die Partei eine Ferienkolonie im Gebirge organisiert, muß der Junge ans Meer!»

«Mir ist gar nicht zum Scherzen zumute», erwiderte der Doktor kühl. «Wenn Sie zu mir kein Zutrauen haben, lassen Sie ihn doch untersuchen von wem Sie wollen. Und wenn Sie jemanden finden, der über die Notwendigkeit eines Aufenthalts am Meer nicht meiner Meinung ist, gebe ich meinen Beruf auf.»

«Mit Zutrauen hat das nichts zu tun. Ich sage nur, daß ich ihn nicht ans Meer schicken kann, aus dem einfachen Grund, weil die Partei dieses Jahr eine Ferienkolonie in den Bergen organisiert hat. Da gibt es nicht viel zu wählen: Er wird ins Gebirge gehen.»

«Der Junge muß dringend ans Meer. Er braucht Jod. Der Pfarrer hat eine Ferienkolonie am Meer organisiert: schicken Sie ihn also mit dem Pfarrer.»

Peppone machte eine ungeduldige Handbewegung:

«Lassen wir die Dummheiten. Der Pfaffe hat Jod, und die Partei hat keines?»

«Nicht der Pfaffe hat das Jod, sondern das Meer hat es. Und da der Pfaffe die Ferienkolonie am Meer organisiert hat, also ...»

«Also gar nichts!» unterbrach ihn Peppone unhöflich. «Der Pfaffe soll hingehen, wohin er will. Mein Junge geht in die Berge. Besser mit der Partei in die Berge, als mit dem Pfaffen ans Meer! Die geistige Gesundheit ist wichtiger als die körperliche.»

Der Arzt verlor die Geduld:

«Ich kümmere mich nicht um Politik, ich kümmere mich um Krankheiten. Und ich sage Ihnen, daß Sie eine solche Dummheit nicht machen können: Wenn Sie dieses Kind ins Gebirge schicken, ruinieren Sie es.»

«Ich schicke es, wohin es mir paßt und gefällt: Über meinen Sohn habe *ich* zu bestimmen!»

Der Arzt, den die Leute das Doktorchen nannten, war keiner von denen, die sich einschüchtern lassen; er blickte Peppone in die Augen und erklärte laut und mit fester Stimme:

«Ihre Parteiangelegenheiten sind für mein berufliches Gewissen uninteressant. Ich werde meine Pflicht bis zum Äußersten tun.»

«Tun Sie, was Sie nicht lassen können!» schrie Peppone wütend. «Zeigen Sie mich doch bei der UNO an!»

Der kleine Doktor wandte sich nicht an die UNO, er klopfte an eine sehr viel nähere Tür. Und als er vor Peppones Frau stand, kam er sofort auf den Kern der Sache zu sprechen:

«Ich habe Ihren Jungen untersucht! Er muß ans Meer, und zwar schnell! Wenn Sie ihn statt ans Meer ins Gebirge schicken, werden Sie ihn völlig ruinieren. Dann ist es besser, ihn hier zu lassen.»

Die Frau sah ihn voller Mißtrauen an:

«In solchen Angelegenheiten entscheidet mein Mann. Erzählen Sie das ihm.»

«Ich habe es ihm bereits erklärt, und er hat mir zur Antwort gegeben, daß er das Kind ins Gebirge schicken werde, weil er über seinen Sohn zu bestimmen habe. Da aber das Kind nicht nur einen Vater, sondern auch eine Mutter hat, habe ich Ihnen die Sache erklärt, wie es meine Pflicht war. Wenn sich also der Zustand des Jungen verschlechtert oder wenn er gar stirbt, tragen Sie beide dafür die Verantwortung.»

Peppones Frau fing an zu brüllen:

«Die Verantwortung trägt diese widerwärtige, ungerechte Welt! Selbst wenn wir ihn ans Meer schicken wollten – wie denn?»

«Indem Sie ihn für die Ferienkolonie am Meer anmelden», gab der kleine Doktor zurück. «Ich habe Don Camillo den Fall bereits dargelegt, und er ist ohne weiteres bereit, den Jungen mitzunehmen.»

Die Frau knallte dem kleinen Doktor die Tür vor der Nase zu, worauf dieser aber gefaßt war, sogar auf Schlimmeres, und er machte sich weiter nichts daraus.

«Wenn ihr statt eines Backsteins auch nur einen Funken Gewissen im Leib habt, bekommt der Junge die Behandlung, die er braucht», brummte der kleine Doktor in sich hinein.

Zum Glück hatten weder Peppone noch seine Frau einen Backstein im Leib. Peppone sucht noch am selben Abend Don Camillo im Pfarrhaus auf.

«Ich möchte bloß wissen, welchen Unsinn Euch dieses unglückselige Doktorchen erzählt hat», sagte Peppone mit drohender Stimme, kaum daß er vor Don Camillo stand.

«Er hat mir erzählt, daß dein Sohn unbedingt ans Meer muß», antwortete Don Camillo ruhig. «Wenn das Unsinn ist, bedeutet es, daß der kleine Doktor verrückt geworden ist, oder aber, daß du verrückt geworden bist.»

Peppone lachte bitter:

«Ich stecke bis über die Ohren in Schwierigkeiten ...»

«Das weiß ich.»

«Der Junge muß ans Meer, während die Partei eine Ferienkolonie im Gebirge macht ...»

«Das weiß ich.»

«Und der Unterzeichnete ist gezwungen, seine Wahl zu treffen: entweder den Sohn zu verraten oder die Partei ...»

«Das weiß ich nicht.»

«Natürlich wißt Ihr das: darum habt Ihr dem Doktor gesagt, daß Ihr meinen Sohn zusammen mit den Euren akzeptiert!»

«Nein, Genosse Bürgermeister: Solche Gemeinheiten mache ich nicht. Mich interessiert, daß dein Sohn gesund wird. Die Gesundheit deiner Partei interessiert mich nicht.»

Peppone betrachtete ihn mit unaussprechlicher Geringschätzung:

«Heuchler!» schrie er. «Wenn ich meinen kleinen Jungen mit den Jungen Eurer Ferienkolonie gehen lasse, wißt Ihr sehr wohl, was für ein großer Wurf das für Eure Propaganda sein wird! Ihr wißt sehr wohl, was die Leute dann sagen werden!»

Don Camillo riß verwundert die Augen auf:

«Die Leute? Und was können sie schon sagen? Ich stecke ihn übrigens gar nicht in meine Ferienkolonie, deinen Sohn. Er wird sich drei Kilometer von unserem Strand entfernt bei den Kindern einer piemontesischen Gemeinde aufhalten. Dein Sohn wird dorthin fahren, bevor unsere Kinder abreisen. Meinst du denn, ein so großes, unförmiges Untier wie ich, ein so schlimmer Kerl, der mit einer einzigen Ohrfeige dir und jenem Unseligen, der dir beigebracht hat, den Hut auf dem Kopf zu behalten, wenn du in einem fremden Haus bist, das Fell gerben könnte, meinst du wirklich, ein solcher Kerl stelle politische Spekulationen auf Kosten der Spatzenknochen eines kranken Kindes an?»

Peppone nahm den Hut vom Kopf.

«Wenn Ihr es nicht aus Gründen der Spekulation tut, dann tut Ihr es, um die Seele meines Sohnes zu vergiften. Um ihn mir kaputt zu machen! Um mir den Feind ins eigene Haus zu setzen!»

Don Camillo schüttelte den Kopf:

«Dein Sohn wird behandelt werden wie wenn er in einer kommunistischen Ferienkolonie wäre.»

Peppone fing an zu lachen:

«Das ist außergewöhnlich!»

«Keineswegs: Dein Sohn wird nur aufgenommen, weil er ans Meer muß. Sonnenbäder und Meerwasserbäder, Spiele, Spaziergänge und so weiter, ganz wie die anderen. Sonst nichts.»

«Keine Gebete am Morgen, am Mittag, am Nachmittag und am Abend? Keine Predigten? Keine Heiligenbildchen? Keine geistlichen Loblieder? Keine Messen? Keine Kommunionen?»

«Keine, Genosse Bürgermeister. Der Doktor hat gesagt, daß das Kind ans Meer muß, und wir werden uns nur um seine körperliche Gesundheit kümmern.»

Peppone wischte sich die schweißgebadete Stirn.

«Hochwürden», sagte er, «Ihr beliebt zu scherzen, ich nicht. Ich habe ein krankes Kind und stecke bis zum Hals in Schwierigkeiten. Macht Euch das nicht zunutze: das wäre gemein.»

Don Camillo öffnete eine Schublade seines Schreibtischs, zog einen Brief heraus und reichte ihn Peppone.

«Er ist von Schwester Filomena, der Leiterin der Ferienkolonie deines Sohnes.»

Peppone ging ans Fenster und las:

«Hochwürden,

Wir haben einen Platz für das Kind. Ich habe vollkommen verstanden: der Vater ist in einer Zwangslage. Wenn es nicht so gemacht würde, wie Ihr sagt, würde der Junge nicht ans Meer geschickt und seine Gesundheit müßte darunter leiden.

Mit viel Liebenswürdigkeit, damit er sich dessen nicht bewußt werden kann, wird der Junge jedesmal dann von den Kameraden ferngehalten, wenn diesen in irgendeiner Weise, sei es auch nur indirekt, religiöser Beistand gespendet wird.

Was Ihr da von mir verlangt, ist leicht verrückt, aber ich bin mir bewußt, daß die Vergehen der Väter nicht auf ihre unschuldigen Söhne zurückfallen dürfen. Jedenfalls will ich hoffen, daß Ihr nicht von mir verlangt, dem Jungen aus den Büchern von Lenin und Stalin vorzulesen und ihm beizubringen, er müsse den Pfarrer erschlagen, sobald er dafür genug groß sei ...»

Peppone gab den Brief zurück:

«Das werde ich ihm selbst beibringen!» brummte er.

Er verharrte ein Weilchen in Gedanken versunken, dann aber fuhr er auf:

«Hochwürden», schrie er, «diese Angelegenheit stinkt meilenweit nach einer Komödie. So etwas ist doch gar nicht möglich. Dahinter steckt ein ungeheurer propagandistischer Schwindel. Ihr habt es darauf abgesehen, mich lächerlich zu machen.»

Don Camillo legte seine große Hand auf das Brevier.

«Schon gut», sagte Peppone. «Wie geht es jetzt weiter?»

«Es steht alles auf diesem Blatt. Den Leuten werde ich erklären, daß du ihn auf deine Kosten in eine Pension schickst.»

«Und der Doktor?»

«Berufsgeheimnis. Er ist ein anständiger Mensch.»

Peppone war noch immer voller Argwohn:

«Wenn also der Junge gesund wird, muß ich Euch dankbar sein ...»

«Nein, Genosse. Fühlst du dich verpflichtet, dem Briefträger besonders dankbar zu sein, weil er dir einen Brief bringt? Nimm einmal an, ich sei der Briefträger, der dir Schwester Filomenas Brief gebracht hat.»

«Also muß ich der Schwester dankbar sein.»

«Nein, sie hat den Brief nur nach Diktat geschrieben. Nicht sie ist der Absender, es ist der dort, der ans Kreuz genagelt ist.»

«Seht Ihr? Ich wußte doch, daß es ein Schwindel ist!» rief Peppone.

«Nein, die Verpflichtung, dankbar zu sein, hat nur derjenige, der an Gott glaubt. Du glaubst nicht an ihn, folglich bist du mit dem Gewissen deiner Partei vollkommen im Einklang.»

«Hochwürden, fangen wir wieder damit an?»

«Schluß. Wir haben uns nie gesehen. Wir haben nie von Ferienkolonie gesprochen. Nachricht über deinen Sohn bekommst du direkt von Schwester Filomena. Nein, reg dich nicht auf: normaler Umschlag, ohne Absender, an deine Adresse zu Hause gerichtet.»

«Mit gleichlautender Kopie für den Pfarrer!» brüllte Peppone.

Don Camillo seufzte:

«Wie sehr wünschte ich mir, du wärest es, der dringend und unbedingt Meerwasserbehandlungen braucht! Oh, welch unendliche Freude, dich weit ins Meer hinaus zu tragen und dich schön tief untertauchen zu lassen, nachdem man dir einen Rettungsring aus Gußeisen umgelegt hätte. Adieu, Berija!»

«Bitte keine Beleidigungen, Hochwürden!»

«Wenn ich dich noch vor einem Monat Berija genannt hätte, wärest du stolz darauf gewesen! Oh, Vergänglichkeit der sowjetischen Angelegenheiten!»

Peppones Sohn reiste am darauffolgenden Tage ab. Seine Mutter begleitete ihn, und als sie zurückgekehrt war, wollte Peppone alles wissen.

«Wer hat dich empfangen?»

«Eine Krankenschwester und ein Arzt. Sie haben den Jungen untersucht. Sie haben gesagt, man müsse ihn sofort ans Meer schicken und ihm eine besondere Verpflegung geben.»

«Haben sie dir Fragen gestellt?»

«Sie haben alles über den Jungen wissen wollen.»

«Und über mich?»

Die Frau zuckte die Achseln.

«Sie haben nicht einmal gefragt, ob er einen Vater hat. Das sind anständige Leute, die sich für die Gesundheit der Kinder interessieren und für nichts weiter.»

«Anständig offenbar», gab Peppone zu. «Weinte der Junge, als du ihn allein gelassen hast?»

«Keine Rede davon! Sie verstehen es außerordentlich gut, mit Kindern umzugehen. Und in dem Heim gibt es einen Hof mit einem Karussell, Tretautos und so weiter. Er hat nicht mal gemerkt, daß ich weggegangen bin.»

«Karussells, Autos und so weiter», brummte Peppone wütend. «Damit streuen sie dem Proletariat Sand in die Augen.»

Es vergingen ein paar Tage, dann traf der erste Brief ein.

«Sehr geehrter Herr,

Ihrem Sohn geht es gut. Das Meer schadet ihm nicht. Das ist schon etwas. Hoffen wir, daß es ihm hilft.

Wir verhalten uns in allem und mit allem nach Ihren besonderen Wünschen. Bis heute ist alles bestens gegangen. Das Kind schläft im Zimmer der diensttuenden Aufseherin, die keine Schwester, sondern eine normale Angestellte ist, und so entgeht er den Morgen- und Abendgebeten und der Heiligen Messe.

Während der Andachtstunden und dergleichen geht er in Begleitung einer Aufseherin draußen spazieren. Wir lassen ihn einen Augenblick später zu den Mahlzeiten kommen, so kommt er um das Gebet und das Bekreuzigen herum.

Nun gibt es aber doch eine kleine Unannehmlichkeit zu berichten: wir haben immer vermieden, daß der Junge an der morgendlichen und abendlichen Zeremonie des Aufziehens und Einholens der Fahne teilnimmt, weil wir uns gesagt haben, daß es sich nicht um eine internationale Fahne, sondern um die normale, dreifarbige Landesfahne handelt. Der Kleine hat das aber gemerkt, weil er aus dem Fenster geblickt hat, und verlangt, an der Zeremonie teilnehmen zu dürfen.

Da der Kleine, der übrigens für seine sieben Jahre sehr lebhaft und aufgeweckt ist, versichert hat: ‹Wenn ihr mich nicht zusammen mit den anderen die Fahne sehen laßt, schreibe ich meinem Papa, der Bürgermeister ist, und er schlägt euch allen mit einem Faustschlag die Köpfe ein›, wäre es uns lieb, wenn Sie uns sagten, wie wir uns in dieser Angelegenheit verhalten sollen.

Hochachtungsvoll

Schwester Filomena.»

Peppone sah seine Frau an.

«Du bist närrisch, ich bin es nicht. Diese verflixte Schwester spielt die Geistreiche, aber wenn sie glaubt, den Typ gefunden zu haben, der sich zum besten halten läßt, täuscht sie sich.»

Er nahm ein Blatt Papier und schrieb die Antwort:

«Sehr geehrte Frau Leiterin,

es freut mich, daß es meinem Sohn gut geht. Ich beehre mich, Ihnen zur Kenntnis zu bringen, daß er als italienischer Staatsbürger das Recht und die Pflicht hat, die Fahne des Vaterlandes zu grüßen. Wohingegen die Ungehörigkeit dieses Sohnes bestraft werden muß, weil nämlich sein Vater niemandem mit einem Faustschlag den Kopf einschlägt, sondern die Hände zu ehrlicher Arbeit benutzt.»

Der zweite Brief vom Meer traf eine Woche später ein, zusammen mit einem Blatt mit dem Bericht des Arztes.

«Sehr geehrter Herr,

ich danke Ihnen für Ihre freundliche Antwort. Wir haben uns nach Ihren Wünschen gerichtet. Wie Sie aus dem beigefügten ärztlichen Bericht ersehen werden, sind die Fortschritte Ihres Kleinen beträchtlich.

Hingegen sorgen wir uns wegen seiner unbesonnenen Unterfangen: Heute morgen, während der Zeremonie des Fahnenhissens, sprang die Schnur aus der Rille der Zugrolle, die oben auf der hohen Stange angebracht ist, und verwickelte sich. Während wir uns überlegten, wie wir das in Ordnung bringen könnten, nutzte Ihr Kleiner die Verwirrung aus, um wie ein Eichhörnchen bis ganz hinauf zu klettern.

Wir alle haben schreckliche Angst ausgestanden und würden es begrüßen, wenn Sie Ihrem Sohn schreiben würden, er sollte nie mehr solche unvorsichtigen Dinge tun.

Ihren Wünschen entsprechend haben wir ihm am Freitag Fleisch statt Fisch gegeben: Jetzt verlangt er, wie die anderen behandelt zu werden, weil er Fisch sehr gern hat. Wir erwarten Ihren geschätzten Bescheid, um die Sache nach Ihren Wünschen regeln zu können.

Hochachtungsvoll Schwester Filomena.»

Peppone las den Brief vor, und die Frau geriet sofort außer sich:

«So ein Lausbub, der blamiert uns ja gehörig!»

«Im Gegenteil, der macht uns Ehre!» brüllte Peppone. «Du wirst nie etwas begreifen!»

Peppones Antwort war kurz und energisch:

«Frau Leiterin,

wenn jemand etwas zum Ansehen der Fahne des Vaterlandes beiträgt, so begeht er keine Unvorsichtigkeit. Machen Sie sich keine Sorgen: Als ich so alt war wie er, kletterte ich auf die Telegrafenmasten, und wenn ich oben angekommen war, machte ich die Fahne.

Im übrigen vergessen Sie nicht, daß die Bottazzis ein dickes Fell haben.

Was den Fisch am Freitag betrifft, so handelt es sich nicht um politische Propaganda, und er kann ihn essen. Hochachtungsvoll.»

Dann kam der dritte Brief:

«Sehr geehrter Herr,

der ärztliche Bericht wird Ihnen sagen, daß es Ihrem Sohn körperlich von Tag zu Tag besser geht. Geistig hingegen macht er uns einiges Kopfzerbrechen: Er ist ein Junge, der sehr wenig redet, und anfangs glaubten wir, daß seine Schweigsamkeit der Schüchternheit zuzuschreiben sei. Wir haben jedoch festgestellt, daß er, der sich nach außen hin grob und mitunter auch gewalttätig und damit scheinbar oberflächlich und ungeschlacht gibt, eine freundliche Seele verbirgt und zum Nachdenken neigt.

Er stellt uns von Zeit zu Zeit höchst heikle Fragen, denen wir ängstlich auszuweichen versuchen. Noch vor einer halben Stunde zum Beispiel fragte er mich: ‹Warum sieht man von den Schiffen zuerst den oberen Teil und dann den Rest?›

Ich erklärte ihm, daß die Rundheit der Erde dies bewirke. Und er: ‹Wenn die Erde rund ist, wo stützt sie sich auf?›

‹Sie stützt sich nicht auf, sie schwebt im leeren Raum.›

‹Und wer hält sie, damit sie nicht fällt?›

Wie Sie verstehen werden, ist es nicht einfach, sich herauszureden, wenn man nicht, wie bei den anderen Kindern, den Schöpfer in Erscheinung treten lassen darf. Ich habe die Angelegenheit in der Schwebe gelassen: Muß ich zur Antwort geben, daß an der Spitze des Universums Stalin ist, oder muß ich ganz allgemein von der Partei sprechen?

Hochachtungsvoll

Schwester Filomena.»

Peppone ballte die Fäuste.

«Hol ein Blatt Papier und schreib, was ich dir diktiere. Und mach ja keine Geschichten!» brüllte er seine Frau wütend an. Los:

«Sehr geehrte Leiterin,

ich richte dieses Schreiben an Sie, um Ihnen zu sagen,

daß mein Mann Sonntag morgen kommen wird, um den Jungen abzuholen.
Hochachtungsvoll.»

«Schick das per Eilboten.»

Die Frau versuchte zu protestieren, doch Peppone schnitt ihr das Wort ab:

«Wenn die dort es nicht weiß, werde ich es ihr erklären. Wenn ich auch ein Proletarier bin, so habe ich doch meine Würde, mehr noch als die anderen. Ich lasse nicht zu, daß sie sich über mich lustig machen. Wenn sie sich auf meine Kosten amüsieren wollen, täuschen sie sich.»

Es war nichts zu machen: Peppone fuhr am Samstagabend los, und nach einer greulichen Reise stand er schließlich an einem kleinen, blumengeschmückten Bahnhof.

Es war sieben Uhr morgens, und er war zufrieden, als man ihm sagte, daß er bis zur Ferienkolonie drei Viertelstunden zu gehen habe.

Die Wut, die sich durch die beschwerliche Reise noch gesteigert hatte, ließ Peppone die Strecke im Laufschritt zurücklegen, und er schaffte sie in einer halben Stunde.

Er sah das Gebäude mitten im Grünen am Ende eines Gartenweges und setzte sich auf eine kleine Bank. Es war noch keine schickliche Zeit.

«Gleich werde ich dieser Pfäffin etwas erzählen!» dachte er.

Er kam aber nicht einmal dazu, zweimal ordentlich Luft zu schnappen, denn er vernahm eine leise Stimme:

«Herr Bottazzi?»

Er sprang auf und stand vor einer winzig kleinen Schwester, die dünn und schmächtig wie ein kleines Mädchen war.

Sie war noch jung, und ihr Gesicht war sanft und fein.

«Ich bin Schwester Filomena», sagte sie. «Ich warte schon eine Zeitlang auf Sie. Ich habe Ihren Eilbrief bekommen.»

Peppone war voller Zorn, aber wie machte man das, einem so winzigen Dingelchen die Meinung zu sagen, das mit einer so leisen und zarten Stimme sprach?

«Ich bin gekommen, um den Jungen abzuholen», brummte Peppone mit gesenktem Kopf.

«Warum? Warum ihm fünfundzwanzig für seine Gesundheit wertvolle Tage rauben? Was haben wir Ihnen getan?»

«Ich will nicht, daß man sich über mich lustig macht», erklärte Peppone.

«Und wer hat sich über Sie lustig gemacht?»

«Ihre Briefe ... vor allem der letzte.»

«Ich verstehe. Weil ich Sie gefragt habe, ob ich Ihrem Sohn sagen soll, Stalin habe das Universum erschaffen. Oder die Partei.»

Peppone machte eine ungeduldige Handbewegung:

«Lassen wir das. Geben Sie mir das Kind zurück und reden Sie nicht mehr davon.»

Schwester Filomena lächelte:

«Sie sind der Vater, und das Kind gebe ich Ihnen zurück. Aber auch damit ist das Problem nicht gelöst. Morgen oder übermorgen wird das Kind *Sie* fragen, wer das Universum erschaffen habe. Und Sie, verzeihen Sie, was werden Sie ihm antworten?»

«Das ist meine Sache», knurrte Peppone finster.

Schwester Filomena schüttelte den Kopf:

«Es tut mir leid, Sie verletzt zu haben. Wenn ich Sie um Entschuldigung bitte, verzeihen Sie mir dann?»

«Nein», sagte Peppone und blickte auf die Spitzen seiner Schuhe.

«Hoffen wir, daß der liebe Gott mir verzeiht. Darf ich Sie wenigstens um einen Gefallen bitten?»

Peppone gab ihr zu verstehen, daß sie es dürfe.

«In Ihrem vorletzten Brief haben Sie geschrieben, daß Sie, nachdem Sie oben auf dem Telegrafenmast angekommen waren, *die Fahne machten.* Was bedeutet das?»

Das war nicht leicht zu erklären.

«Es ist ein Spiel: es besteht darin, daß man den Mast unter die linke Achselhöhle bringt, sich dann auf den rechten Ellenbogen stützt und die ausgestreckten Beine von sich schleudert.»

Schwester Filomena sah ihn verwundert an.

«Das verstehe ich nicht.»

Peppone versuchte, den Gedanken besser zu vermitteln, aber er komplizierte die Dinge nur noch mehr. Schließlich zog er die Jacke aus, klammerte sich an den Beleuchtungspfosten und demonstrierte, was es praktisch bedeutete, *die Fahne zu machen.*

Schwester Filomena sah ihn mit laternengroßen Augen an:

«In Ihrem Alter und mit Ihrem Gewicht wagen Sie noch eine solche Übung?»

Dann, während Peppone sich nach der schrecklichen Mühe schweißgebadet auf die Bank fallen ließ, hob Schwester Filomena die Augen gen Himmel:

«Jesus», sagte sie, «wie schade, daß ein so starker Mann so schlecht ist!»

Schwester Filomenas dünnes Stimmchen ließ Peppone auffahren:

«Genug!» flehte er. «Sie geben mir meinen Sohn zurück, und alles ist zuende!»

«Nein», erklärte Schwester Filomena autoritär.

«Dann lassen Sie mich ihn wenigstens sehen!»

«Das hängt davon ab, wie Sie um neun Uhr auftreten.»

Um neun Uhr kam Peppone mit einem vorzeigbaren Gesicht zurück, und Schwester Filomena ließ ihn eintreten und erlaubte ihm, den Tag zusammen mit seinem Sohn am Strand zu verbringen.

Und als Peppone sich am Abend verabschiedete, fragte ihn Schwester Filomena:

«Wie ist das nun, wenn mir das Kind wieder die bewußte Frage stellt, was soll ich ihm antworten?»

«Antworten Sie von mir aus, was Sie wollen, Schwester», brummte Peppone finster und wütend.

Was Schwester Filomena denn auch tat.

Die beiden Straßen

«Jesus», sagte Don Camillo zum Gekreuzigten des Hauptaltars, «ich stelle mir vor, daß ein gerechter Mann mit guten Augen am Fenster seines Zimmers im obersten Stock des Hauses steht. Kann das eine richtige Geschichte werden?»

«Wenn der Mann am Fenster wirklich ein Gerechter ist und wirklich gut sieht, ja», antwortete Christus.

Don Camillo spann den Faden weiter: «Der gerechte Mann überblickt aus dem hohen Haus das ganze Land weitherum, bis zum Horizont. Und durch das Land läuft eine Straße, die sich unweit des Hauses teilt. Und der Gerechte sieht ganz deutlich, daß eine der Abzweigungen zu einem freundlichen, ruhigen Dorf führt, die andere dagegen in einer trostlosen Hochebene endet, wo der trügerische Boden Menschen und Tiere verschlingt.»

Don Camillo schritt eine Weile vor dem Altar auf und ab, dann blieb er stehen und nahm die Erzählung wieder auf: «Vor dem Scheideweg kann man die Straße nicht schlecht nennen, auch wenn Leute mit der klaren Absicht darauf gehen, dann den Weg zum Treibsand einzuschlagen. So näherte sich ein Mann der Abzweigung, und als der Gerechte ihn erblickte, rief er hinunter: ‹Bruder, wenn du am Scheideweg bist, geh nach rechts, denn links ist die falsche Straße!› Der Mann aber rief zurück: ‹Du irrst dich, die linke ist die richtige, und ich nehme die linke, wie es mir meine Vorgesetzten beigebracht haben.›

Der Gerechte beschwor ihn weiter, nicht den linken Weg einzuschlagen, aber der Mann blieb bei seinem Vorsatz und kam dem Scheideweg immer näher. Und der Gerechte rief: ‹Verflucht sei die linke Straße, und verflucht sei, wer ihr folgt, obwohl er das weiß.›

Doch der Mann, am Scheideweg angelangt, schlägt trotzdem die Straße nach links ein, und der Gerechte sieht ihn dem Hinterhalt und Tod entgegengehen.»

Don Camillo blickte zum Gekreuzigten auf: «Jesus, hat die Geschichte so Hand und Fuß?»

«Nein, Don Camillo. Wenn die Geschichte so endet, ist der Mann am Fenster kein Gerechter und kein Weitblickender.»

Don Camillo breitete die Arme aus.

«Der am Fenster», fuhr er fort, «ruft dem Unglücklichen immer wieder nach: ‹Hör doch auf mich! Du bist verflucht, weil du weißt, daß die Straße verflucht ist, und ihr trotzdem folgst! Kehr um und schlag den richtigen Weg ein!› Aber der andere geht weiter und kommt dem Treibsand immer näher und entfernt sich immer mehr vom Scheideweg. Und es kommt der Augenblick, da er die Stimme des Gerechten nicht mehr hört.»

Don Camillo schielte wieder zu Christus empor. «Jesus, was kann der Gerechte da anderes tun, als das Fenster zu schließen und zu Bett zu gehen?»

«Wenn der Gerechte gerecht sein will, muß er hinuntergehen und dem Unglücklichen nachlaufen und ihn einholen und alles tun, um ihn auf den rechten Weg zurückzuführen», antwortete Christus.

«Das kann er nicht», wandte Don Camillo ein, «weil

‹verflucht ist, wer auf der verfluchten Straße geht, obwohl er weiß, daß sie verflucht ist›.»

«Don Camillo», sprach Christus, «wo willst du hinaus? Was stellst du mir für eine Falle? Was willst du von mir hören?»

«Nichts, denn Ihr habt schon alles gesagt, was Ihr sagen mußtet, und das steht alles klar und deutlich in den heiligen Schriften. Und Eure Begriffe sind ewig, und wie sie für die Vergangenheit gültig waren, müssen sie auch für die Gegenwart und Zukunft gelten. Aber manchmal stehen die Worte den Begriffen vor dem Licht, die sie übermitteln sollten. Manchmal kann der unmittelbare Sinn eines Wortes verhindern, daß man zu dem Begriff vordringt, den es ausdrücken will. Jesus, Ihr habt schon alles gesagt, was zu sagen war, und man kann Euch nur bitten, uns bei der wahren Auslegung des Gesagten zu helfen. Wenn diese Straße verflucht ist, weil sie von der Gnade Gottes wegführt, ist auch der verflucht, der ihr folgt – gesegnet aber der, der sich auf ihr befindet und umkehrt, um in die Gnade Gottes zurückzufinden. Das ist der Begriff, und nur so kann er gemeint sein – wenn aber die bloße materielle Handlung, diese Straße mit den Füßen zu betreten, zur Verdammnis führt, dann wäre der Gerechte auf dem Hinweg verflucht und auf dem Rückweg gesegnet.»

«Gesegnet auch auf dem Hinweg, wenn es ihm nur darum geht, den Unglücklichen zur Umkehr zu bewegen», sagte Christus.

«Don Camillo, darüber darfst du nicht im Zweifel sein. Sonst bist du kein guter Christ.»

Don Camillo errötete: «Ihr vergeßt, daß Ihr mit einem Priester sprecht!»

«Und du vergißt, daß du mit deinem Gott sprichst», lächelte Christus.

«Ich sprach mit meinem Gewissen», entschuldigte sich Don Camillo.

«Die Stimme deines Gewissens sollte die Stimme Gottes sein.»

Demütig neigte Don Camillo das Haupt. «Jesus», sagte er, «ich habe keine Zweifel hinsichtlich des Kerns der Sache, nur hinsichtlich der Form. Wie kann ich ...»

«Du?» wunderte sich Christus. «Was hat das denn mit dir zu tun? Bist du vielleicht der Gerechte und Weitblikkende?»

«Ich bin einfach der Mann am Fenster des Gotteshauses. Ob ich gerecht bin, weiß ich nicht, aber ich vermag den Weg des Guten vom Weg des Bösen zu unterscheiden.»

«Ich weiß dein Zartgefühl zu schätzen, Don Camillo. Aber wenn du der Mann am Fenster bist, dann tu nur das, was dir dein Gewissen eingibt. Am Ende werde ich dir sagen können, ob du ein Gerechter bist oder nicht. Und wenn du es bist, werde ich es dir sagen, auch wenn die Menschen dich als ungerecht betrachten und behandeln. Oder interessiert dich das Urteil der Menschen vielleicht mehr als das Urteil deines Gottes?»

Da verneigte sich Don Camillo, schloß das Fenster, ging hinaus und machte sich auf den verfluchten Weg.

Seit dem berüchtigten Tag des Dekretes, der Exkommunikation der Roten, hatte sich Peppone nicht mehr in der Kirche blicken lassen. Auch die andern nicht, denn die taten sowieso nur, was der Chef ihnen vormachte. Als daher Peppone in der Tür der Werkstatt Don Camillo erscheinen sah, stand er starr wie ein Ölgötze. Dann fing er sich auf.

«Wer ist denn dieser Typ da?» fragte er den Smilzo und zeigte auf Don Camillo. «Sein Gesicht kommt mir irgendwie bekannt vor.»

Der Smilzo, der auf der Schrottkiste sitzend die Zeitung las, stand auf, ging hin und beäugte Don Camillo aus der Nähe, dann setzte er sich wieder auf die Kiste.

«Es muß der sein, der den Laden auf der Piazza hat, unterm Turm», erklärte er mit sublimer Gleichgültigkeit.

Don Camillo rührte sich nicht. «Sagt mir, guter Mann», fragte er höflich, «wohnt hier ein gewisser Peppone, der den Laden an der Piazza hat, gegenüber der Kirche?»

Bei der Bezeichnung des Volkshauses als ‹Laden› ließ Peppone seinen Hammer tonnenschwer auf das glühende Eisenstück auf dem Amboß niedersausen, doch dann fiel ihm ein, daß der Smilzo Don Camillos Kirche eben einen Laden genannt hatte, also riß er sich zusammen und änderte seinen Ton.

«Wir haben uns ja lange nicht gesehen, Hochwürden!» rief er. «Wie geht das Geschäft?»

«Gut», antwortete Don Camillo. «Wir haben das Lokal ein wenig gesäubert, und jetzt fühlen sich alle wohler.»

«Je kleiner die Gesellschaft, desto größer das Vergnügen!» grinste Peppone. «Aber wenn Ihr uns ein paar Räumlichkeiten vermieten wollt, weil jetzt zuviel Platz da ist, wendet Euch getrost an uns. Wir wissen schon nicht mehr, wo wir unsere Leute unterbringen sollen.»

«Wir hingegen wissen sehr gut, wo sie hingehören»,

erklärte Don Camillo. «Im übrigen gelingt es der Barmherzigkeit Gottes ausgezeichnet, die Lücken zu füllen, die ihr hinterlassen habt.»

Peppone drehte sich zum Smilzo um. «Gott?» fragte er verwundert. «Wer mag das sein?»

«Och, den Namen hab' ich auch schon gehört», warf der Smilzo hin. «Es wird der alte Besitzer von dem Laden sein, von dem ich eben sprach.»

«Ach ja, jetzt fällt's mir ein. Dieser Mümmelgreis mit dem weißen Bart, nicht wahr?»

«Ja», bestätigte der Smilzo. «Aber jetzt ist er tot.»

«Der Arme!» bedauerte Peppone. «Das wußte ich nicht. Tut mir wirklich leid. Er störte ja kaum und hätte ruhig noch bleiben können.»

Don Camillo zählte im Geist bis zweiundvierzig, dann antwortete er ganz ruhig: «Das stimmt nicht. Gott ist krank geworden vor Kummer, als er euch nicht mehr in der Kirche sah, aber dann ist er genesen, und jetzt geht es ihm prächtig.»

«So?» lachte Peppone zufrieden. «Und was treibt er jetzt Schönes?»

«Er wartet auf euch.»

«Bedaure, aber da wird er sich noch eine gute Weile gedulden müssen», höhnte Peppone.

«Er hat keine Eile – laßt euch ruhig Zeit. Auch wenn es eine Million Jahre dauert, wird er immer noch da sein und warten», sagte Don Camillo. «Ich glaube, er hat euch etwas zu sagen.»

«Das soll er dem Papst erzählen!» meinte Peppone giftig.

«Hat er schon», versicherte Don Camillo. «Genau das hat er ihm gesagt: daß er euch erwartet.»

Das mit dem wartenden Gott gefiel Peppone nicht. «Hochwürden, wenn ich eine Predigt hören will, komme ich zu Euch ins Büro. Hier bin ich bei mir zu Hause, und ich habe keine Heimpredigt bestellt!»

Doch Don Camillo lachte gemütlich: «Was hat das damit zu tun? Ich predige doch gar nicht. Ihr habt gesagt, Gott sei tot, und ich habe euch einfach erklärt, daß er lebt und euch erwartet.»

Verärgert brach Peppone die Spielerei ab. Er warf den Hammer auf den Amboß und pflanzte sich breitbeinig vor Don Camillo auf: «Darf man wissen, was Ihr von uns wollt? Wir kommen ja auch nicht zu Euch!»

«Hat Hochwürden vielleicht vergessen, daß wir exkommuniziert sind?» mischte sich der Smilzo ein.

«Das ist von untergeordneter Bedeutung», erwiderte Don Camillo. «Auch wenn ihr exkommuniziert seid, lebt Gott weiter und wartet weiter auf euch. Entschuldigt schon: Ich bin nicht Mitglied eurer Partei, ich trete nicht im Volkshaus auf, und ich gelte als Feind eurer Partei. Könnte ich deshalb behaupten, Stalin existiere nicht?»

«Stalin existiert, und wie! Und er wartet auf Euch – paßt nur auf!» tobte Peppone.

Don Camillo lächelte. «Das bezweifle ich nicht und habe ich nie bezweifelt. Und wenn ich zugebe, daß Stalin existiert und mich erwartet, warum willst du nicht zugeben, daß Gott existiert und dich erwartet? Ist das nicht dasselbe?»

Peppone verstummte vor dieser elementaren Argumentation. Nicht so der Smilzo: «Der einzige Unterschied ist, daß noch niemand Euren Gott jemals gesehen hat, während man Stalin sehen und anfassen kann. Und obwohl ich selbst ihn nicht gesehen und angefaßt habe, kann man sehen und anfassen, was er geschaffen hat: den Kommunismus!»

Don Camillo hob die Arme: «Und die Welt, in der wir leben, ich, du und Stalin, kann man die vielleicht nicht sehen und anfassen?»

«Basta!» brüllte Peppone. «Fangen wir nicht wieder mit der Geschichte vom Huhn und vom Ei an! Tatsache ist, daß ich exkommuniziert bin, also komme ich nicht mehr in die Kirche, und darum bleibe ich bei mir zu Hause, und Ihr bleibt bei Euch zu Hause, und fertig! Wenn ich Predigten brauche, komme ich zu Euch in den Laden, und wenn Ihr einen Schmied braucht, kommt Ihr zu mir in den Laden.»

«Ich hätte gern einen Riegel für die Kirchturmtür», sagte Don Camillo.

Peppone packte ein Stück Kreide, kritzelte ‹Riegel Kirchturm› unter die übrigen Notizen an die Wand und begann wieder zu hämmern.

«Wenn er fertig ist, schicke ich ihn Euch nach Hause. Guten Tag.»

«Schön», sagte Don Camillo. «Habt Ihr den großen Lastwagen noch?»

«Natürlich», brummte Peppone.

«Führt Ihr immer noch Waren- und Personentransporte in privatem Auftrag durch?»

«Klar.»

«Würdet Ihr mir einen Kostenvoranschlag für zwanzig Personen nach Rom machen?»

Peppones Schuppen lief schon einige Zeit ziemlich schlecht, seit einem halben Jahr war es dem Pechvogel nicht mehr gelungen, einen Transport zu ergattern.

«Was soll dieser Transport bedeuten?» fragte er gepreßt.

«Eine Pilgerfahrt zum Heiligen Jahr», gab Don Camillo Auskunft.

Peppone hämmerte auf seinem Eisenstück herum. «Ich kann nicht etwas unternehmen, was meiner Ideologie widerspricht», erwiderte er finster.

«Komisch», bemerkte Don Camillo. «Ich bin letztes Jahr mit einem ganzen Haufen Priester zusammen nach Rom gefahren, und vom Lokomotivführer bis zum Schaffner waren lauter Kommunisten im Zug. Und doch haben sie keine Schwierigkeiten gemacht. Gelten für ländliche Gebiete andere Vorschriften?»

Peppone schielte nach dem Smilzo, und der Smilzo hob ratlos die Arme.

«In der Stadt gibt es Priester, die sich von kommunistischen Ärzten behandeln lassen», fuhr Don Camillo fort.

«Und die kommunistischen Ärzte behandeln sie. Ich verstehe das nicht.»

Peppone hämmerte noch ein bißchen. «Geht es darum, euch nach Rom zu fahren und in den Tiber zu schmeißen?» knurrte er dann.

«In diesem Fall ist die Fuhre gratis. Wenn ihr dagegen wieder zurück wollt, muß ich es mir überlegen.»

«Nein, hin und zurück», erklärte Don Camillo.

«Ich schicke Euch den Bescheid zusammen mit dem Riegel», schloß Peppone.

Don Camillo verließ die Schmiede.

«Da steckt doch eine dreckige klerikale Finte dahinter», wandte sich Peppone an den Smilzo.

«Wachsamkeit ist die erste Tugend des Genossen»,

bestätigte dieser. «Chef, wenn du fährst, komme ich mit, zu zweit wacht es sich besser.»

Peppone hatte Rom noch nie gesehen; sein Blut geriet in Wallung. Er lief ins Haus, um es seiner Frau zu erzählen.

«Priester hin oder her, ich komme auch!» jubelte sie.

Peppone ging in den Schuppen und betrachtete seinen großen Lastwagen. Er hatte ihn erst vor kurzem neu lackiert, und das Ding glänzte, daß es eine Wonne war. Er stieg in die Kabine und legte die Hände auf das Steuerrad.

Der Smilzo schielte von unten herauf und kratzte sich verlegen am Schädel. Peppone fauchte ihn an: «Gaff nicht so blöd! Wenn ich auf dem Lastwagen sitze, bin *ich* die Partei!»

«Der Chef hat immer recht», räumte der Smilzo ein.

Und so begann in der stillen Abgeschlossenheit von Peppones Schuppen das, was später der berühmte Marsch auf Rom werden sollte – der von Don Camillo und Peppone.

Der «Crik»

Der wenige Schnee, der am Vortag gefallen war, hatte sich in Matsch verwandelt, und alle Straßen waren wie Karrenwege.

Scheußlich, sich mit dem Fahrrad zwischen Pfützen und Radfurchen durchzuwinden – Don Camillo, der seit geraumer Zeit den morastigen Bach entlang navigierte, zu dem die Molinetto-Straße geworden war, schwitzte erbärmlich.

Plötzlich hörte er hinter sich ein heiseres Hupen und trat stärker in die Pedale, denn fünfzehn Meter weiter vorn überspannte eine kleine Brücke den rechten Straßengraben. Dort verließ er die Straße und wartete auf dem Brücklein, bis der von der Hupe angekündigte Wirbelsturm vorüber wäre.

Bei der Einmündung der kleinen Brücke war die Straße fast völlig trocken. Fast: das heißt, bis auf ein tiefes, wassergefülltes Loch in der Mitte. Das aber machte Don Camillo keine Sorgen, denn wenn das Motorvehikel die Mitte der Straße hielt, würde die Pfütze unberührt zwischen den Rädern liegenbleiben. Fuhr es dagegen rechts, dann konnten nur die linken Räder die Pfütze treffen.

Das Gefährt war bis auf wenige Meter herangekommen, und Don Camillo stellte zufrieden fest, daß es ein großer Lastwagen war, dessen Breite allein schon die Möglichkeit eines Schwenkers nach links ausschloß.

Unglücklicherweise handelte es sich nicht um einen normalen Lastwagen. Als Don Camillo das bemerkte, war es bereits zu spät. Kurz vor der Brücke bog der Fahrer so vehement nach links ab, daß die rechten Räder voll in das Wasserloch in der Straßenmitte tauchten.

Daß er Gefahr lief, links in den Straßengraben zu geraten, kümmerte den verflixten Kerl am Steuer überhaupt nicht; ihm lag nur daran, daß das Dreckwasser der Pfütze nach rechts spritzte.

Don Camillo stand da, von Kopf bis Fuß mit Schlamm bedeckt, als hätte man ihn mit einem Pinsel angemalt, und der inzwischen auf die richtige Fahrspur eingeschwenkte *Leopard* entfernte sich torkelnd.

Der *Leopard* war das lotterigste Fahrzeug der Welt; den Namen *Leopard* hatten ihm die Leute gegeben, weil Hunderte von dunklen und rostigen Blechflicken die strohfarbene Karosserie scheckig überzogen.

Niemand begriff, wie der *Leopard* überhaupt fahren konnte, wies er doch kein einziges unbeschädigtes Teilstück auf. Und doch fuhr er von früh bis spät, übervoll beladen mit Sand oder Kies vom Fluß, mit Zementsäken oder Ziegelsteinen.

Wer den Crik indessen näher kannte, der vermochte sich das Phänomen *Leopard* zu erklären. Lastwagen und Fahrer nämlich waren eins, und es ließ sich unmöglich genau bestimmen, ob der *Leopard* ein Stück vom Crik oder der Crik ein Zubehörteil des *Leopard* war. Deshalb auch der Übername «Crik»: Wagenheber ...

Ursprünglich mußte der Crik ein hübscher Junge gewesen sein; seit er aber dieses Höllenwrack eines Lastwagens aufgegabelt hatte, war er nach und nach etwas ebenso Verlottertes und Zusammengestoppeltes geworden wie sein Fahrzeug.

Er hatte sich Peppones Partei angeschlossen, allerdings unter einer Bedingung: «Wenn es Zeit ist für die Revolution, dann ruft mich. Mit allem anderen aber laßt mich in Frieden, denn ich muß arbeiten.»

Er lebte allein, schlief in dem Häuschen, das ihm die Seinen hinterlassen hatten, und aß, wo es sich gerade traf.

Die Arbeit ließ ihm keine Zeit, sich Freunde oder auch Feinde zu schaffen. Daß er sich auf dem Lastwagen wie ein Aas benahm, entsprang weder Feindseligkeit noch Bosheit; er war einfach überzeugt, daß dies eine der Pflichten sei, die einem der Beruf des motorisierten Fuhrmannes auferlege.

Auch als es ihm gelungen war, Don Camillo vollzuspritzen, obwohl er sich dabei selber den Hals hätte brechen können, hatte er sich nicht etwa darüber gefreut, sondern übellaunig vor sich hingebrummt: «Da sieht man wieder, was man bei diesem verfluchten Gewerbe alles riskieren muß!»

Don Camillo kannte zwar den Crik, aber diese psychologischen Feinheiten entgingen ihm, wie er da schlammübergossen am Straßenrand stand. Er reihte den Crik vielmehr in die Kategorie jener Lumpenkerle ein, die man am Kittel packen und an die Wand knallen sollte. Beseelt vom nicht eben lobenswerten, aber festen Vorsatz, den Crik abzufangen und ihm eine tüchtige Abreibung zu verpassen, radelte er heim ins Pfarrhaus. Er schlich auch eine ganze Weile in der Nähe von Criks Behausung herum, doch der *Leopard* kehrte glücklicherweise an diesem Abend nicht zur Basis zurück. Glücklicherweise bis zu einem gewissen Grad ...

Nachdem er Don Camillo «eingedeckt» hatte, fuhr der Crik auf der richtigen Fahrspur weiter zur Arbeit: Er war auf dem Weg, Kies aufzuladen. Und zwar bediente er sich in diesen Fällen nicht an den vorbereiteten Lagern dicht unterhalb des Dammes am großen Fluß, wo man zu einem festen Kubikmeterpreis Sand, Schotter usw. beziehen konnte, sondern fuhr mit dem Lastwagen zum Kiesbett des Stivone hinaus und schaufelte sich seine Ladung selber zusammen.

Etwa anderthalb Kilometer vor dem Stivone geriet er in eine Nebelbank; der Crik kannte sich hier genau aus und fand den Weg den Damm hinunter auch so, nur bog er unten ein wenig zu scharf nach rechts ab und landete im Sumpf.

Als es mit Flüchen nicht gelang, den *Leopard* aus dem Dreck zu ziehen, sprang der Crik ab und machte sich daran, mit Steinen und Gestrüpp dem Morast hinter den Rädern etwas Halt zu geben. Dann stieg er wieder auf und schaltete den Rückwärtsgang ein.

Die Reifen rauchten, als sich die Räder im Leeren drehten, doch der Crik wollte um jeden Preis hier heraus und mühte sich weiter ab – mit dem einzigen Ergebnis, daß er immer tiefer einsank. Er schaltete um und versuchte nach vorn loszukommen, wechselte wieder in den Rückwärtsgang, und so weiter.

Zorn übermannte ihn, und brüllend wie ein Tobsüchtiger setzte er seine unsinnigen Manöver fort; endlich griffen die Räder, aber kaum eine Minute später brach dem *Leopard* das alte Herz.

Der Lastwagen stand bis zur Achse im Sumpf, der Motor war blockiert. Der Crik, vor Erschöpfung wie zerschlagen, beruhigte sich.

Er holte unter dem Sitz die Grappaflasche hervor und trank in langen Zügen. Dann sank er hin, fiel in einen bleiernen Schlaf und verbrachte so die Nacht in der Kabine.

Am frühen Morgen erwachte er, sprang vom Wagen, lief zu einem einsamen Häuschen und fand dort jemanden, der ihm ein Fahrrad borgte. Verzweifelt trat er in die Pedale und traf ziemlich bald im Dorf und in Peppones Werkstatt ein.

«Komm, sieh dir den Lastwagen an», keuchte er. «Und nimm Werkzeug mit, es stimmt etwas nicht.»

Der Crik war so aufgeregt, daß Peppone nicht einmal den Mund aufzumachen wagte; er schwang sich auf sein Motorrad, und der Crik klemmte sich samt dem geborgten Fahrrad in den Anhänger.

Bei dem verwünschten Sumpf angekommen, warf Peppone einen langen Blick auf den versunkenen *Leopard* und murrte: «Da braucht's einen Raupenschlepper!»

«Bring mir den Motor in Ordnung, und ich ziehe ihn heraus, ohne Raupenschlepper!» antwortete der Crik. «Es ist ja nicht das erstemal, daß ich steckenbleibe.»

Die Untersuchung, die Peppone dem *Leopard* angedeihen ließ, war lang und gründlich. Am Ende setzte er wieder zusammen, was er auseinandergenommen, deckte wieder zu, was er abgedeckt hatte, und verstaute sein Werkzeug im Motorradanhänger.

«Crik», erklärte er, «das einzige, was man machen kann, ist, ihn bis zum Sommer hier stehen zu lassen.

Dann kannst du ihn vielleicht herausziehen und als Alteisen verkaufen.»

«Chef!» erwiderte der Crik finster, «mir ist nicht ums Spaßen.»

«Mir auch nicht», sagte Peppone. «Nach allem, was ich gesehen habe, ist die Pleuelstange verschoben, die Kupplung verbrannt, das Differential aufgerissen, die Ölpumpe zerbrochen, das Getriebe auseinandergefallen. Da ist nichts, was noch funktionieren könnte.»

«Aber es ist doch nicht möglich», heulte der Crik auf, «daß ich das alles auf einmal kaputtgemacht habe!»

«Du hast es nicht auf einmal kaputtgemacht; es war alles schon ziemlich hin, und jetzt ist es ganz hin. Wie eine Mauer, die sich gesenkt hat: wenn man sie in Ruhe läßt, steht sie noch zehn oder zwanzig Jahre, aber wenn du unten einen einzigen Stein wegnimmst, bricht alles zusammen. Oder wie die Leute, die immer gesund sind, bis sie sich einmal erkälten und dann eingehen, weil gleich acht oder zehn Krankheiten auf einmal ausbrechen.»

Der Crik betrachtete den Lastwagen, dann sagte er: «Ich muß ihn reparieren, um jeden Preis! Man kann doch alles reparieren!»

«Sicher», räumte Peppone ein. «Aber hier bräuchtest du mindestens zweihunderttausend Lire, selbst wenn du einen findest, der dir die Arbeit aus Freundschaft macht, und selbst wenn man nur ersetzt, was schon kaputt ist, und alles drinläßt, was erst in nächster Zeit kaputtgeht.»

Ob zweihunderttausend oder zwei Milliarden, das war für den Crik dasselbe; denn er besaß ohnehin so gut wie nichts.

Peppone bestieg sein Motorrad und fuhr ins Dorf

zurück; der Crik brachte das Fahrrad dorthin, wo man es ihm geliehen hatte, und stand dann lange vor dem *Leopard*. Er wußte, daß Peppone die nackte Wahrheit gesagt hatte. Es war also alles aus.

Das Haus verkaufen? Das wäre ungefähr so gewesen, wie wenn einer, um den rechten Schuh flicken lassen zu können, den noch heilen linken Schuh verkauft.

Langsam machte er sich auf den Weg ins Dorf, aber er kam nicht weit, denn auf einmal fiel ihm ein: «Was soll ich im Dorf? – Etwas anderes arbeiten? – Meine Arbeit ist das hier.»

Er kehrte um, und als er den Damm hinuntersteigen wollte, schlug es Mittag. Da wanderte er bis zum nächsten Ortsteil, kaufte eine Flasche Wein, Brot, ein Stück Gorgonzola, fünf Zigaretten und kehrte in den Sumpf zurück.

Er aß in der Kabine seines Lastwagens. Ein wenig Brot, ein wenig Käse und der halbe Wein blieben übrig. «Das reicht auch fürs Abendessen», dachte er und legte sich hin.

Eine Woche später ging ein Gerede durch das Dorf: der Crik sei übergeschnappt, er verbringe seine Tage damit, in der Kabine des *Leopard* zu schlafen oder um den Lastwagen herumzugehen.

Eines Tages nahm Peppone sein Motorrad und ging mit dem Smilzo zusammen zum Crik.

Der war in der Kabine, und als Peppone ihn anrief, streckte er den Kopf aus dem Fenster. «Ist Revolution?» fragte er.

«Nein», antwortete Peppone.

«Dann laß mich in Ruhe. Ich habe zu tun.»

Es half nichts, weiter in ihn zu dringen. Peppone und der Smilzo gingen wieder.

Als nächstes interessierte sich die Polizei für die Angelegenheit. Sie erschien eines Morgens im Sumpfgelände, als der Crik gerade am Motor herumwerkelte. Der Maresciallo schaute ihm eine Weile zu, dann fragte er höflich: «Im Vertrauen – warum gehen Sie nicht nach Hause?»

«Sobald ich den Lastwagen repariert habe, gehe ich», antwortete der Crik. «Wenn ich die zweihunderttausend Lire hätte, um ihn reparieren zu lassen, ginge ich sofort. Aber ich habe sie nicht, und so muß ich selber damit zurechtkommen. Und nachts bleibe ich hier, damit mir die Einzelteile nicht gestohlen werden.»

Der Maresciallo zuckte die Achseln und entfernte sich.

Der Crik störte niemanden, wollte von niemandem etwas haben. Man ließ ihn in Ruhe. Und so verging ein Monat, bis der Crik eines Morgens ein Klopfen an der Kabinentür hörte und, als er aus dem Fenster blickte, Don Camillo draußen stehen sah, ganz rabenschwarz in dem Schnee, der über Nacht gefallen war.

«Ist das Jüngste Gericht ausgebrochen?» fragte der Crik.

«Leider noch nicht», brummte Don Camillo.

«Dann laßt mich in Ruhe. Ich habe zu tun.»

Er zog den Kopf zurück und drehte die Fensterscheibe zu, doch Don Camillo klopfte erneut.

«Hochwürden!» rief der Crik. «Seid Ihr noch böse, weil ich Euch auf der Straße zum Molinetto ein wenig erfrischt habe? Ist es Euch nicht genug, wenn Ihr seht, daß ich niemanden mehr anspritzen kann?»

«Crik», sagte Don Camillo ernst, «warum bleibst du hier?»

«Das hab' ich dem Maresciallo schon erklärt.»

«Ich bin nicht der Maresciallo.»

«Aber fast», kicherte der Crik. «Ihr seid ein Gendarm des Papstes.»

«Crik, laß den Papst aus dem Spiel. Im Dorf sagen sie, du seist verrückt geworden, aber das glaube ich nicht. Es ist doch gar nicht möglich, daß einer plötzlich den Verstand verliert, wenn er, wie du, überhaupt nie einen gehabt hat.»

«Hochwürden», wehrte sich der Crik, «Ihr macht Euch ja nur über mich lustig, weil Ihr wißt, daß mir ein bißchen lausig zumute ist.»

«Wie kannst du hier leben, Crik? Wer gibt dir zu essen?»

«Weiß nicht. Ab und zu bringt mir einer etwas. Aber das ist wahrscheinlich nur eine Ausrede, um mich anglotzen zu können.»

«Ich verstehe nicht, was du hier machst. Ich sehe einfach keinen Sinn darin. Vielleicht weil das alles überhaupt keinen Sinn hat und du wirklich ein Spinner bist.»

«Einen Sinn hat es schon», behauptete der Crik. «Ich warte hier.»

«Auf was denn?» rief Don Camillo ungeduldig. «Daß Manna vom Himmel fällt? Daß der Herrgott dir einen Raupenschlepper samt einer Equipe Automechaniker schickt?»

Der Crik zuckte die Achseln. «Ich warte.»

«Hilf dir selbst, dann hilft dir Gott!» redete Don Camillo ihm energisch zu. «Man muß sich anstrengen, wenn man etwas erreichen will.»

«Man strengt sich an und hilft sich, solange es geht. Wenn es dann Nacht wird und kein Licht mehr da ist, kann man nur noch warten, bis wieder Tag ist. Auch für mich wird es wieder Tag.»

«Sicher – aber nur, wenn du die Augen aufmachst. Solange du die Augen zusperrst, bleibt es für dich immer Nacht. Los, geh nach Hause, arbeite, dann findest du deinen Weg auch wieder.»

«Meinen Weg hab' ich nicht verloren! Mein Weg ist das hier. Jetzt steht mein Camion still, aber eines Tages wird er wieder laufen! Ich bleibe hier, auf meinem Wagen.»

Damit zog er endgültig den Kopf zurück und schloß das Fenster. Und Don Camillo nahm unter dem Mantel eine Markttasche voller Eßwaren hervor, stellte sie auf die Motorhaube des *Leopard* und ging.

«Jesus», sagte Don Camillo zum Gekreuzigten, als er wieder zu Hause war, «der Crik ist verrückt.»

«Wer der göttlichen Vorsehung vertraut, ist nie verrückt», antwortete Christus.

«Der Crik ist ein Tropf, der weder an Gott, noch an die göttliche Vorsehung glaubt», widersprach Don Camillo. «Der glaubt nur an seinen Lastwagen.»

Christus lächelte: «Das ist doch schon etwas, Don Camillo. Weil dieser Lastwagen sein ganzes Leben ist, glaubt er also an das Leben und damit an Gott.»

Don Camillo war noch nicht länger als eine Stunde fort, als der Crik jemanden um den Wagen trippeln hörte, und als er hinausguckte, bemerkte er ein junges Mädchen, das schnell davonlaufen wollte, als es sich entdeckt sah.

«Keine Angst, keine Angst!» rief der Crik lachend. «Kommt nur und seht Euch das Wundertier an, es kostet nichts.»

Das Mädchen blieb stehen. «Wenn Ihr drinbleibt, gut, aber wenn Ihr herauskommt, renne ich fort, und Ihr seht mich nie wieder.»

«Ich bleibe drin», murrte der Crik. «Was sollte ich draußen?»

Da kam das Mädchen näher, setzte sich auf einen großen Stein und betrachtete den Mann neugierig.

«Gefallen Euch meine äußeren Merkmale?» erkundigte sich der Crik ironisch.

«Ich weiß nicht», gab das Mädchen zurück. «Der Bart deckt Euch das ganze Gesicht zu.»

Diese Bemerkung verblüffte den Crik. Er zog den Spiegelscherben unter dem Sitz hervor, den er immer brauchte, wenn ihm bei der Arbeit Dreck in die Augen geriet, und schaute hinein.

Es war wirklich zum Grausen: Mit seinen sechsundzwanzig Jahren sah er aus wie ein alter Bettler.

Er schielte zu dem Mädchen hinüber. Sie konnte höchstens drei-, vierundzwanzig sein und war, so im Dämmerlicht gesehen, ein ausnehmend hübsches Ding.

Der Crik schämte sich, so über und über dreckig zu sein, und zog den Kopf vom Fenster zurück. «Ende der Vorstellung», verkündete er. «Morgen um vier Uhr ist der Verrückte in Zweitaufführung zu sehen.»

Das Mädchen stand auf und ging. Der Crik dachte nicht weiter an sie. Trotzdem holte er am andern Morgen das Notwendige aus dem Kasten unter dem Sitz und rasierte sich. Dann wusch und kämmte er sich auch noch.

Um vier Uhr erschien das Mädchen wieder, und als es den Crik so gestriegelt und geschniegelt sah, machte es ein sehr zufriedenes Gesicht.

«Warum spielt Ihr den Verrückten, wenn Ihr es doch gar nicht seid?» fragte es.

«Ich spiele nicht den Verrückten!» erwiderte der Crik. «Ich warte.»

«Auf was?»

«Das ist schwer zu erklären, besonders einem Mädchen.»

«Versucht's doch.»

Sie redeten einander mit «Ihr» an, wie es bei den alten Leuten hierzulande üblich ist, und sprachen beide sehr ernsthaft. Der Crik bemühte sich, die ganze Geschichte zu erzählen, und am Ende schüttelte das Mädchen den Kopf.

«Ich habe nicht begriffen, warum Ihr wartet», gestand es. «Aber ich will darüber nachdenken.»

Am folgenden Tag um vier Uhr war das Mädchen wieder da und reichte dem Crik ein Päckchen mit Brot und Wurst. Er errötete: «Nein, von Frauen kann ich nichts annehmen», brummelte er.

«Ihr müßt es aber annehmen», erklärte das Mädchen ruhig, «wenn Ihr nicht verhungern wollt.»

Plötzlich rebellierte der Crik; er riß den Wagenschlag auf und sprang hinunter. «Ich habe mir mein Brot immer mit diesen meinen Händen verdient!» schrie er. «Ich habe noch nie jemanden nötig gehabt, und ich werde auch nie jemanden nötig haben. Ich bin der Crik, und der Crik bleibt, was er ist!»

Auf dem Flußufer lag ein Nachen, und ein langer, dicker Eichenbalken sorgte dafür, daß der Nachen nicht abrutschen konnte; mit wütender Kraft packte der Crik den Balken, zwängte ihn einen halben Meter weit unter die Achse eines der Hinterräder des *Leopard*, bückte sich tief, um das freie Ende des Balkens auf die rechte Schulter zu schieben, stemmte die Füße in den Schlamm, der im Frost eisenhart geworden war, und richtete sich langsam auf.

Der *Leopard*, mit dem gefrorenen Boden sozusagen verschweißt, rührte sich nicht, dafür brach der Eichenbalken entzwei.

Das Mädchen zeigte keinerlei Begeisterung. «So grobe Leute gefallen mir nicht», bemerkte es bloß.

Der Crik verkroch sich in der Kabine, und das Mädchen setzte sich wieder auf den gewohnten Stein.

Wie oft saß das Mädchen noch auf diesem Stein? Wie oft versuchte es noch, den Crik umzustimmen?

Jedenfalls stand es eines Abends nach dem üblichen Zureden auf und sagte: «Ich komme jetzt nicht mehr; ich habe Euch ja gesagt, wo ich wohne. Wenn Ihr mich sehen wollt, müßt Ihr Euch selber auf den Weg machen.»

Schon war der Frühling im Anzug, und der Boden unter den Rädern des *Leopard* wurde wieder zu Morast.

Und der Schnee in den Bergen schmolz, und der Regen strömte in der Ebene und in den Hügeln nieder. Der große Fluß war zum Fürchten angeschwollen, und die kleinen Nebenflüsse füllten sich durch den Rückstau immer mehr.

Auch der Stivone stieg an, und bald beleckte das Wasser die Räder des *Leopard*.

Der Crik wartete einen Abend, zwei, drei Abende auf das Mädchen, aber das Mädchen kam nicht, und das

Wasser bedeckte den Stein, auf dem es gewöhnlich saß.

«Ihr wißt ja, wo ich wohne; wenn Ihr mich sehen wollt, dann müßt *Ihr* kommen» – ja, der Crik würde zu dem Mädchen gehen, aber nicht zu Fuß. Am Steuer seines *Leopard* würde er hinfahren. Er wartete gelassen, denn er spürte, daß der *Leopard* sich nun bald bewegen, bald wieder auf der Straße dahinrollen mußte.

Das Wasser bedrängte die Dämme, die Leute machten sich Sorgen. Den Crik hatten sie alle vergessen. Nur das Mädchen nicht: Es wartete auf ihn, denn es war sicher, daß er kommen werde.

Und in der Nacht, in der das Hochwasser den höchsten Stand erreichte, ließ der Crik sich tatsächlich sehen; es war fast elf Uhr, und es regnete in Strömen.

Das Mädchen in seinem Zimmer im ersten Stock des Hauses am Fuß des Hauptdammes hörte auf einmal ein Hupen, und als es ans Fenster trat, das sozusagen auf gleicher Höhe mit der Dammstraße war, sah es den *Leopard* gerade vor seinem Fenster auf der Dammstraße stehen.

Der Crik saß am Steuer; lächelnd zeigte er sich am Wagenfenster und hob winkend den Arm. Dann schaltete er den Gang ein und brauste davon. Noch von fern hörte das Mädchen sein Hupen.

Es waren etliche, die den Crik und den *Leopard* an diesem Spätabend sahen. Und etliche hörten das Hupen.

Als nach wenigen Tagen die Fluten zurückgingen, war Don Camillo der erste, der, bis zum Magen im Wasser watend, zum *Leopard* vordrang. Der war noch tiefer in den Boden versunken, und das Wasser stand bis zur Höhe des Sitzes in der Kabine.

Don Camillo öffnete den Schlag, und da saß der Crik am Steuer: stolz und lächelnd und sah aus wie lebendig.

Lange Zeit später war Don Camillo wieder an einem Regenabend auf der morastigen Straße zum Molinetto unterwegs, und als er ein Hupen hörte, trat er wieder kräftig in die Pedale, um sich auf dem Brücklein in Sicherheit zu bringen.

Und gleich darauf rumpelte der *Leopard* vorbei, aber er bespritzte ihn nicht mit Schlamm, denn der Crik verzichtete auf die Bosheit, den Wagen so herumzuwerfen, daß die rechten Räder die tiefe Pfütze durchquerten. Ruhig ließ der Crik die Hand auf dem Steuerrad, als er vorüberfuhr, und Don Camillo seufzte: «Wieviel hast du durchmachen müssen, arme Seele, um Anstand zu lernen. Gott sei dir und deinem Lastwagen gnädig.»

Ihr braucht euch nicht zu fürchten, wenn euch in der einen oder anderen Nacht auf den Straßen über den Dämmen der *Leopard* begegnet: Das ist nur der Crik, der vor den Fenstern seiner Schönen den stolzen Gockel spielt.

«Ceratom»

Ein verbeulter *Topolino* hielt auf dem Kirchplatz an, und heraus stieg ein hagerer Mann mit einer großen Ledertasche.

Beim Kirchenportal blieb er stehen, öffnete es einen Spalt weit, streckte kurz den Kopf hinein und marschierte dann stracks auf das Pfarrhaus zu.

Don Camillo genoß gerade das gemütliche Kaminfeuer in seiner Stube, und als er das Klopfen hörte, klang sein «Herein!» wie eine Drohung mit Waffengewalt. Doch beim Anblick dieses Mickermännchens wurde er gleich wieder friedlich.

«Ich muß nur schnell ein Päckchen abgeben, dann lasse ich Sie sofort wieder in Ruhe», erklärte der Fremde mit traurigem Lächeln und kramte in der Tasche, die er auf den Tisch gestellt hatte.

Das Päckchen enthielt eine Propagandabroschüre gegen die Roten. «Das schickt das Komitee», erläuterte der Überbringer.

«Setzen Sie sich doch!» forderte Don Camillo ihn freundlich auf.

«Hier drinnen ist es angenehmer als in meiner Mausefalle!» seufzte der Fremde und ließ sich vor dem Feuer nieder. «Auf der andern Seite – Geschäft ist Geschäft.»

Don Camillo erhob sich, um die Broschüren wegzuräumen und gleichzeitig eine Flasche Fortanella zu angeln. «Sind Sie vom Komitee?» erkundigte er sich.

«Nein. Ich bin ein Freund von den Leuten des Komitees und erweise ihnen gern eine Gefälligkeit. Komitee oder nicht, der Kampf ist ja für alle anständigen Menschen derselbe. Da ich ohnehin die ganze Gegend Dorf um Dorf abklappern muß, macht es mir nichts aus, ein paar Broschüren mitzunehmen. So können die Porto sparen und sind erst noch sicher, daß das Material nicht verloren geht.»

Der Fremde grinste trüb vor sich hin und nahm einen kräftigen Schluck Wein. «Das wird mich ein bißchen aufheitern», stellte er fest. «Ich hab's nötig.»

Don Camillo setzte sich wieder. «Wenn man fragen darf», forschte er, «was genau ist denn Ihr Geschäft?»

«Ach, reden wir nicht davon, Hochwürden!» jammerte der Fremde.

«Es ist der unglückseligste Beruf der Welt. Aber wenn man eine Familie zu ernähren hat, kann man eben nicht zimperlich sein.»

Don Camillo wartete.

«Ich reise», erklärte der Mann melancholisch. «Ich versuche Ware zu verkaufen, die niemand haben will. Ich bin als letzter zur Firma gekommen, die guten Plätze hatten sich schon die andern geschnappt. Mir sind nur die kleinen Ortschaften geblieben, die Dörfer!»

«Was verkaufen Sie denn?»

«Nichts!» antwortete der Reisende. «Ich mache Geschäfte wie einer, der am Nordpol Eis oder auf den Dolomiten Schiffsanker verkaufen möchte. Lassen wir das, Hochwürden. Vergessen wir einen Augenblick unsere Sorgen.»

Der Mann leerte sein Glas in einem Zug, und Don Camillo füllte es von neuem. Die Neugier zwickte ihn:

Was zum Kuckuck mochte dieser Pechvogel bloß verkaufen?

Der Fremde schüttelte den Kopf: «Hochwürden», sagte er halblaut, «wissen Sie, was ‹*Ceratom*› ist? Nein, zerbrechen Sie sich nicht den Kopf, ich sage es Ihnen: ‹*Ceratom*› bedeutet ‹Cera atomica› – Bohnerwachs.»

Er nahm einen Schluck Wein, ehe er fortfuhr: «Verstehen Sie? Ich muß Bohnerwachs verkaufen, wo es keine Fußböden zum Bohnern gibt. Wo alle Böden aus Ziegelstein sind.»

Don Camillo hielt es für seine Pflicht, zu widersprechen: «Es gibt aber auch hier Fliesen- und Kunststeinböden. In der Drogerie wird jedenfalls Bohnerwachs verkauft.»

Der Mann lächelte traurig: «Eben. Ich habe die beiden Drogerien hier aufgesucht und weiß alles. Bei dem, was an Bohnerwachs verkauft wird, reichen die Lagervorräte noch für mindestens fünfundzwanzig Jahre! Außerdem ist mein Produkt neu – ausgezeichnet und preisgünstig, aber neu, und die Leute sind Neuem gegenüber immer mißtrauisch. Privat verkaufen darf ich nicht; ich bemühe mich, mit den Gemeinden ins Geschäft zu kommen, mit den Organisationen, die Säle, Vereinslokale, Theater, Kinos besitzen. Aber leider sind die zu neunzig Prozent in den Händen der Roten, und bevor ich bei diesem Pack anklopfe, verhungere ich lieber!»

Wieder stärkte er sich mit einem langen Schluck. «Das muntert mich wirklich auf!» stellte er fast fröhlich fest. «Und so nötig hatte ich es noch nie! Wissen Sie, Hochwürden: Kilometer um Kilometer in dieser Mausefalle über gräßliche Straßen durch die Schneewüste fahren ... und wenn man am Abend zusammenzählt, merkt man, daß man die Zeit und das Benzin draufgezahlt hat!»

Er wühlte in der Tasche und zog ein Bestellbuch heraus, das er Don Camillo aufgeschlagen zeigte: «Da sehen Sie, Hochwürden, die Arbeit eines ganzen Vormittags: ‹*Drogerie Piacini in Torricella: Ceratom, 1 große.*› Verstehen Sie? Nachdem ich zwei Stunden lang geredet habe, bestellen die eine zum Ausprobieren. Und eigentlich auch das nur, damit sie mich loswurden.»

Don Camillo betrachtete die Bestellung und wiegte den Kopf: «Wirklich kein Anlaß zur Fröhlichkeit!»

Der Mann trank einen Schluck und berichtigte lebhaft: «Aber das ist ja gar nicht wahr! In Fiumetto habe ich ebenfalls ein Geschäft abgeschlossen: Der Pfarrer dort ist einer der wenigen, die Fliesen in der Kirche haben, und da hat er, auch zum Ausprobieren, eine Dose gekauft. Allerdings nur eine kleine, zu zweihundert Gramm.»

Er zeigte Don Camillo das Döschen und erklärte: «Ich hatte zwei als Muster bei mir, und da verkaufte ich ihm die eine direkt. Auch darum, weil ich mich nicht getraue, der Firma eine Bestellung für eine einzelne kleine Dose vorzulegen.»

Don Camillo schaute das Döschen mitleidig an und fragte: «Ist die große Dose sehr groß?»

Der Mann holte eine Büchse aus seiner Tasche: «Ein Kilo. Das ist nicht viel, aber das Produkt wird erst eingeführt, und da ist die Firma froh, wenn sie eine Dose probeweise anbringt. Denn wer dieses Wachs einmal verwendet, der bleibt auf jeden Fall dabei! Es ist wirklich außergewöhnlich gut.»

Don Camillo hielt den Moment für gekommen, seine

Entscheidung zu treffen: «Ich würde es gern ausprobieren», sagte er. «Lassen Sie mir auch eine Dose hier.»

Erstaunt blickte ihn der Reisende an: «Eine Dose? Und was wollen Sie damit, Hochwürden? Ihren Ziegelboden bohnern?»

«Hier im Haus habe ich Ziegel, aber in der Kirche ist ein Fliesenboden», betonte er stolz. «Letztes Jahr neu gemacht.»

«Hochwürden», seufzte der Mann, «Sie sind ein feiner Mensch; um mir zu helfen, sind Sie sogar imstande, zu schwindeln. Danke! Auch das muntert mich schon auf. Wenn Sie einmal Fliesen haben, dann erinnern Sie sich bitte an mich.»

Don Camillo stand auf und ging zur Tür; der Mann leerte noch hastig sein Glas, nahm seine Tasche und folgte ihm. Er glaubte, das Gespräch sei beendet, und wollte sich draußen verabschieden, doch Don Camillo faßte ihn beim Arm und führte ihn über den Vorplatz in die Kirche.

«Also – sind das Fliesen oder nicht?» fragte er triumphierend.

Der Fremde bückte sich und berührte mit dem Finger die matten, trüben Fliesen.

«Bei diesem Wetter bringen mir die Leute tonnenweise Schmutz herein. Aber der Boden ist sehr schön!» Er netzte seinen Zeigefinger mit Speichel und rieb damit über eine Fliese: «Sehen Sie, wie das glänzt? Aber man kann ihn nicht ständig bohnern, weil das Wachs beim nassen Aufwischen immer weggeht. Da würde man ja Tonnen von Bohnerwachs brauchen.»

Der Mann lachte. Er nahm die große Dose aus der Tasche, öffnete sie, fischte aus der Tasche noch einen

Lappen und bestrich eine der Fliesen mit einer dünnen Schicht *Ceratom*. Mit einem zweiten Lappen polierte er die Fliese auf Hochglanz. Dann ging er schnell hinaus und kam mit einer Handvoll Schnee zurück.

«Hochwürden», sagte er, «versuchen Sie jetzt, die Fliese naß zu machen!»

Don Camillo verstrich den Schnee energisch auf der Fliese, bis er ganz geschmolzen war. Dann wischte er mit einem Lappen die Fliese trocken – und sie blieb glänzend.

«*Ceratom*», erklärte der Mann, «ist wie ein Lack, der das Wasser nicht durchläßt. Sozusagen ein Kristallbelag auf den Fliesen.» Wieder ging er hinaus, trat in eine Pfütze und schmierte mit der Sohle so lange auf der *ceratomisierten* Fliese herum, bis sie eine einzige Schmutzfläche war. Die wischte er mit dem Lappen ab, und die Fliese strahlte wie zuvor.

«Einmal alle zehn Tage mit *Ceratom* bohnern genügt vollständig», schloß er frohlockend.

Sie traten auf den Kirchplatz hinaus.

«Danke für die Gastfreundschaft, und auf Wiedersehen, Hochwürden», sagte der Mann und tat, als wolle er in seinen Kleinwagen steigen. Aber Don Camillo faßte ihn erneut am Ärmel und zog ihn mit sich ins Pfarrhaus. «Eine angebrochene Flasche will ausgetrunken werden», erklärte er.

Sie setzten sich wieder ans Kaminfeuer. «Ich möchte es wirklich ausprobieren», meinte Don Camillo. «Wieviel kostet eine Dose?»

«Dreihundert Lire. Die kleine.»

«Und die große?»

«Vierhundertfünfzig, also nur wenig mehr. Aber lassen wir das, Hochwürden. Ich will nicht das Gefühl haben, Ihnen etwas ‹anzuhängen›. Bleiben wir lieber gute Freunde.»

Da fing Don Camillo an zu lachen: «Freundschaft ist eine Sache, Bohnerwachs eine andere. Ich nehme zwei Dosen. Nein, drei. Drei große.»

Der Mann schüttelte den Kopf: «Entweder eine oder gar nichts! Mir liegt etwas an der Freundschaft. Sie probieren das *Ceratom* aus, und wenn Sie damit zufrieden sind, schreiben Sie mir zwei Zeilen an diese Adresse, und ich lasse Ihnen soviele Dosen schicken, wie Sie nur wollen.»

Der Mann füllte den Bestellzettel aus, und Don Camillo griff zum Portemonnaie: «Wieviel bin ich Ihnen schuldig?»

«Nichts. Ich darf kein Geld entgegennehmen. Sie zahlen, wenn Sie die Ware bekommen. Also eine große, Hochwürden?»

«Ja.»

«So, das wär's. ‹*Ceratom - 1 Gr.*›. Kontrollieren und unterschreiben Sie. Die Unterschrift ist nicht für mich, sondern für die Firma, natürlich.»

Don Camillo unterschrieb und bekam den Durchschlag.

Der Mann hob sein Glas: «Gottseidank ist dieser Landstrich, dieser Käfig von entfesselten Roten, nicht die reine Hölle. Für den, der hungert, hat selbst eine Brotkrume ihren Wert, denn wenn sie auch nicht zu sättigen vermag, nährt sie doch die Hoffnung. Die Hoffnung braucht so wenig, um zu leben: ein Bröselchen Brot, übergossen mit dem Vertrauen in die göttliche Vorsehung, und weiter geht der Marsch!»

Don Camillo begleitete ihn zum Auto und sah ihm nach.

«Ich hätte ihn zum Mittagessen hierbehalten können!» bedauerte Don Camillo im Gedanken an das Brotbröselchen mit der Sauce des Vertrauens in die göttliche Vorsehung.

Es vergingen vierzehn Tage, da traf eines Nachmittags die Post mit dem Lastwagen vor dem Pfarrhaus ein, lud eine riesige Kiste ab, ließ Don Camillo eine Empfangsquittung unterschreiben und fuhr weiter.

Don Camillo öffnete die Kiste und fand darin hundertvierundvierzig Kilodosen *Ceratom.*

Im Besitz von rund anderthalb Doppelzentnern Bohnerwachs, erhielt er tags darauf auch einen Brief der Fabrik:

«Geehrte Firma, gemäß I/Bestellung No. soundso vom soundsovielten, übersandten wir Ihnen franko Domizil ein Gros Ceratom zum vereinbarten Preis von Lire 450 pro Dose, wobei wir Ihnen als besonderes Entgegenkommen die Umsatzsteuer im Betrage von Lire ..., sowie die Verpackungskosten nicht verrechnet haben. In der Gewißheit, Sie mit unserer Lieferung zufriedenzustellen, und in Erwartung Ihrer geschätzten weiteren Bestellungen zeichnen wir mit vorzüglicher Hochachtung.

Beilage: Wechsel auf 30 Tage im Betrage von L. 64'800.- (vierundsechzigtausendachthundert).

Irrtum vorbehalten.»

Irrtümer lagen freilich keine vor; die Leute hatten es bloß unterlassen, am unteren Rand des Briefes noch hinzuzuschreiben: «Wir haben Don Camillo hereingelegt, der sich erst jetzt, mit anderthalb Doppelzentnern *Cera-*

tom am Hals, vorsichtig erkundigt und dabei erfahren hat, daß ‹1 Gr.› nicht eine große Dose, sondern ein Gros – kaufmännischer Ausdruck für 12 Dutzend – große Dosen bedeutet.»

Don Camillo dachte nicht im Traum daran, Krach zu schlagen. Er hatte nur die eine Sorge, hundert von den hundertvierundvierzig Dosen so gut zu verstecken, daß niemand im Dorf merkte, wie man ihn zum Narren gehalten hatte – was der Gemeinde noch dreißig oder vierzig Jahre lang Stoff zu allgemeiner Heiterkeit geliefert hätte. Er kannte seine Pappenheimer!

Don Camillos zweite Sorge war, wie er die vierundsechzigtausend Lire zur Einlösung des Wechsels auftreiben sollte.

Vierundsechzig Tausendernoten zusammenzukratzen ist für einen armen Hungerleider von Pfarrer fast dasselbe, wie einen Hammerschlag auf den Kopf zu bekommen. Und zwar jeden Tag einen Hammerschlag, denn geliehenes Geld muß man zurückgeben.

Don Camillo schnallte sich den Gürtel enger, bis es nicht mehr ging; als er wegen einer fälligen Zahlung so tief in der Klemme saß, daß er nicht mehr aus noch ein wußte, begab er sich zu Peppone.

Der stand in der Werkstatt und wühlte im Bauch eines Traktors herum.

«Herr Bürgermeister», erklärte Don Camillo möglichst unbefangen, «könntet Ihr für das Gemeindehaus und für Euer Volkshaus nicht ein paar Dosen *Ceratom* brauchen, ein ausgezeichnetes Bohnerwachs? Es wäre eine günstige Gelegenheit. Ein Freund, der sich in Schwierigkeiten befindet, hat sich an mich gewendet.»

Peppone hielt in der Arbeit inne und starrte Don

Camillo erbost an: «Wer ist der Dreckskerl, der es Euch gesagt hat?»

Don Camillo breitete unschuldig die Arme aus.

«Hochwürden, laßt Euch geraten sein, den Mund zu halten! Wenn diese Geschichte herumkommt, nehme ich es Euch persönlich übel. Gewarnter Priester, halb geretteter Priester!»

Don Camillo seufzte: «Der Scherz mit der *großen Dose* und dem *Gros Dosen* ist gar nicht lustig, Genosse Bürgermeister.»

Peppone ballte die Fäuste: «Zum Kuckuck! Was soll einer, der gerade lesen und schreiben kann, von Gros und Klein verstehen? Ich habe schließlich nicht Latein studiert!»

«Was hat das damit zu tun? Ich *habe* es studiert, aber deswegen liegen jetzt trotzdem hundertvierundvierzig Dosen *Ceratom* in meinem Keller.»

Peppone fuhr hoch. «Nein!» schrie er.

«Doch», gestand Don Camillo demütig.

«Ehrenwort?»

«Ehrenwort!»

Da warf Peppone den Hut auf den Boden und tanzte wie ein Wilder darauf herum.

Don Camillo schüttelte den Kopf. «Na schön, jetzt weißt du's – aber was hast du davon?»

«Ich? Nichts! Die Hauptsache ist, daß *Ihr* eins auf die Schnauze bekommen habt!»

Don Camillo seufzte. «O menschliche Torheit! Wenn dir ein Ziegel auf den Kopf fällt, was freust du dich, daß auch deinem Nächsten ein Ziegel auf den Kopf fällt?»

«Ihr seid nicht mein Nächster», stellte Peppone klar.

«Ihr seid ein Volksfeind, und der Schaden, der den Volksfeind trifft, ist ein Vorteil für das Volk.»

«Richtig», gab Don Camillo zu. «Und der Schaden, der den Volksfreund trifft, ist dagegen zum Nachteil des Volkes, denn die hundertvierundvierzig Dosen *Ceratom* zahlt nicht der Genosse Peppone, die landen auf dem Konto der Gemeindeverwaltung.»

Da pflanzte sich Peppone vor Don Camillo auf. «Nein, Herr Pfarrer! Dieses verfluchte Bohnerwachs muß ich selber bezahlen, weil ich es bestellt habe, und wenn ich die vierundsechzigtausend Lire der Gemeinde belaste, schlagen mich Eure Banditen von der Opposition ans Kreuz wie Jesus Christus!»

«Wie den Räuber Barabas», berichtigte Don Camillo.

Peppone nahm seine Arbeit wieder auf, aber plötzlich hob er den Kopf vom Motor des Traktors. «Hochwürden, etwas möchte ich wissen: Wie hat er sich Euch vorgestellt?»

«Er sagte, er komme vom Komitee. Er hat mir eine Broschüre gebracht.»

«Dasselbe in Grün!» rief Peppone. «Komitee auch bei mir, und ein Umschlag mit dem Bild der neuen Friedenstaube drin. Wirklich ein gerissener Bursche! Aber wenn der mir in die Finger gerät, dem drehe ich den Hals um, das schwöre ich Euch!»

Er spuckte an die Wand, dann steigerte er sich immer mehr in seine Wut: «Wenn der mir in die Finger fällt, dann packe ich ihn um den Hals, knalle ihm eine hinter die Ohren und frage: ‹Gefällt Ihnen dieser Typ? Ausgezeichnet. Dann schicke ich Ihnen ein Gros davon.›»

Don Camillo kam nicht dazu, zu antworten, denn Peppone machte auf einmal Augen wie Wagenräder.

Vor dem Werkstattor hatte ein verbeulter *Topolino* angehalten.

«Er ist es!» sagte Peppone mit erstickter Stimme. «Versteckt Euch dort drin. Vielleicht kommt er herein. Er hat mich im Gemeindehaus aufgesucht und weiß nicht, daß die Werkstatt mir gehört!»

Tatsächlich betrat das Mickermännchen mit der Ledermappe in der Hand die Werkstatt.

Als Peppone sich umdrehte und sein Gesicht zeigte, versuchte der Mann wieder aus dem Tor zu flitzen. Aber dort stand breitbeinig Don Camillo.

Der Reisende wurde leichenblaß. «Ich hätte gern einen Viertelliter Öl für den Motor», stammelte er.

«Fest oder flüssig?» erkundigte sich Peppone und näherte sich mit dem Meßbecher dem Faß mit der Pumpe.

«Flüssig», antwortete der Mann zitternd.

Peppone füllte den Meßbecher und reichte ihn dem Reisenden. «Trinken Sie es hier oder lieber draußen im Auto?»

Der Mann schaute Peppone und dann Don Camillo an und begriff, daß es kein Entrinnen gab. Seine Augen füllten sich vor Angst mit Tränen.

«Hier», flüsterte er. «Draußen im Auto sitzt meine Frau.»

Ergeben führte er den Becher an den Mund. Da riß ihn Peppone ihm aus der Hand, ging hinaus, hob die Haube des Kleinwagens und goß das Öl in den Motor.

Der Mann lehnte an der Werkbank. «Sie können gehen», sagte Peppone.

«Wieviel kostet es?» ächzte der Mann.

«Nichts: Gratis-Service zum Kennenlernen des Produkts. Gehen Sie nur.»

«Ich möchte ja, aber bei mir spukt der Anlasser», erklärte der Ärmste mühsam, an die Werkbank geklammert.

«Wieso? Sie haben doch keinen Tropfen von dem Öl getrunken!» wunderte sich Don Camillo.

«Gewiß, Hochwürden, aber es ist, als hätte ich den ganzen Becher geleert.»

Peppone holte aus einem Schränkchen eine Flasche Cognac und schenkte ein Gläschen ein, das der Mann in einem Zug hinunterstürzte.

Don Camillo steckte ihm eine halbe Toscano-Zigarre zwischen die Lippen, fischte mit der großen Zange ein glühendes Kohlestück aus der Esse und zündete sie ihm an.

Der Mann rauchte ein paar Züge, dann löste er sich langsam von der Bank.

«Läuft's jetzt?» fragte Peppone.

«Die Kupplung rutscht noch ein wenig», antwortete der Mann bei den ersten zaghaften Schritten, «aber es kommt schon.»

Sein Gang wurde zusehends gelöster, und am Tor drehte er sich um: «Auf Wiedersehen», sagte er und schaffte es, seiner Stimme einen beinahe heiteren Klang zu geben. «Und wenn Sie etwas benötigen, haben Sie ja meine Adresse.»

«Danke – für den Augenblick sind wir bedient», knurrte Don Camillo.

Der Mann stieg ein, und der *Topolino* startete.

Peppone war mit der ganzen Sache durchaus nicht zufrieden. «Ich bin immer der, der draufzahlt», maulte er nach einer Weile. «Ihr seid mit einer halben Zigarre davongekommen, aber ich habe ihm Öl und Cognac geben müssen!»

«Und dazu mußt du mir noch achttausend Lire borgen», sagte Don Camillo. «Ich habe Schulden gemacht, um das Bohnerwachs bezahlen zu können, und jetzt stecke ich in der Klemme.»

Peppone schüttelte den Kopf. «Ich leihe kein Geld aus!» rief er. «Gebt mir zwanzig Dosen Wachs, wenn Ihr die achttausend Lire haben wollt.»

«Ausbeuter der Geistlichkeit! Du bescheißt mich um tausend Lire!»

«Macht, was Ihr wollt: Geschäft ist Geschäft!»

Don Camillo holte die zwanzig Dosen. Als er damit wiederkam, öffnete Peppone die Tür zu dem kleinen Kämmerchen hinter der Werkstatt: «Legt sie zu den andern hundertvierzig.»

Dann verschloß er die Tür wieder und fragte: «Glaubt Ihr, daß er es wirklich getrunken hätte?»

«Nein», antwortete Don Camillo. «Denn wenn du ihn gelassen hättest, hätte ich es verhindert.»

«Und was machen wir jetzt mit dem ganzen Bohnerwachs?» murrte Peppone.

«Interessiert mich nicht. Schließlich müssen wir das *Ceratom* nicht mitnehmen ins Jenseits.»

So besehen war das Problem schon viel leichter, und auch Peppone beruhigte sich.

Don Candidos Tomaten

Das von Peppone & Genossen betreute Gemeindegebiet war in sechs Fraktionen und eine Republik aufgeteilt.

Ursprünglich bildete das kleine Nest La Pioppina eine eigene Pfarrei, das heißt, es besaß außer der Kirche auch ein Pfarrhaus und eine Pfründe, die es dem amtierenden Priester erlaubten, bei Unwetter ein Dach überm Kopf zu haben und mit hinlänglicher Regelmäßigkeit seine Mahlzeiten einzunehmen.

Eines bösen Tages indessen bekam der große Fluß Lust auf das Grundstück, das die Pfründe ausmachte und das just ein Teil des fruchtbaren Landstreifens zwischen dem Fluß und dem Damm war.

Solche Scherze liebt er, der große Fluß: Tausend Jahre lang beleckt er ein Stück Boden, ohne daß etwas passiert, und dann fängt das Wasser mit einemmal am Ufer zu nagen an, nimmt Bissen um Bissen und frißt es völlig auf.

Oder aber es geschieht das Gegenteil: Unvermittelt fällt es dem Fluß ein, Land zu verschenken, und ein armer Teufel, der zwischen Damm und Wasserlauf ein Streifchen Pappelhain besitzt, findet sich plötzlich als Herr eines großen, fetten Landgutes wieder.

Dem Boden der Pfarrpfründe spielte der Fluß den Streich der ersten Sorte und hörte erst wieder auf, Land zu fressen, als er keine zehn Meter vom Pächterhaus entfernt war, das am Damm lehnte und in dem niemand mehr wohnen wollte, da vorauszusehen war, daß es bald dem Schicksal der übrigen folgen würde. Und in der Tat, als das Hochwasser kam, löste das Gebäude sich darin auf, und als die Fluten sich verzogen, lag da nur noch ein Haufen schlammbedeckter Ziegelsteine.

Der alte Pfarrer von Pioppina machte dennoch weiter; in ein gewisses Alter gelangt, lebt man ja aus reiner Trägheit fort. In einer unschönen Nacht aber brannte das Pfarrhaus nieder, und der Ärmste rettete von seiner Habe nur die eigene Haut. Und da nicht einmal daran zu denken war, das Geld für einen Wiederaufbau zusammenzukratzen, starb der arme Alte.

Mit dem Pfarrer von Pioppina starb auch die Pfarrei von Pioppina.

Die priesterlosen Pioppiner gingen zum Bischof, um zu protestieren, doch der Bischof hob nur betrübt die Arme: «Meine lieben Kinder, es gibt keinerlei Gründe, die so große Opfer rechtfertigen könnten, wie sie gebracht werden müßten, um die Pfarrei Pioppina am Leben zu erhalten.»

«Wenn die Pfarrei immer existiert hat, heißt das aber, daß es doch Gründe gibt», wandte der Angesehenste der Abordnung ein.

«Nein, meine Kinder», erwiderte der Bischof. «Ihr braucht euch nur an die Geschichte eurer Pfarrei zu erinnern, um das zu begreifen.»

Die von der Abordnung wußten von der Geschichte der Kirche von Pioppina nur das eine: daß es ihre Kirche war.

Da rief der Bischof seinen Sekretär, ließ sich ein dickes Aktenbündel aus dem Archiv bringen und zeigte den Leuten alte Papiere:

«Bis zum Jahre 1780», erklärte der Bischof, «war Pioppina keine Pfarrei und hatte keine Kirche: die geringe Einwohnerzahl und die Nähe des Hauptdorfes machten das überflüssig. 1780 aber starb, allein und ohne direkte Erben, ein gewisser Negrini, der ein schönes Haus, ein schönes Stück Land und einen Beutel voll Goldstücke besaß. Und in seinem Testament stand, wie ihr gesehen habt, klipp und klar: Ich vermache mein Geld für den Bau einer Kirche in Pioppina, ich vermache mein Haus, damit es als Pfarrhaus verwendet wird, und ich vermache mein Land für die Errichtung und den Unterhalt der Pfarrei von Pioppina. Andernfalls geht mein ganzer Besitz an den soundso über, meinen Vetter dritten Grades. Und so entstand und lebte die Pfarrei Pioppina.

Jetzt aber, da das Pfarrhaus zerstört ist und der Fluß sich die Pfründe genommen hat, können wir nichts weiter tun, als Don Camillo zu beauftragen, daß er jeweils an den Feiertagen von Sankt Hippolyt und Sankt Maurus, den Schutzheiligen von Pioppina, herüberkommt, um in eurer Kirche die Messe zu lesen. An den übrigen Tagen wird es euch nichts schaden, die paar Schritte zum Dorf zu gehen.»

«Es geht nicht um die Entfernung», antworteten die von der Abordnung. «Es geht ums Prinzip.»

«Das Prinzip jedes guten Christenmenschen ist es, nach dem Paradies zu trachten, auch wenn er den Gottesdienst nicht am Wohnort genießen kann. In Pioppina gibt es keinen Tierarzt; wenn bei euch ein Stück Vieh erkrankt, lauft ihr doch auch ins Dorf und holt den dortigen. Wollt ihr behaupten, das Heil eurer Seele sei weniger wichtig als die Gesundheit eines Kalbes?»

Die Abordnung kehrte nach Hause zurück und berichtete, was der Bischof gesagt hatte, und die Leute hörten aufmerksam zu, ohne Einwendungen zu äußern.

Dieses finstere Schweigen aber stellte – in geschichtlicher und geografischer Hinsicht – den Gründungsakt der Republik Pioppina dar.

Von dem Tage an nämlich begann in Pioppina die moralische Loslösung vom Hauptdorf, unter dem Motto: «Wir wollen nicht vom Dorf abhängig sein, weder in bezug auf den Priester, noch in bezug auf das übrige.»

Obwohl sie dreimal so weit zu gehen hatten, besorgten sie alle Einkäufe im Hauptort der Nachbargemeinde. Inzwischen richtete Cimossa, der Wirt des «Mohren», zu seiner Kneipe mit Bocciabahn und dem Tabak– und Salzkleinhandel noch einen Gemischtwarenladen ein.

Man fand einen jungen freien Arzt, der in Pioppina ein kleines Ambulatorium eröffnete und die Einwohner der neuen Republik in seinen Kundenkreis einschloß.

Solchermaßen vom Gemeindearzt befreit, versuchten die Pioppiner sich auch des Tierarztes zu entledigen. Als ihnen das nicht gelang, beschlossen sie feierlich: «Die Tiere können dem Hauptort unterstellt bleiben; die Hauptsache ist, daß wir, die wir kein Vieh sind, die Unabhängigkeit erlangt haben.»

Das alles ging still vor sich, doch das Manöver war bald einmal klar, und noch klarer wurde es, als Cimossa, der Kneipenwirt und Chef der kommunistischen Zelle Pioppina, Peppone aufsuchte und ihm sagte: «Chef, alle Genossen von Pioppina wollen nicht mehr von der Sektion des Hauptdorfes abhängig sein.»

«Das ist ja zum Lachen! Die Genossen der andern

Fraktionen hängen auch alle von der Gemeindesektion ab; sind die Genossen von Pioppina denn anders als die der übrigen Fraktionen?»

«Nein, Chef, die Genossen sind gleich. Nur Pioppina ist anders.»

Die Roten von Pioppina waren eine kräftige Bande, kernig und jederzeit bereit, die Ärmel hochzukrempeln. Peppone machte also gute Miene zum bösen Spiel: «Genosse, das verstehe ich. Aber denk daran, daß Kirchturmpolitik eine der schwersten Gefahren für den Sieg der Sache ist. Nichts darf die Genossen trennen, nicht einmal Staatsgrenzen. Ein Genosse von Pioppina muß sich mit einem Genossen von Peking als gleich betrachten, selbst wenn sie eine verschiedene Hautfarbe haben.»

«Einverstanden, Chef. Aber zwischen Pioppina und Peking ist der Abstand weniger groß als zwischen Pioppina und hier.»

Wenn es so stand, halfen wohl keine Einwände mehr. «Was möchtet ihr denn? Unmittelbar dem Provinzverband unterstehen?»

«Nein. Die Zelle Pioppina wird zur autonomen Sektion Pioppina umgewandelt.»

«Ach so – du hast es dir in den Kopf gesetzt, Parteibonze zu werden.»

«Nein, Chef. Sobald nämlich die Unabhängigkeit der Sektion anerkannt wird, wählen wir dich zum Sektionsobmann.»

«Na schön, aber bleibt dann nicht alles, wie es war?»

«Nein, alles wird anders. Wir unterstehen nämlich nicht mehr der Sektion der Gemeinde, sondern dem Genossen Bottazzi.»

Im Grunde hieß das nichts weiter, als daß man ein wenig Schreibpapier mit dem Briefkopf *K.P.I. Sektion La Pioppina – Der Obmann* bedrucken ließ. Und daß man die normalen Briefbogen benutzte, um die Befehle an die übrigen Fraktionen zu schicken, und die neuen Briefbogen, um die Befehle nach Pioppina zu schicken. Um eine Abspaltung zu vermeiden, lohnte es sich schon, ein paar Lire zu opfern. Und alles funktionierte denn auch tadellos. Als der Smilzo einmal das falsche Papier erwischte und in Pioppina ein Schreiben mit dem Briefkopf der Gemeinde eintraf, wurde es natürlich, von einer Klarstellung begleitet, an Peppone zurückspediert:

«An den Genossen Giuseppe Bottazzi,

Wir erhalten soeben ein vom Obmann der Sektion der Gemeinde unterzeichnetes Schreiben mit Anweisungen betreffend Bezug von Parteibüchern. Wie Du weißt, ist unsere Sektion autonom und nimmt Weisungen nur vom eigenen Obmann, dem Genossen Giuseppe Bottazzi, entgegen. Dies ordnungshalber.»

Worauf sich Peppone auf Briefpapier der Sektion der Gemeinde für den unabsichtlichen Fehler entschuldigte und auf Briefpapier der Sektion Pioppina die Anweisungen wegen der Parteibücher schrieb.

Nachdem nun die Republik Pioppina moralisch gegründet war und funktionierte, nahte das Fest von Sankt Hippolyt, einem der beiden Schutzheiligen des Dörfchens, und wie vom Bischof angeordnet, traf Don Camillo vor der Kirche ein, um die Messe zu lesen.

An die Kirchentür war ein Schild genagelt:

Bis zur Rückkehr des amtierenden Pfarrers GESCHLOSSEN. *Die Einwohnerschaft*

Don Camillo verstand den Wink, stieg wieder auf sein Fahrrad und kehrte nach Hause zurück.

Dann geschah etwas Unvorhergesehenes, das niemand bedacht hatte: ein Kind wurde geboren und sollte getauft werden.

«Eher lasse ich es überhaupt nicht taufen, als daß ich es zur Taufe nach drüben bringe», beteuerte der Vater des Kindes.

Da aber hatte er den ganzen weiblichen Teil der Familie gegen sich. Die Diskussion landete nach zwei Tagen auf dem Dorfplatz, unter Beteiligung aller Pioppiner.

Schließlich schien einer das schlagende Argument gefunden zu haben: «Auch als Pioppina noch eine Pfarrei war, wurden die Geburten nicht hier, sondern in der Gemeinde angemeldet. Jetzt, nachdem ihr die Geburt des Kindes in der Gemeinde gemeldet habt, wollt ihr sie dem Herrgott nicht melden. Das heißt ja, daß ihr den Bürgermeister für wichtiger haltet als Gott.»

Die Bemerkung gab zu denken, und was neben allem übrigen dem Kindesvater am meisten in die Nase stach, war die Tatsache, daß man beim Unterlassen der Taufe Gefahr lief, den Bürgermeister des Hauptortes zu überschätzen.

«Morgen gehe ich und lasse es taufen», entschied er.

Da mischte sich Cimossa ein: «Bis jetzt wurde jeder in Pioppina Geborene im Kirchenbuch von Pioppina eingetragen. Wenn ihr es im Hauptort taufen laßt, wird es im dortigen Kirchenbuch eingetragen. Mit dieser Amtshandlung verzichten wir von Pioppina auf unser Bürgerrecht und anerkennen, daß Pioppina keine Pfarrei mehr ist, sondern in allem und für alles vom Hauptort abhängt. Damit akzeptieren wir, eine Kolonie des Hauptortes zu werden.»

Von dieser präzisen Folgerung waren alle beeindruckt, und der Kindesvater kam auf seinen Entschluß zurück: «Ich lasse es nicht taufen! Mein Sohn wird kein Verräter der Heimat!»

Schlimm für das arme Neugeborene. Zum Glück tauchte im richtigen Augenblick Don Candido auf.

Don Candido war ein junges, mageres Priesterchen. Vielleicht mehr jung als mager. Vielleicht mehr mager als jung.

Im übrigen war er äußerst schüchtern, und als er auf die Piazza geriet und die Versammlung gestikulierender und schreiender Leute vor sich sah, hätte er am liebsten kehrt gemacht.

Doch er war bereits entdeckt und wurde sogleich umringt.

«Wer schickt Euch?» fragte Cimossa und musterte ihn mißtrauisch.

«Niemand», antwortete Don Candido. «Ich bin nur auf der Durchreise. Ich besuche meinen Vetter in Torricella.»

Jemand sprach halblaut einen Namen aus, und gleich ging ein großes Gemurmel los.

«Seid Ihr nicht der Sohn des armen Perini?» fragte eine Frau den Priester.

«Ja. Meine Angehörigen sind alle tot, ich habe in Torricella nur noch meinen Vetter Dante Malasca.»

«Da habt Ihr Pech, Herr Pfarrer: gestern früh haben sie ihn zu Grabe getragen.»

Der Priester wischte sich den Schweiß vom Gesicht:

«Dann hat es keinen Sinn, weiterzugehen. Ich grüße nur noch schnell Don Giuseppe und kehre wieder um.»

«Ihr könnt gleich umkehren», brummte Cimossa. «Don Giuseppe ist seit einem halben Jahr tot.»

Der Priester bekreuzigte sich.

«Friede seiner Seele. Armer Don Giuseppe. Auch er hat mir so viel geholfen.»

«Er war über fünfundachtzig, und seine Zeit war um», rief eine alte Frau. «Nur schade, daß seine letzten Tage so unglückselig waren.»

Man erzählte Don Candido die Geschichte von der Pfründe, die der Fluß verschlungen hatte, und die Geschichte vom verbrannten Pfarrhaus.

Der Priester lächelte traurig: «Eigentlich ist es noch besser gegangen als bei mir.»

«Das glaube ich nicht!» widersprach Cimossa. «Kaum möglich, daß in einer Pfarrei noch Schlimmeres passieren kann.»

«Leider doch», sagte der Priester. «Ich war seit zwei Jahren in den Bergen. Man hatte mir die Pfarrei Rugino gegeben, ein Dörfchen am Monte Doletta. Bittere Armut, aber gute Luft und eine wunderschöne Landschaft. Vor zwei Monaten tut sich in der Dorfstraße plötzlich ein Riß auf. Tags darauf ist der Riß breiter, und weiter oben am Berg entstehen zwei neue.

Wir räumen alles aus, samt Vieh und Habe, schlagen in Sichtweite des Dorfes ein Lager auf und müssen zusehen, wie der Hang langsam abrutscht. Nach drei Tagen kommt ein furchtbares Wasser herunter.»

Der Priester hielt inne und breitete seufzend die Arme aus.

«Alles weggerissen: Häuser, Obstgärten, Pfarrhaus,

Kirche. Ich habe den armen Leuten geholfen, so gut es ging. Jetzt, wo sie alle irgendwo untergebracht sind, bin ich weggegangen. Ich warte darauf, daß eine andere Pfarrei frei wird.»

Cimossa wiegte nachdenklich den Kopf: «Mit andern Worten, Ihr seid arbeitslos.»

«Wenn man das bei einem Geistlichen sagen kann, ja», lächelte Don Candido.

«Ihr seid arbeitslos, und wir brauchen einen Pfarrer», rief Cimossa aus.

«Bleibt hier, und alles ist in Ordnung.»

«Schön wär's! Aber ich kann nur hierherkommen, wenn der Bischof mich schickt.»

«Der Bischof schickt weder Euch noch einen andern», mischte sich eine Frau ein. «Der hat seine Gründe, sagt er. Aber auch wir haben unsere Gründe, und wer muß darunter leiden? Die Unschuldigen!»

Sie erzählten dem Priester von dem Kind, das nicht getauft werden konnte, und zeigten es ihm.

«Habt ihr wirklich beschlossen, es nicht taufen zu lassen?» fragte das Priesterchen schüchtern und mit einer leisen Furcht im Herzen, nachdem er festgestellt hatte, daß das Kind überaus blaß und kümmerlich, ja fast schon wie tot aussah.

«Entweder es wird hier getauft oder gar nicht!» antwortete der Kindesvater grimmig.

«Nun gut», lenkte Don Candido ein. «Wenn es so ist, dann muß eben ich es taufen.»

Und es wurde die feierlichste Taufe in der Geschichte von Pioppina, weil das ganze Dorf daran teilnahm.

Bevor sie aus der Kirche gingen, wollte jedermann im Taufbuch die frische Eintragung lesen, die bedeutete:

Die Pfarrei Pioppina lebt noch. Die Freiheit ist nicht gestorben!

Man ließ Don Candido nicht gehen. Man gab ihm zu essen und stellte ihm ein Zimmer zur Verfügung: morgen früh könne er immer noch verreisen. Und als er zu Bett gegangen war, versammelten sich alle Männer von Pioppina im «Mohren» zu einer außerordentlichen Sitzung, und Cimossa ergriff das Wort: «Er ist jung, anspruchslos, hat keine Stelle und versteht sein Geschäft: Wir tun uns zusammen, und wenn wir ihn brauchen, mieten wir ihn auf eigene Kosten.»

«Und wovon lebt er an den Tagen, an denen wir ihn nicht brauchen? Soll er als Schuhwichsevertreter arbeiten?» wandte einer ein.

Cimossa, der als treuer Anhänger Peppones auch wie dieser zu denken versuchte, dozierte: «Priester haben zwei Hauptfehler. Erstens, daß sie Priester sind und daher nichts taugen. Zweitens, daß sie essen müssen, auch wenn sie etwas taugen. Ich jedenfalls bin dafür, daß wir morgen früh mit ihm reden.»

Am andern Morgen redeten sie mit ihm: «Herr Pfarrer, wir wären bereit, Euch für die Sonn- und Feiertage Kost und Logis und das Waschen der Wäsche zu offerieren, natürlich auch für die gelegentlichen Taufen, Hochzeiten und Begräbnisse.»

«Das würde mir schon gefallen», erwiderte Don Candido. «Ungeschickt ist nur, daß ich ... ich, nun, daß ich nicht wüßte, was ich an den andern Tagen tun sollte.»

Daß das Ungeschick darin bestand, daß er auch an den andern Tagen zu essen pflegte, sprach er nicht aus. Und die Leute wußten dieses Taktgefühl zu schätzen.

Cimossa, dem plötzlich einfiel, daß er der Anführer

der Roten und infolgedessen ein geschworener Pfaffenfeind war, bemerkte ironisch: «Wenn Ihr statt eines Priesters ein Mann wie wir wäret, würde ich Euch antworten, an den Tagen, an denen Ihr nichts in der Kirche zu tun habt, könntet Ihr ja arbeiten ...»

Don Candido schaute ihn an: «Das Problem für einen Geistlichen ist nicht das Arbeiten, sondern eine Arbeit zu finden, die der Würde seines Amtes und Gewandes nicht abträglich ist.»

«Alle anständigen Berufe sind ehrenhaft!» rief Cimossa.

«Es ist keine Frage der Ehrenhaftigkeit», gab Don Candido ruhig zurück. «Der Beruf des Straßen-Eisverkäufers ist ehrenhaft, aber ich könnte ihn nicht ausüben. Erstens weiß ich nicht, wie man Eis herstellt, zweitens würde ein Priester, der auf dem dreirädrigen Eiskarren herumfährt, die Leute zum Lachen bringen, und das würde ihm und der Kirche schaden. Auch als Schleifer oder Maurergehilfe könnte ich nicht arbeiten. Ich bin ein Bauernsohn aus dieser Gegend und weiß, wie man die Erde bearbeitet. Gebt mir ein Stückchen Land, und ich werde arbeiten.»

«Die Pfründe hat der Fluß gefressen!» protestierte Cimossa. «Und hier gibt's keine Grundbesitzer, nur Pächter und Halbpächter. Keiner kann Euch Land schenken.»

«Wer spricht denn von Schenken?» sagte Don Candido. «Geben denn die Pächter nicht oft ein paar Aren weiter, wenn etwas gepflanzt werden soll, das viel Arbeit gibt, wie etwa Tomaten?»

«Das schon», stimmte Cimossa zu.

«Also gut, gebt mir ein bißchen Land in Halbpacht.»

Cimossa starrte ihn an: «Und Ihr glaubt, das schafft Ihr?»

«Mein Vater war noch magerer als ich, und wer ihn je arbeiten gesehen hat, der weiß, daß er soviel leistete wie zwei Männer.»

Ein Alter mit weißem Schnauzbart mischte sich ein: «Er ist von guter Rasse. Das Land gebe ich. Aber einen Schlafplatz habe ich nicht.»

«Ein Zimmer könnte er bei mir haben», meinte Cimossa.

«Aber wie soll man einen Priester in einer Kneipe einlogieren?»

«Um das Schlafen kümmere ich mich selber», behauptete Don Candido. «Ich weiß, wo ich den Platz finde.»

Der Erste, der am folgenden Morgen auf den Dorfplatz kam, entdeckte die Neuheit: ein junger Mann im Overall arbeitete in den Trümmern des ehemaligen Pfarrhauses – und es war Don Candido.

Eine Stunde später arbeiteten alle kleinen Jungen von Pioppina in den Trümmern des ehemaligen Pfarrhauses. Und gegen Abend legten auch die Männer, die von den Feldern heimgekehrt waren, mit Hand an.

«Ich brauche nur soviel Platz zu räumen, daß ich ein Zimmer aufbauen kann», erklärte Don Candido. «Die Fundamente sind sehr solid, und zwei Meter hoch stehen die Mauern noch. Ziegelsteine sind vorhanden, soviel man will. Und auch Flachziegel. Die sind vorteilhafter als Falzziegel, weil man auch mit weniger als handbreiten Scherben daraus ein Dach machen kann. Sand und Kies sind nur ein paar Schritte von hier, im Fluß. Und für das übrige ist das Fahrrad da.»

Don Candidos Fahrrad war neu und fand schnell einen Liebhaber, und aus dem Geld wurden Mörtel und ein paar Holzbretter für eine Tür und einen Fensterrahmen.

Als der Boden geräumt war, begann Don Candido zu mauern. Das Dachgestühl war leicht zusammenzustükkeln, bis auf den Hauptträger, der auch als Firstbalken dienen mußte. Zwei gute Balkenstücke waren da, aber wie sollte man sie zusammenkleben? Don Candido löste auch dieses Problem mühelos: Er mauerte einen dicken Hohlpfeiler mitten ins Zimmer und hatte damit gleich auch den Rauchabzug für den ländlichen Herd aus Ziegelsteinen und Erde.

Von unten gesehen war das Dach ein Greuel, aber es ließ keinen Tropfen Wasser durch.

«Und das ist das Pfarrhaus», sagte Don Candido zufrieden, als das Ding fertig war.

Es war die richtige Jahreszeit, mit dem Pflanzen zu beginnen.

Don Candido hörte auf, Maurer zu sein, und wurde Bauer.

«Wenn alle Priester solche Landwirte wären», sagte Cimossa zu ihm, als er eines Tages persönlich hingegangen war, um sich über den Bauern Don Candido ein Bild zu machen, «dann könnten wir am Tag der Erhebung des Proletariats die Geistlichkeit mühelos unterbringen und zugleich die Landwirtschaft verbessern.»

Das sollte heißen, daß Don Candido auch als Landwirt seine Sache verstand. Und Cimossa und Genossen, die aus Gründen der Parteidisziplin die Kirche nicht betreten konnten, nahmen jeden Sonntag draußen vor der aufgesperrten Kirchentür an der Messe teil.

«Das soll keine Verneigung vor dem Priester bedeuten, sondern einen Akt der Solidarität mit dem Arbeiter», erklärte Cimossa Peppone.

«Schon gut; paß nur auf, daß du unterscheiden kannst, wo der Arbeiter aufhört und der Priester anfängt.»

«Das kann ich, Chef: Der Arbeiter hört auf, wenn der Priester mit seiner Arbeit auf dem Feld fertig ist. Der Priester dagegen fängt immer an und hört nie auf.»

«Gut, Genosse. *Herzliches Mißtrauen,* so heißt das Motto.»

Jedenfalls ging alles gut, bis es den Leuten der Republik Pioppina einfiel, ihre Heiligen zu wechseln.

Eigentlich entsprang die Idee dem Gehirn dessen, der am meisten daran interessiert war: dem des Wirtes Cimossa.

Die Festtage der Heiligen Hippolyt und Maurus fielen nämlich mitten in den August und mitten in den Januar. Und so waren die beiden Kirchweihen der Republik weit und breit die ungeschicktesten: einmal zu heiß, einmal zu kalt. Am meisten ärgerte sich Cimossa darüber: Während es an St. Maurus wegen der Kälte nicht möglich war, richtig Kirchweih zu feiern, war es an St. Hippolyt nicht günstig wegen der Hitze, bei der sich die Leute nicht auf den glühenden, staubigen Straßen aufhalten mochten. So kam Pioppina nie zu einer echten Kirchweih mit Tanz, Verkaufsständen und Touristenrummel. Und während die übrigen bloß moralisch darunter litten, hatte Cimossa, der Kneipenwirt, auch einen beträchtlichen materiellen Schaden davon.

Er war es also, der die Leute aufwiegelte. Und das gelang ihm so gut, daß sich eines schönen Tages Cimossa und die Honoratioren des Dorfes als Abordnung zu Don

Candido begaben und ihm erklärten, was das Volk wollte.

«Andere Schutzheilige?» stammelte Don Candido. «Aber warum denn? Haben sie euch etwas Böses getan?»

«Weder Böses noch Gutes. Wir wollen keine Sommerheiligen und keine Winterheiligen mehr, sondern Heilige der Zwischensaison, die das Volk zufriedenstellen und es fröhlich Kirchweih feiern lassen, wie es andernorts der Brauch ist.»

Don Candido war völlig verwirrt. «In einem solchen Fall muß man sich an den Bischof wenden», brachte er endlich heraus. «Den Bischof geht das nichts an», bekam er zur Antwort. «Dies hier ist eine freie, unabhängige Pfarrei, boykottiert von der Kirchenbehörde, aber vom Volk gewollt. Euer Bischof ist das Volk, und das Volk will andere Heilige.»

«Wie soll das gehen?»

«Man nimmt die alten Heiligen weg und stellt die neuen an ihren Platz.»

«Welche neuen?»

«Sankt Venantius und Sankt Virgilius», rief Cimossa. «Sie sind schon bereit und bis auf den letzten Centesimo bezahlt. In Cimello, auf der andern Seite des Po, ist eine Kirche überflutet worden, und man baut sie nicht mehr auf, weil auch das Dorf vom Hochwasser zerstört ist. Die beiden Heiligen von Cimello waren also arbeitslos, genau wie Ihr, Herr Pfarrer. Wir haben sie gekauft und geben ihnen hier einen Posten. Es sind genau die richtigen für uns: Heilige der Zwischensaison. Mitte Mai: Sankt Venantius; Ende September: Sankt Virgilius. Ihr braucht bloß die feierliche Zeremonie vorzubereiten, die am 26. September mit großen Festlichkeiten begangen wird. So was belebt den Fremdenverkehr. Es gibt einen Festzug von blumengeschmückten Barken, die über den Fluß fahren, um die neuen Heiligen, die drüben warten, abzuholen und hierher zu bringen. Hier haltet Ihr den Heiligen die Begrüßungsrede und stellt ihnen das Dorf vor. Die Heiligen werden ausgeladen und in einer Prozession mit Musik vor die Kirche gebracht. Ihr geht dann in die Kirche, gefolgt von den Gläubigen, und haltet den alten Heiligen die Abschiedsrede. ‹Ihr habt in Treue und Ehre gedient, Ihr habt viel für uns getan› ... und so weiter. Ihr entlaßt sie also elegant, und dann kommen die neuen Heiligen und nehmen ihre Plätze ein. Anschließend feierliche Messe mit Gesang und mit einem Organisten, den wir aus der Stadt kommen lassen.»

Die Abordnung stimmte begeistert zu. Ein grandioses Fest!

«Was die Heiligen anbelangt, könnt Ihr beruhigt sein», fügte Cimossa hinzu. «Sie sind besser als neu, denn wir haben sie von einem Spezialisten frisch lackieren lassen. Im übrigen sind sie eine gute Spanne höher als die alten.»

«Nun gut», stammelte Don Candido. «Laßt mir nur Zeit, darüber nachzudenken, wie ich die Sache in Ordnung bringen kann.»

Als Don Camillo das Priesterchen erblickte, verfinsterte sich sein Gesicht.

«Ich bin Don Candido», erklärte das Priesterchen schüchtern. «Ich wäre der Pfarrer ... der Interimspfarrer ...»

«Der Interimspfarrer der Unpfarrei Pioppina», vollendete Don Camillo mit scharfer Betonung des «Un». – «Ich verstehe. Und?»

«Und nun ist es so, daß die Bevölkerung von Pioppina die Heiligen auswechseln will», flüsterte Don Candido bedrückt.

«Sagt der Bevölkerung, sie soll lieber ihre Köpfe auswechseln. Überhaupt ist das Eure Angelegenheit.»

«Ich weiß – aber ich brauche Eure Hilfe.»

«Ich Euch helfen?» brüllte Don Camillo. «Ich einem Geistlichen helfen, der vom rechten Weg abgekommen ist und auf der Straße der Verlorenen wandelt? Ich einem Rebellen, einem irregulären Priester helfen?»

Don Candido wurde leichenblaß, und seine Augen füllten sich mit Tränen: «Monsignore», stotterte er, «warum sagt Ihr mir so häßliche Dinge? Was habe ich Euch getan?»

«Ach was, Monsignore!» polterte Don Camillo. «Ich bin kein Monsignore und habe nichts damit zu tun. Ihr tut nicht mir etwas an, sondern der Kirche, indem Ihr Euch gegen den Bischof stellt!»

«Ich habe mich gegen niemanden gestellt, das schwöre ich!» beteuerte Don Candido voller Furcht. «Ich arbeite als Priester in einer Pfarrei, die keinen Priester hat, weil er gestorben ist.»

«Und wer teilt nach Eurer Meinung den Pfarreien die Priester zu? Der Bischof oder der Obmann der kommunistischen Sektion?»

«Die Pfarrei Pioppina wird von der Kirchenbehörde nicht mehr als Pfarrei anerkannt ...»

«Eben! Ihr habt Euch willkürlich zum Pfarrer einer aufgehobenen Pfarrei ernannt. Also habt Ihr gegen die

Entscheidung der Kirchenbehörde Stellung bezogen. Aber Ihr werdet sowieso demnächst von der bischöflichen Residenz die Quittung dafür bekommen.»

«Ich hatte nicht geglaubt, etwas Unrechtes zu tun. Morgen früh verlasse ich Pioppina und lasse nichts mehr von mir hören.»

«Ihr solltet aber etwas von Euch hören lassen! Und zum Bischof gehen und ihm alles erklären und Euch entschuldigen.»

«Das getraue ich mich nicht.»

Don Candido ging gesenkten Hauptes hinaus, und Don Camillo schritt im Flur des Pfarrhauses auf und ab.

«Er ist jung und unverständig», sagte er sich schließlich. «Man muß ihn auf den rechten Weg zurückführen.»

Auf dem Vorplatz stand Filottis Sohn mit seinem Seitenwagenmotorrad.

«Sei so gut», sagte Don Camillo, «und bring mich nach Pioppina hinüber.»

Don Candido war nicht im «Pfarrhaus»; nachdem Don Camillo drei – oder viermal an die Tür geklopft hatte, trat er zurück und betrachtete sich die Fassade der sonderbaren Baracke.

«Die hat er mit eigenen Händen gebaut», erläuterte eine alte Frau, die sich zu ihm gesellte.

«Wißt Ihr, wo er jetzt ist?»

«Auf dem Bissi-Grundstück.»

Don Camillo stieg wieder ein und ließ sich zum Pachtgut der Familie Bissi fahren. Dort zeigte man ihm einen Karrenweg: «Ganz hinten rechts.»

Don Camillo ging den Weg entlang und blieb an dessen Ende vor einem großen Tomatenfeld stehen.

Ein Bürschchen, das mitten im Feld arbeitete, sah ihn und trat näher.

«Was macht Ihr denn hier?» wunderte sich Don Camillo, als er entdeckte, daß das Bürschchen Don Candido war.

«Ich verdiene mir meinen Taglohn!»

Don Camillo musterte das zerrissene Hemd, die geflickten Hosen und die ausgetretenen Schuhe.

«Macht keine Geschichten; auf der Tenne steht ein Motorwagen. Ich begleite Euch zum Bischof.»

Don Candido setzte sich stumm in Bewegung. Auf der Tenne angekommen, sagte er: «In wenigen Minuten bin ich bereit. Ich wasche mir nur die Hände und ziehe mich an. Ich muß Handschuhe überziehen, die Tomaten machen scheußlich fleckige Hände.»

Don Camillo packte ihn beim Hemdkragen und stopfte ihn ohne Umstände in den Seitenwagen.

«Ihr kommt gleich so, wenn Ihr kein Feigling seid!»

Don Camillo schwang sich auf den Sattel.

«Borg dir ein Fahrrad und kehr zurück, das Motorrad brauche ich», erklärte er dem jungen Filotti, der ihm mit offenem Mund nachstarrte.

«Exzellenz», sagte Don Camillo, als er vor dem alten Bischof stand, «ich möchte Ihnen einen unpräsentablen Mann präsentieren.»

«Du hast nicht zufällig einen Sonnenstich erwischt, Don Camillo?»

«Nein, Exzellenz.»

«Also gehen wir.»

Sie stiegen in den Garten der bischöflichen Residenz hinunter.

«Laß den Unpräsentablen dort herein», erklärte der alte Bischof und wies auf eine schmale Tür in der hohen Gartenmauer.

Nach zwei Minuten war Don Camillo zurück und schleppte Don Candido hinter sich her.

«Exzellenz, seht Ihr dieses Häufchen Elend, das ich vor einer Stunde in einem Tomatenfeld aufgelesen habe?»

Der Bischof rückte die Brille auf der Nase zurecht und betrachtete den angstbebenden Don Candido aufmerksam. Und Don Camillo ergriff den Unglücklichen bei der Schulter und drehte ihn um, damit der Bischof auch die Rückseite bewundern konnte.

«Exzellenz, Sie werden nie erraten, wer dieser Unglückswurm ist.»

Der alte Bischof blickte den Armen noch einmal prüfend an, dann sagte er: «Es ist der Pfarrer von Pioppina.»

Die unerwartete Antwort raubte Don Camillo einen Augenblick lang die Sprache.

«Exzellenz», stammelte er endlich, «wenn Sie mit ihm zu reden haben, kann ich draußen warten.»

«Warum denn?» rief der alte Bischof ärgerlich. «Was ich ihm sagen mußte, habe ich bereits gesagt: Er ist der Pfarrer von Pioppina.»

Er erhob sich vom Bänkchen und schritt zum Palast zurück.

«Exzellenz!» rief Don Camillo ihm nach. «Die Gläubigen von Pioppina wollen ihre Heiligen wechseln. Sie wollen keine Winter- und keine Sommerheiligen mehr, sondern zwei Heilige der Zwischensaison.»

Verblüfft blieb der Bischof stehen: «Zwei Heilige der Zwischensaison?»

«Ja, Exzellenz. Sie haben sie in einer überfluteten Kirche auf der andern Seite des Po gefunden und wollen sie in einer großen Feier mit Barken herüberholen.»

«Mit Barken?»

«Ja, Exzellenz, mit Barken. Und er soll die Willkommensrede für die neuen Heiligen und dann die Abschiedsrede für die alten Heiligen halten. So hat es die Bevölkerung beschlossen.»

«Und er macht mit?» fragte der Bischof und zeigte mit seinem Stöckchen auf Don Candido.

«Nein, Exzellenz.»

«Was macht er denn?»

«Er zieht aus und überläßt die Seelen dieser Pioppiner-Wirrköpfe ihrem Schicksal.»

«Wenn Ihr Sankt Maurus und Sankt Hippolyt anfaßt, entweihe ich die Kirche!» sagte der alte Bischof und fuchtelte mit dem Stöckchen in der Luft herum. «Was Sankt Virgil und Sankt Venantius angeht ... na schön, sollen sie sie nehmen. Dann hat Pioppina eben vier Schutzheilige. Für so törichte Leute ist es besser, vier Schutzheilige zu haben als bloß zwei. Sag das dem Pfarrer von Pioppina.»

«Es wird mir eine Verpflichtung sein, Exzellenz», versprach Don Camillo.

Der alte Bischof entfernte sich. Don Camillo zog Don Candido, der immer noch auf dem Kiesweg kniete, an einer Schulter hoch, ging mit ihm durch die Gartentür hinaus und hob ihn unsanft in den Seitenwagen.

In Pioppina trafen die beiden Heiligen der Zwischensaison ein. Sie kamen auf der Barke angegondelt, und es war eine großartige Feier.

Sie wurden herzlich willkommen geheißen, dem Winterheiligen und dem Sommerheiligen vorgestellt und an deren Seite in ihr Amt eingesetzt.

Auch Don Camillo war zugegen, als einfacher Beobachter. Am folgenden Morgen eilte er in den Bischofspalast, um genau Bericht zu erstatten. Zum Schluß überreichte er dem alten Bischof ein Körbchen voll prachtvoller Tomaten: «Die schickt Euer Exzellenz der junge Bauer, der vor einiger Zeit hier gewesen ist.»

Der alte Bischof nahm das Körbchen und ging auf die Türe zu. Da stürzte der Sekretär herbei: «Geben Sie nur, Exzellenz!»

«Vade retro!» befahl der Bischof und setzte ihm das Stöckchen an die Brust. «Das gehört mir, und wehe, wenn jemand es anfaßt!»

Er schloß sich in seinem kleinen Privatschreibzimmer ein, setzte sich an den Tisch und betrachtete das Tomatenkörbchen lange. Und die ganze Zeit hatte er den blassen, zerlumpten jungen Bauern vor Augen, wie er im Garten gekniet hatte.

Dann fiel ihm auf, daß die prallen, rotglänzenden Früchte wie lauter Herzen aussahen. Ihm war, als sehe er sie klopfen.

«Gesegnetes Dörfchen Pioppina», flüsterte er vor sich hin.

«Du hattest zwei Schutzheilige, jetzt hast du vier. Mehr als vier ... beinahe fünf.»

In diesem selben Augenblick kniete ein junger Bauer am Rande eines Feldes des entlegensten Pachtgutes von Pioppina und betete: «Herr, gib mir die Gnade, daß ich immer arm bleibe, damit ich stets den Trost meiner Arbeit behalten darf.»

Dann bekreuzigte er sich, stand auf, nahm den Spaten, der an der letzten Ulme lehnte, und begann umzugraben.

Über den Damm flog ein Engel und blieb stehen, um Don Candido bei der Arbeit zuzusehen ...

Laßt mich doch keinen Unsinn schreiben, Brüder! Die Engel fliegen nicht über den Damm.

Eigentlich müßten sie es ab und zu doch tun. Das meine nicht nur ich, das meint auch der alte Bischof.

Inhaltsverzeichnis

In wilder Ehe	5
Der Kampf um die arme Matilde	14
Peppones Schule	20
Die rabiate Giannona	25
Gewissensfrage	35
Das Gasthaus im Walde	42
Nacht im «Kreml»	53
Das Altersheim	66
Das Meisterwerk	82
Festival	93
Genosse Unkraut	104
Das freche Mägerlein	120
«Sturmwolke»	132
Im falschen Gewande	144
Schwester Filomena	159
Die beiden Straßen	176
Der «Crik»	186
«Ceratom»	201
Don Candidos Tomaten	215